# 思在

## 2013—2016 随笔选

黄政钢 著

成都时代出版社
CHENGDU TIMES PRESS

**图书在版编目（CIP）数据**

思在 / 黄政钢著 . -- 成都：成都时代出版社，
2017.1
ISBN 978-7-5464-1823-0

Ⅰ . ①思… Ⅱ . ①黄… Ⅲ . ①随笔—作品集—中国—
当代 Ⅳ . ① I267.1

中国版本图书馆 CIP 数据核字（2017）第 018950 号

# 思 在
SI ZAI
黄政钢 著

出 品 人　石碧川
责任编辑　张　巧
责任校对　李　佳
装帧设计　修远文化
责任印制　干燕飞

出版发行　成都时代出版社
电　话　（028）86742352（编辑部）
　　　　（028）86615250（发行部）
网　址　www.chengdusd.com
印　刷　四川金邦印务有限公司
规　格　160mm×240mm
印　张　13
字　数　250 千
版　次　2017 年 1 月第 1 版
印　次　2021 年 3 月第 2 次印刷
书　号　ISBN 978-7-5464-1823-0
定　价　59.00 元

## 第三辑：想俗事

第一辑：读史与阅书

# 《三案始末》成绝响

曾几何时，神州大地上"说史"热门了起来。正说、反说、杂说、戏说皆有之，人声鼎沸，嘈杂喧嚣；然就水平而言，均无法超越温功义先生的《三案始末》。

余生也晚，对于温先生之事迹，除了这本书外，几乎未有所闻。二十余年前，就曾囫囵吞枣似的读过这本书；但不承想，就此无法丢手，竟先后反复看过多次；心中对于温先生拿捏历史举重若轻、化繁为简的功力简直是佩服得五体投地。

现今之人，习惯于将历史叙述得让人看不懂，或是借此炫耀其学识渊博；当此网络兴盛之时，史学玩家们写的历史倒是浅白，但个中总有些"油滑"气，亲民是亲民了，却总觉得与"历史"这门功课差了分毫。但温先生的叙述不是这样的。文字简洁，一本十万字的小书，就将整个明朝三大奇案的经络枝蔓分析得清清楚楚；文章布局工稳，娓娓而谈，游刃有余，十足大家风范。

黄仁宇先生所著《万历十五年》，是公认的明史名著；不过，依笔者愚见，黄先生的书中似多少也有温先生这本书的影子，可能参考过这本书的笔法；至于是否真有此事，当是见仁见智的。但是，温先生对于明史的烂熟于胸，对于历史洞见之深，只要是看过这本书的人，想来都会赞同吧。因一般人写"三案"，囿于识见，往往仅停留在就案写案，这就使得写史滞在了"猎奇"的境地里；而温先生则不同，他跳开了"三案"的现实圈子，上溯到了明朝之开基时代；因为梃击、红丸、移宫三案，其肇始者正是明代的开国皇帝朱元璋。

为保朱姓子孙的万世一系、江山永固，朱元璋先生是煞费苦心、机关算尽。无疑，在巩固封建专制、加强皇权独裁方面，朱先生简直可算是一天才的大师；特别是其废相权、设内阁、禁内监干政等方面的政治设计，使行政权力各种架构之间相互制衡和牵制，内廷与外廷、内监与外臣的彼此掣肘几达天衣无缝的地步。有明一朝的皇帝，除了朱元璋和他的儿子朱棣外，大都极其操蛋，诸事不理且乱搞一气；尽管出了不少如严嵩、魏忠贤之流的权臣巨奸，但却都坐稳了江山，这不能不说是朱元璋的功劳。但不承想，朱先生的这一套搞法，一方面固然有助于统治，但另一方面，又使得整个行政系统效率低下，为贪墨渔利开出了诸多政策"口子"，从而使得贪腐盛行、积弊丛生，又为其覆亡种下了祸根。

的确，要探究"三案"的原委，非得从明朝的体制、机制等内部来解构分析；温先生说"三案"，正是这样。可以这样说，"三案"是明朝政治的必然产物，是封建专制体制的必然产物。故而，"三案"是解析整个明朝历史的一把钥匙，其核心正在于明朝政治设计这种权力之间相互牵制扯皮的这种痼疾身上；再加上皇帝自身的不争气，出些个大事、鬼事、奇事，是再自然不过的。只是，"三案"因参与者太多，牵扯的枝节太广，拖的时间太长，有些情节显得过于离奇，再加上事发时的参与者、知情人中有许多故意作怪，有意将真相遮盖，又因当朝修过《三朝要典》，对三案描绘有过反复，故而让其显得神秘诡谲、云山雾罩，也颇为后世所镜鉴（譬如，"文革"后期，公安部负责人李震离奇死亡，毛泽东就举了"三案"为例，让办案人员去看看《历代通俗演义》中对于"三案"的叙述，以资破案）。所谓之"三案"经过，在温先生的笔下，从与案件有关的各方势力的来龙去脉说起，再细述案件的发生过程，这就让人对整个事件知晓得清清楚楚、明明白白了。

就《三案始末》一书而言，应是一通俗的历史读物；然"一不留神"竟成经典，更让笔者对当下这种浮躁的治学风气和前辈的筚路蓝缕生出诸多感慨。前几日，"百度"了下温先生，发现除了这本书和先生所著的另外一本书《明代宦官》外，对于先生之行状，几一片空白；寥寥几言的"爱问知识人"介绍如下："温先生是上世纪四十年代《大公报》的老报人，少有才名。解放后一直赋闲在家，是个真正的自由人。偶尔给一些文史杂志写点东西，或弄本英文小说来翻译，但也并不太关心出版。前些年在大陆走红的黄仁宇，著作中对温的文章引用在所多有。温能如此不羁于俗务，大概和他家底较厚，不至于为斗米折腰有关。温的父亲原为张之洞的幕僚，后在京城行医，名头很大，收入不菲。温先生1990年去世，72岁。"依先生在《三案始末》所展露出的才学，的确有"诗酒傲王侯"和"别人笑我忒疯癫，我笑他人看不穿"的意趣。然，神龙见首不见尾，世间再无温先生，《三案始末》成绝响，只苦了我辈读者，难飨先生之作以养眼。悲乎，惜乎！

# 嘉靖皇帝制造的"宪法危机"

明代的皇帝中有位比较"奇葩"的青年，他就是明正德皇帝朱厚照。接他班的这位皇帝在历史上比他更有名，他叫朱厚熜，是嘉靖皇帝。

这位嘉靖皇帝之所以有名，与他任用的官员中出了一个大奸臣和一个大清官有关。奸臣名严嵩，清官名海瑞。靠着这两位毁誉两极的手下"扬名"，嘉靖帝昏君的称号，自是板上钉钉了。

不过，与其他的昏君不同，这位嘉靖其实还是一位"宪法学家"。他在位期间，为着"名分"问题，不惜与天下读书人为敌，制造了名为"大礼议"的"宪法危机"。

为什么说是"宪法危机"呢？那是因为在中国古代封建社会，维系社会秩序的道德基础主要是靠宗法，这个"宗法"其实就是"礼法"。所谓"贵贱有等、亲疏有分、长幼有序"嘛，而皇帝作为上天之子，其皇权受命于天；从维系血统的角度出发，皇位继承人必须要保证其血统的纯洁性和道统的合法性；这两者缺一不可，光有血统的纯洁性，而忽视道统，就会出现问题。因为皇帝本身就集君亲师于一体，作为上天的儿子，是统治秩序的基石。他的意见，本身就是"道统"的一部分，拥有百分百的话语权和最具权威的解释权以及意见的评判权。而如果，皇帝本人出于个人目的对现实礼法制度产生质疑并推翻它，对一个封建帝国秩序的冲突而言，不啻为发生了"宪法危机"，其后果是非常严重的。

产生这个问题的根源，恰在于皇位神权与辈分人伦的冲突。在明代，封建专制已经发展到了一个相对成熟的时期，皇权在很多时候仅仅具有程序意义；作为最高统治者，当皇帝遵守"宪法"所规定的各项原则并依此行事时，群臣的理解无非是"顺天意"而已；但当皇帝希图对这些原则加以修正并将阐述话语权把持在自己手上时，一方面是"受命于天，既授永昌"的成文宪法，皇帝是绝对权威，另一方面是以纲纪伦常为不成文宪法的君臣道德，皇帝亦必须遵守。这两者之间就必然会产生冲突，从而发生"宪法危机"。

嘉靖帝就一手制造了这种"宪法危机"。在明代中后期的皇帝中，嘉靖皇帝算是一个读过比较多的书且很聪明的人。这种聪明有时甚至可称得上自负，再加上皇权在手，他的大胆冒险还是取得了最终胜利。而这场危机，就是由他自己为自己以及父母争"名份"而引发的。

正德皇帝朱厚照死时仅 31 岁且没有子嗣，他死后，由谁来继承皇位呢？这个事情，经当时群臣的研究，决定按照"血统的纯洁性"选定与朱厚照在血缘上最近的宗支，与他同祖父的堂兄弟，时已袭封为兴献王的朱厚熜为帝。

在当时的明帝国，对于皇位继承已经有了较为明确的规定：欲为人君者，必先立为皇太子，方可继位；遇有皇帝无子嗣，而从血缘最近者选出，但仍必先履行受封为皇太子的程序后方可行继位仪式。因为，"宪法"规定"为人后者为之子"是天经地义的事，历代入承大统的帝王，都是这么做的。

在这一问题上，刚走到京城近郊的朱厚熜就与"宪法"扛上了。他认为，自己是受"遗诏"来"继位"的，并不是来给什么人当"皇太子"的！而且，他与刚死去的朱厚照算起来应为"平辈兄弟"，这种搞法岂不是有悖常理？因此，他坚决不同意按照群臣的意见，先搞什么皇太子被立仪式然后再当皇帝，而是要径直举行登基大典。否则，这个皇帝他宁愿不干。

应对朱厚熜对"宪法"的挑战，群臣没有想到这个还未继位的皇帝这么执拗和决绝，哪有让这位千里迢迢赴京登基的皇帝继承人又回去的道理？于是，群臣做了妥协，就按他的意见办。

群臣的做法无疑给了当时正在青春期的少年皇帝朱厚熜以极大的鼓舞，他就此觉得所谓这些个由群臣把持的法统话语权其实也没什么了不起。由此发端，在于次年改年号为"嘉靖"后，他便挑起了以所谓"议礼"或"议大礼"为名的礼法论辩。这一争论以嘉靖皇帝为一方，以朝中主流或大多数正统官员为一方，最终，嘉靖皇帝取得了胜利。不过，他或许忘了，他之所以获胜，正是因为他所拥有的专制皇权。

其实嘉靖皇帝的诉求很简单，他要求自己的父母亲（此时，他的父亲兴献王已经去世，母亲兴献王妃还在世）享受与当过正统皇帝、皇后一样的待遇。即兴献王要尊为皇帝，他母亲兴献王妃要尊为太后，而且，他的这位死去的父亲要与正儿八经的皇帝一样在太庙设祭，即"称宗祔庙"。

可是，按照传统的皇位礼法，嘉靖皇帝既然是从他的堂兄手上继承的皇位，那么，他的血脉辈分应按其堂兄这边来算。正统的办法是应该以朱厚照的父亲明孝宗朱祐樘为父亲（实际上应为叔父），称为皇考；而他自己的生父朱祐杬（兴献王），则只能改称为"叔父"，称为皇叔考，兴国大王；他的母亲，则应称为皇叔母，兴国太妃。而嘉靖本人，则应自称为

"侄皇帝"。不然，他的继承就会出现法理上、逻辑上的问题。这一做法，既从法理上回答了嘉靖皇帝继承的合法性（先是自己的"哥哥"明武宗朱厚照从明孝宗朱祐樘的手中接过了班，待哥哥死后，弟弟朱厚熜又继位），又从情理上充分尊重了嘉靖帝与其生父朱祐杬的血缘关系（皇叔考）；封号也不低了，他生前仅为一封王，因为儿子当了皇帝，就被称为"兴国大王"，这也仅次于皇帝了，算是给足了面子。这一做法，遵守了帝国关于帝王血统的"宪法"原则（为之后者为之子），是当时举国上下正统且主流的一致认识。

　　但是，嘉靖帝本人则认为，他的帝位既然受之于天，不是抢来的，也不是他自己争来的，那么，他作为皇帝本身就具有宪法的合法性。由他自己的宪法合法性为立论的基点，他本人是皇帝，那么，他的亲生父母亲又怎么不能享受正统皇帝、皇后的待遇，给予必要的名分，受到相应的礼遇呢？因为，他自己继承的是帝国的"大统"，而不是继承的什么家族产业、宗族事业，即"承统非继后"。何况，本朝历来讲究"以孝治天下"，孝悌之义是起码的"宪法原则"，而"孝莫大乎尊亲"，如果嘉靖皇帝不能尊自己的亲生父亲为帝，而改称明孝宗朱祐樘为父亲，那么，"父子之名既更，推崇之义安在"？因此，嘉靖皇帝认为自己的观点才是正确的。

　　这场"宪法危机"的实质是权力斗争。这场"议礼"争论，当时几乎全部朝廷官员都参与了其中，并不得不进行选边站队。即使嘉靖帝挟帝王之尊，但赞成他观点的人却很少，这就给了当时尚处低层，自以为颇不得志的官员以登龙的机会——像张璁、夏言、桂萼这些个原本仕途几无所望的闲官，均因为站在嘉靖皇帝这边，为他的观点找到理论根据而迅速获得提拔，短短几年之内就拜相入阁。另一方面，对于敢于反对自己的人如杨慎、王元正、刘济等，嘉靖则频出重手，下起手来毫不留情。甚至一次就对一百四十余名朝廷官员进行了所谓"廷杖"，即在朝堂之上当众打屁股，当场就打死了十六人。此后，举国上下无人再敢忤逆嘉靖的意见了。当然，这些当时持正统观点的官员自命"知书识礼"，在个人操守上也比较清廉，故而时人谓之"清流"；而那些站在皇帝立场，为着个人目的而敢于对历代相承的礼法提出异议的人，在当时就为士林所不齿，认为他们"逢君之恶"，是些卑鄙小人，名声是很不好的。这样，因"议礼"论辩而起，两派不同观点的官员相互之间拉帮结派，就产生了明代朝臣之见的门户之争，派系之间的明争暗斗愈演愈烈，一直纠缠到明亡，从而极大地耗散了帝国的实力，也为明朝政治效率低下预设了伏笔。

这场"宪法危机"以嘉靖皇帝全胜而告终。最终,他的父亲兴献王朱祐杬被尊为恭睿渊仁宽穆纯至献皇帝,他的母亲也被尊为章圣慈仁皇太后,真是尊而又尊、重而又重了。不久,这位"恭睿渊仁宽穆纯至献皇帝"竟然有了"睿宗"的庙号,神主不但祔入太庙,而且居然排在了明武宗朱厚照之上,算是给他的这位死去的父亲以一个正经八百生前即位为帝的君王一样的待遇了。同时,为了总结此次"议礼"的理论成果,在嘉靖一朝又修成了《大礼集议》《明伦大典》,将他们的观点全面理论化、条文化、程序化,收入国家法定的礼法全书,在法律上,也具备与《宪法》一样效力,才为这幕大剧收了场。这位嘉靖皇帝挟"议礼"胜利之威而君临天下,迷信道家方术,数十年不上朝,靠玩弄权术牢牢掌控帝国,致朝政糜烂不堪,也为严嵩这样的大贪提供了贪腐温床,故"明亡自嘉靖始"是为学界共识。

这场由皇帝主导的"宪法危机",即所谓"议礼"争论,暴露出了宗法道统的虚伪性,即当对伦常标准的解释与世俗权力发生冲突时,这一标准也就绝非什么"天条"神圣不可侵犯;而且,当这一伦常本身就存在矛盾缺陷的时候,一切以专制权力为最后的裁判者并提供权威答案——实际上,对帝国而言,这才是真正的"宪法危机"。皇帝,到底是天子,还是人子?张璁那句"承统非继后",直指那些看似阴森至圣的封建伦常的现实荒谬性。但如果嘉靖帝没有掌握最高专制权力,而是如我辈这些区区小民,那么给他十个胆,怕是也不敢出来捅纲常一刀的。

# 我军的口袋

这几天正赶上电视台重播连续剧《亮剑》，今天就正赶上播放李云龙智识蒋军少将旅长常乃超的故事。

在被李云龙部擒获后，常为免暴露，混在俘虏堆里。李云龙料定这些个蒋军将领多系平日养尊处优之徒，故想出让这些俘虏们每人围着圈跑五公里的招。果不其然，不一会儿，藏在俘虏堆里的蒋军军队领导们便一个个吃不消了，现了形。这常乃超情知自己已无退路，但仍倨傲不已；或许先前的奔跑让这位少将感到有些不舒服，他在李云龙面前先是从口袋里掏出了一个小盒子，从里面拿出疑似"救心丸"之类的药丸，然后又从兜里拿出个小酒壶，将药丸吞服；接着又掏出了盒香烟，抽出一支塞进嘴里，再从兜里拿出打火机点上。看来这位蒋军旅长口袋里的玩意儿还真是多，让李云龙同志不耐烦了，"你还有完没完？我看你这兜里像个小仓库，你该不是管仓库的吧？"这当然是笑谈。不过见着李云龙那颇为不屑的态度，想是对蒋军将领腐化奢侈的生活作风深为痛恨吧！

这李云龙真够狠，使出了这么个辨别俘虏的歪招来，倒还真管用。那么，这李云龙的自信因何而来呢？

我想，大概不外是对蒋军将领的腐败习气了然于心吧。一是蒋军将领官阶森严，官兵绝不平等，长官自己疏于训练，生活腐化，身体呈"亚健康"状态是肯定的，根本无法进行长时间的奔跑。二是蒋军将领惜命怕死，追求享乐，身上随身带着的各式杂色"玩艺儿"，比如美式打火机、维他命药丸一类的东西多着呢！这些东西虽小，却是官长平日里须臾离不得的。上行下效，层层模仿，上至将校，下至马弁，军营里弥漫着一股子奢靡之风。这样的军队，怎能有战斗力，又怎能打胜仗呢？

手上有本《川陕革命根据地历史文献选编》（四川人民出版社1979年12月第1版），书中收录有当时的西北军区政治部于1934年3月28日所发的小册子《俘虏工作须知》，这本当时即附注"此书对外秘密"的书就载有"白军中官兵生活绝不平等，其衣服装饰完全不同（官长的衣服、鞋袜、帽子及一切装饰都要漂亮些）……白军中的长官，因其平日压迫工农，克扣士兵，得享受一切优越生活，不论他再如何化装，在其颜容态度上是完全可以看得出来的：①颜容态度不像穷苦士兵那样焦槁，牙齿则洁白；②态度风采要比士兵大方一些"。按《亮剑》所交待的人物背景，这李云龙正是红四方面军干部，估计看过这本书。因此，从俘虏堆中识别个官长，当不是难事。

相比之下，我军将领的生活就简单多了，官长与士兵不好区别。像朱德这样的军队统帅，外形、气质风度与伙夫竟相类似；这使得他曾在敌兵的面对面盘问下从容逃脱。统帅都是这个样子，那么他下面的这些个像李云龙这样的悍将，敌人要想识别出来，倒真还需要点功夫。

相貌气质不好辨别，那么口袋里的东西呢？据笔者所知，那时我军首长口袋里的东西倒其实比蒋军将领口袋里的要值钱得多。因为在当时戎马倥偬的情况之下，部队作战频繁，转移频繁，需要准备些经费以备不时之需，即使到了最后关头，这些经费也可以助其东山再起。在当时，只有携带黄金最为便捷，一来这黄金值钱，二来这黄金体积小，携带方便。因此，当时我军将领的口袋里带着这个的，倒不在少数。

在1934年10月第五次反"围剿"失败，红军大部长征走后，留在南方坚持游击战争的红军官兵的经费就放在了项英、陈毅等首长身上。当然，这些经费，是党的经费。即使在身揣这么些值钱东西的情况下，陈毅却不乱花一分钱。他在第五次反"围剿"中负了伤，伤未痊愈，仍带伤打游击，天天拄着拐杖和大家一起行动，却一直舍不得拿钱买药。伤口发炎长脓甚至生了蛆，可见骨头；他治伤的药，只是一盒万金油。他只能将蛆一一挑出，上点万金油就当是消炎治疗，仍咬牙坚持与部队一道跋山涉水行军。虽然条件极其艰苦，但其保管的经费却分文不少。

不过，这共军官长口袋里装黄金的这一规矩，也蕴含了一定人身风险。在财富诱惑面前，信仰就显得很重要了。与陈毅同属在南方三年游击战争时期过来的新四军政委项英，就因口袋里的黄金被杀害。1941年1月，"皖南事变"发生后，项英与警卫员刘厚总一起脱离部队突围，藏身在一山洞里。没想到，两个月后的3月4日，这刘厚总见项英身上携带有黄金便见财起意将项杀害，可耻地投降了敌人。

当然，对于这些党的领导来说，即使腰缠万贯，却只是代为保管党的经费而已；于他们个人来讲，决不能擅自乱花一文。清贫，是当时共产党人的普遍特征。身为红十一军政治委员、中共闽浙赣省委书记方志敏在被捕那天，两个国民党士兵搜遍方志敏全身，除了一块手表和一支钢笔，只有两个铜板。敌兵不相信，堂堂共产党高官，竟如此穷酸。正如方志敏所说："清贫，洁白朴素的生活，正是我们革命者能够战胜许多困难的地方。"面对着这样的共产党人，国民党又岂能不败！

# 经过的记号

## ——陈大刚先生《笔走大中国》读后

将自己蜷缩在办公室里，每天这么混着的时候，心里总是觉得这房子似钢筋水泥的牢房，使自己不得开心颜不说，还不得自由。虽然身子是自由的，但那心儿又何曾自由过？汲汲于物欲，便永无宁日，虽然在心底一遍一遍呼喊着"对自己好点"，可惜却发现自己能做的，其实也就止于呼喊了。俗人的生活，便是如此。

关键在于行动起来。

我是个喜欢山水的人，不过，我之喜欢山水，又与他人不同。这不同，在于自己所喜的，是一个人安安静静地看风景。这或许是一种自私。每到风景区，见那漫山遍野的人潮，就有些烦躁——"千山鸟飞绝，万径人踪灭"的类似古人文画的物象方才是自己真正的所爱。也曾无数次地幻想过，自己或许可以在类似柳宗元先生一个人遗世而独立的地方安静地站着（这个地方最好是空气质量好的，可以罐装），若有想，若无想，若非有想，若非无想，就这么发会儿呆，也好啊！而于今，如果搭上个组团旅行的队伍，这些个风景又到哪里去找呢？

我羡慕陈大刚先生，这位四川警界的知名作家。看完这本《笔走大中国》，就产生一种想见他面的冲动——不为别的，我是一个"吃货"，见着他描述故乡四川泸州古蔺有一道美食"麻辣鸡"，当时便流下了口水，心想，若有生之年，能亲口啖之大快朵颐方不失为一桩快事。这当然是笑谈，但因此也就对这本如砖头般厚重的《笔走大中国》感了兴趣。

泸州是个好地方，出产美酒不假，没想到竟能产出陈大刚先生这样如徐霞客般的行者，更没想到这位行者居然与我是同行——他是川南泸州市公安局的一名警察，这是个极小概率事件。老实讲，这本书的精髓在于陈先生笔下所述的四川部分，而且最为精彩的，恰恰是他自己脚下的这片地域——川滇黔交界的泸州及其周边地区（即书中《"喝"贵州茅台兼"喝"泸州老窖和郎酒》《赤水河风情》两章所述地域）。因为在叙述这一区域时，先生的视角不知不觉地发生了变化。

台湾，我没去过；澳门，我也没去过；祖国的大西北、东北等辽阔的疆域，我也没去过——陈大刚先生，牛人啊，行政意义上的中华人民共和国的 23 省 5 自治区 4 直辖市 2 特别行政区，全都在他的脚下。他先自己走了一遍中国，然后又在笔下再走了一遍。面对如此牛人，我除了仰视，又能说些什么呢？然而，或许连先生自己都没有注意到，当他在描述除家乡周边之外的风景之时，他所能做的，与一般普通游客并无二致，介绍了一下风土人情、历史渊源和旷世风景，只在纸上做个类似"到此一游"的记号，思考的影子在风光之上打了转，又回到了原点。因为看客，往往只有鼓掌的功能；所谓思考，只能是感观上的一丝悸动而已。我们知道，其实旅游的功能也就是放放松、开开眼，教育，倒还在其次。思考这类形而上的东西，在旅行面前是有些矫情的。包括陈先生在书的封面及内页中所引述的几位哲人的言说，在我看来，更只有广告意味——虽然在竭力提醒大家，这可是一本带着对于"在路上"一类话语有着类似宗教般虔诚的行者的书哟！然而，这本书并不是。除了"大中国"这个由头外，回归本源，这其实是一本游记类散文的汇编，可以作为辅导中学生游记作文的工具书使用。

但这些并不能掩盖这本书的真正价值。不承想，陈先生中规中矩的散文笔触，一碰到脚下这片土地，描述一下子就灵动了起来。可能连陈先生自己都不相信，他的书写反而变得简单起来了，这才是先生真正的功力所在。在从容不迫、娓娓道来、信手拈来的漫笔之下，大气浑厚、宁静致远之风扑面而来，让人真正觉得泸州有高人，泸州有大家啊！

无它，用情尔。一个对于脚下这片土地没有深厚感情的人，一个对于生命体验止步于感官的人，一个对于苦难、爱、关怀与历史失去敬畏的人，断是写不出来的。当然，没有在此地浸淫半生的阅历，也是写不出来的。你看，在陈先生的笔下，川滇黔交界地域的大山变得灵性，风土有了人文的意韵，再加上岁月的积淀，让陈先生的思考真正进入了化境。在这片山水面前，他的描写显得那么真，那么美。写到这里，那句关于古蔺麻辣鸡味道的赞语"聂幺爷的麻辣鸡——宰了"，仍惹得我口水直流——让这些渐渐远去的历史永远定格在了陈先生的书里，这是一件积功德的事情。

于我，这本书其实还有一个最直接的功能——它勾起了我对陈先生所在泸州一带风景的强烈兴趣。于是，在看完这本书后不久，我便沿着陈先生所写的路径走了一遭。这中间的原因当然有作为"吃货"的我对于美食的孜孜以求，有对于中国地理的猎奇，然而更蛊惑我心的，还是先生对于这片土地所能上升到哲学高度的思考。那山，那水，那人，民族、革命、美景、醇酒、盐道，天地玄黄、原始洪荒，鸡鸣三省、赤水沱江，茅台泸窖、长征奢香，这道融多种元素的烩菜，让人除了在先生的书指引下走走看，还能做什么？走完之后，感觉只有四个字——不虚此行。不是说，"人一生中，至少需要一次疯狂——为一个人，或者一段旅行"嘛，心中虽然有个底线，"谁不说俺家乡好"的处世原则让我颇对许多文人写自己家乡风景的文章腹诽，什么"文化思考和理性批判"一类，看着都头痛。然而，陈大刚先生不是，古蔺大山中人，就是大山中人；大山无言，先生亦不打诳语。关于风景的定义，其实全在人怎么看。在外人看来是缺陷的东西，比如旅游基础设施的不完善，在我有些自私的想法看来，这恰恰是让行者心悸之处。我甚至在想，最好让这些美景永远原始下去，永远不要搞所谓的"旅游开发"，永远不要让那些拥挤的人潮来惊动这方水土——景看有缘人啊！真正的风景，只为行者而生，不为游客而活。

且慢，还有一件事没有办，那就是会会陈先生。这已经是我走完川滇黔交界的广阔地区之后了，见面、谈书、喝酒，一见如故，全没有初见者的拘束与尴尬。当然，我是知道的，这全是因了那本书——《笔走大中国》。因为，让人真正有所思考的，不是风景，不是地理，而是人。

# 农心依旧

——读陈礼贤先生《微笑的苹果》

  现在我越来越容易伤感了。2014年春节，当听到《时间去哪儿了》中"时间都去哪儿了，还没好好感受年轻就老了……"时，泪水已经悄悄盈出了眼眶。我承认，在那个刹那，心中最柔弱的部分像被人捅了一下。于是，便想起了陈礼贤先生那本《微笑的苹果》。因为，它使我想起了母亲。而陈先生书中那篇《那时，我们不知道母亲在流泪》，我也是流着泪读完的。

  徜徉在现在我们生活的城市里，却总有陌生之感；我辈中人，陈先生熟悉和怀念的，却是那乡村的山、水、湾、动物、植物和人。

  在陈先生的笔下，这些都灵动了起来，尽管有着岁月艰难、苦难困窘，但在先生看来，这些都不足以抹去他对农村的眷念。今城里人所述对乡村之"眷念"，大都有无病呻吟、"为赋新词强说愁"的矫情意味；有些人自称"我是农民"，其实只说对了一半，那就是他"曾经"是农民，其实即使在那个"曾经"里也无日不想跳出"农门"；怀念是有的，但并不真切，因这往往停留在了对过往的回忆里，而这过往的时光多少又与现实的境遇形成了比对，让那些历史成为了一种让人怀念的东西。然而却无法回答，改变面前，是我们自己在改变，还是乡村在改变，从而使这种回忆沦为了选择性的回忆。在我看来，这其实是我们灵魂中的一味毒药，徒有麻醉的功能，而无法让人觉得真正的震撼与深刻——当下，文学的困境也多源自于此。

  然而在礼贤先生的笔下，对乡村的感情却醇厚得多。综观全书，溢满农情乡趣、物灵人美。在我看来，取胜之道，不在用"巧"，而在用"拙"；不在俗眼，而在童真。我注意到，作为一个从农村走出的作家，先生描摹情状的功力自然了得，但出彩的关键在于，先生将对农村的回忆大多定格在了童年时段，用孩子的思维、懵懂的眼神来观察乡村的一切，从而使文章充满了使观者"心领神会"进而妙不可言的张力，这当然技高一筹。譬如，我多次向先生提到书中《三脚湾的日常生活》中《我看见我家的鸡在吃人家的稻谷》一文，因乡邻陈明春的牛在吃"我"家的麦子时，陈明春熟视无睹；故而在"我"家的鸡吃陈明春家的稻谷时，"我"不但"假装没看见"

且想"没关系，你们吃，尽管吃，我没看见。我心里真高兴"。这种孩童般的狡黠写得真妙啊！因为这种使点"小坏"的心胸是如此真实地还原了童年时光，并因与乡村田园的故事相融合，更使我对"三脚湾"充满了向往。同样的描写，更出现在《神秘的村庄》一章里关于农人对于神秘文化的莫测虚妄情境里；而且即使在现在，那些记忆都被深深地定格，因为不可知，所以现在仍然不可知。而这些，虽然隐匿于记忆中最深处，但因在生活的繁冗中被我们忽略，偶一提及，这些过去的印象又跳了出来，让人回想从前，并重陷于对时光的感怀之中，回味之余，发现自己真的不再年轻了。

山梁上，父母的坟茔仍在；阴阳相隔间，站在坟外边的自己，两鬓斑白，已是父母逝去时的年纪。"以前，母亲一个人在家流泪的时候，我们不知道她在流泪。现在，我们流泪的时候，母亲也不知道！"这是怎样的一种伤痛啊！而乡村，于我们而言，终究是回不去的了。如果时间能够回溯，多想再跪倒在双亲怀里，为着昔年的少不更事而痛哭啊！那些过往，都湮没在了三脚湾的农事里，成为了时间的引子，让身在城市的自己为现实而感喟。

其实，城市本身并不是个问题，问题在于我们自己。谁说钢筋水泥的丛林就是一种灾难呢？城镇化终究是历史发展的潮流，中国作为一个传统的农民社会，涌入城市的人潮的根仍在田亩，这是我们这一代人无法摆脱的宿命。的确，市侩风气之下人情的冷淡与现实的残酷，生计考量和稻粱之谋让我们渐次失去了农人的淳朴；快节奏的生活让我们怀念"日出而作，日落而息"的田园小日子……更不用说越来越严重的雾霾使我们艰于呼吸，农村田园的清新空气已成神话……但是，这些对于我们时下的生活状态又是合理的。因为，这些都是我们自己的选择；或者说，曾经，我们的奋斗方向就是如此（"它们是苹果中的幸运者、骄傲者"）。这真是一件诡诞的事情。愿意再回去的，尽管有，但绝非主流。而且，随着工业化的进程，农村的凋零是历史的必然（"陈明海带着一家人到上海打工，一去四五年，直到现在也没回来。这田就荒着了，没人耕种。田里长了不少杂草，一丛一丛的。一群鸭子在草丛里找吃的，嘎嘎叫。"）。然而，随着这个凋零的，除了物象，还有人心。传承了几千年的农业社会的乡土传统正处在"礼崩乐坏"的时期，然而不幸，我们却"恭逢其盛"，做了这个社会大变革、道德大变迁时期的见证人。幸耶？悲耶？由农村到城市，这种环境改变而带来的心境撕裂感，其痛切，其悲怆，其沉郁，更与何人说？能抚平内心伤痛的，只有回忆了。住在鸟笼一般的公寓里，打拼在写字楼，身着洋服，朋友联系除了吃喝就靠手机；尽管农心依旧，农具作物也还记得清楚，但农活手艺却已忘了多半，桑麻一类更了无踪迹。心里明白这一切，终究是要告别的，只是时间早晚而已。所以常常暗自在心里流泪，只是这些内心的波澜，无法写在已多少显得有些麻木的脸上。留在纸上的，只有万一；更多的，便只能永远地逝去了……

　　我尤喜欢先生朴素而简单的文风。时下，把文章写得玄妙辞藻华丽的写手太多，见着了，除了无语，还能说些什么呢？陈先生在平实中勾勒出乡村生活中的情形，让我在阅读中每每回到了三十多年前在乡村的场景。有些描写堪称神来之笔，如写乡村制作爆米花时，在用火烧装在铁罐里的米时的场景："火苗蹿起来，直往上冲，劲头很大的样子，却迎头撞在铁罐的大肚子上，就立即软了下来，软成一匹丝绸的样子，把铁罐整个地包围起来。"将火形容成"一匹丝绸"，真是贴切无比。先生写作，既有魏晋笔记的清峻，又师法孙犁先生"白洋淀"派笔法，写来的文字，清新淡雅又惹人神思，将昔日的农村抢救般复原了出来，让我除了心底深深的佩服之外，又岂能再饶舌聒噪！

# 在自在中得自由

——徜徉在周书浩先生《失声者手记》境界里

树叶落光的时候，你的写作开始变得朴素。

——周书浩

文坛无坛，官场无场。

体制中的文人，最大的困境就在于无法实现思想与行动的同一，也即，心是想"久在樊笼里，复得返自然"的，然在柴米油盐面前罢罢罢。著书都为稻粱谋，止步于纸上的英雄，能够流得出几行浊泪的，倒算是有些血性的；麻木而平淡的，是多数的。

川北巴中，陈礼贤先生和周书浩先生是写散文的"双璧"；小子不才，我之称为"双璧"者，当是我个人口味，然两先生之功力了得，却是公认的。相对于陈先生对于乡村生活的眷顾，周先生文章的文气则重得多。这里的文气，是指周先生颇有名士之风，于文中所渗透出的气味，远在魏晋，近在清末与民国。

近观诸多文人散文，都将目光投向了乡村且大多将记忆定格在了青少年时光，可见于现今在城里的生活状态，物质与精神是不能成正比的。我们所空虚的，恰是在物质匮乏年代所体现出的人美；灵魂无处安歇，便会回溯从前，而那时的田园牧歌，虽然困窘与贫穷，但却残留着传统中许多淳朴的情义，因为逝去，所以珍贵。通江麻石瓦尖山是个好地方，风光绮丽又与农事农人相融，俨然一大好河山、脱俗秘境。这成为周先生文章中一个挥之不去的重点意象，它反复出现在先生的文章中，让我为之神往。与陈先生的守拙以童趣童真不同，周先生对瓦尖山的描述始终有一个固定的基点，即是站在现在（城里的工作者）怀念过去（农家子弟）。这里有一个微妙的身份转换，故而对农村物象的描述，就有"寄物以抒怀"的味道。换言之，对乡村，陈先生"还在"，而周先生却已"离开"。这是阅读周先生乡村作品一个尤需注意的地方，故在文中随处可见周先生的矛盾挣扎。在现实面前，我们都不纯粹。

那么，就寄情农事，沉溺古籍，翻翻笔记吧！在那里，消磨着自己无处安放而又时时悸动不已的心吧！只有在这时，那些不甚安分的性子或许会变得谦抑与自由；而这时，已是"树叶落光的时候"了。所作之文，便渐渐摆脱了昔时的功利，纯作为排遣。这里虽有通脱的情致，但仍有地气的游丝；虽平实，但又有不甘。文人的无奈，莫过于此。"躲进小楼成一统，管它春夏与秋冬"，独善其身吧，这时，小品与笔记都成了"抑狂止痛的药"，周作人《谈笔记》所言一大段话"要在文词可观之外再加思想宽大，见识明达，趣味渊雅，懂得人情物理，对于人生与自然能巨细都谈，虫鱼之微小，谣俗之琐屑，与生死大事同样的看待，却又当作家常话的说给大家听，庶乎其可矣"便成为奉若神明的经典了——除了如此，我们又能做些什么呢？书香袭人，博闻强识，纠缠于古人、古文和古物，辨析一些与今朝八竿子打不着的公案逸事，高古清峻的文风中隐藏着多少不为人知的信息！名士不好当啊！难得在《书香袭人》这一辑的末尾处出现了几篇诸如《站在哪一边说话》《亲暴政的知识分子》《酷刑是非法》一类与全书风格迥然不同的硬梆梆的政论文字，这表明先生其实是清醒的，但这些个文字于整本大谈"人生与自然，虫鱼之微小，谣俗之琐屑"的书而言，只能是"野菊花说着悄悄话"。所以，我以先生为苦，自己亦苦。

每每与先生交谈，都深与先生对着现实的所苦有共鸣。"人们首先必须吃、喝、住、穿，然后才能从事政治、科学、艺术、宗教等等"，让他操碎心的公子学业以及公家报人的不自由，"加那狗日的班，在办公室无聊地消耗自己的年华"，如此种种，不一而足。这个时候，文人又被还原成了俗人，《离骚》成了闷骚，没有文学，只有生活。在生活面前，先生成了真正的"失声者"。多想在遍地月光的夜晚歇斯底里地放声啊！但在"更残、人寂、灯阑珊"的城市里，都化作了青灯黄卷下那个讪笑几声后又归于沉默的影子——而这，正是自己。

先生是真诚而坦率的。收入集子的作品虽曰"精选"，但还是可以清晰地看到先生功力的渐次精进。确实，二十年的厚积薄发，功力早已修炼到了炉火纯青的地步了；然而，岁月的痕迹仍然如此执着地烙在了文字之间。难得先生有心，记录了每篇文章的写作时间，早者有 1992 年 6 月写于通江梓桐乡的散文，教书生涯的点滴都被记录在案，风格虽然朴实，但毕竟年轻，"习作"的味道融在里面挥之不去；进入城市了后，记述农村生涯的文字反而如井喷般横空出世，这一时期，先生的创作进入了一个较为整齐成熟的阶段，已俨然大家风度，说鬼谈玄、农桑田事，都能娓娓道来，游刃有余；直至近时，则学理考据、论史言古的篇什多了起来，游弋其间的多是周作人的苦茶味道，风雅才情，信息量大，知识点多，世事洞明、人情练达亦圆熟了许多，从容自在，不一而足，流溢其间的是学者气派。多了一个智者、学者，少了一个文坛大家，喜耶？悲耶？

　　岁月流金，遍地辉煌。作文不易，文心相惜。徜徉在先生构建的文海辞山之间，的确是一件让人非常享受的事情。瓦尖山风情万种，巴中沧海变迁，先生写来，都驾轻就熟。在这份自在的表达中品茗，读出先生对于自由天性的向往和渴求，在尘世功名的浮华里辗转，若能真正抛开俗念烟云，"乘天地之正，而御六气之辩，以游无穷"，渺小如我辈，夫复何求！

# 为厚重历史文化提供见证

## ——黄尚军教授《巴蜀牌坊铭文研究》读后

在人文学术领域，谙熟者都知道这几年所谓"重点项目""基金项目"的水分，每每看到一些包装精美华贵的"成果"书籍时，心里便有些打鼓，揣测这是不是又是一本学术泡沫的堆积，所以，便对某些被人为哄抬得很高的学术著作颇不以为然。其实，对于这个现状，大家都是清楚的——学界风气如此败坏的缘由，无它，唯浮躁尔。学人一旦离开了书桌讲台，整日里来琢磨这些个莫名其妙的虚浮之事，想来必会影响到治学的心力，由此而产出来的东西，水平肯定是不高的。

然而，当我手捧四川师范大学教授、硕士生导师、全国师德标兵黄尚军先生用快递寄来的这本厚重如大砖头般的《巴蜀牌坊铭文研究》（以下简称《研究》）时，我被震撼到了。因为，细读之下我发觉，这是一本撰制态度非常严肃、浸润着辛勤劳动汗水的巴蜀地方历史文化研究的优秀学术读本。

黄教授赐书于我，想来是因为在这之前我们曾经有过几次交往。与我之前见过的某些学界人士不同，教授是个热忱、敬业、"拼命三郎"般努力工作的人。历史研究中，最苦莫过于田野调查。这可不似现今有些学者方家坐在家里敲敲电脑、查查资料，扫描一下别人的东西，再复制粘贴即可搞出一本"巨著"般东西来得那么轻而易举；黄教授从事田野调查时所受之苦我是见着的。就研究方向而言，黄教授所从事的地方方言研究以及时下对巴蜀牌坊铭文研究本来就是个比较生僻冷门且旁人不愿又不敢涉足的领域。说"不愿"，是因为这个领域属于纯学术，需要下死力气、做死功夫的，与"油水"一类的好事是边也不沾的；说"不敢"，则是因为其入门门槛高，搞起来颇费力气，学术"混混"之类的末流学者是断不敢妄入的。

而巴蜀牌坊铭文这个项目的本身，就是个吃力浩繁的工作，对其研究需要开展大量的田野调查为基础。现存在四川（含重庆）的巴蜀牌坊铭文，均以雕刻精美、气势恢弘著称，由于其所具有的记载传播功能，故而其对历史的记录往往是那个时期多种社会信息的综合真实反映，可谓是巴蜀的民间"写真集"，对于研究巴蜀大地的历史文化有着极高的证据、学术价值，比之国内著名的北京牌坊、徽州牌坊，巴蜀牌坊铭文没有丝毫逊色，而在黄教授从事这一领域之前，其重要性在学术界普遍未引起足够重视，然通过黄教授团队的研究，令人信服地证明了这一点，这也是该项研究的一个副产品——大大提升了巴蜀牌坊铭文的历史文化地位。

巴蜀大地，天地变迁，近四百年来，又遭遇了多次兵燹战火、人为浩劫，牌坊铭文一类的遗迹物证，已经不多见了。古人所制牌坊铭文，原为彰显教化、传扬美名、勒石记事，故其选址以大道驿边、群居物聚之处为多，可正因为如此，其所受岁月风化刨蚀以及人为破坏就较之以其他石质物件为重。为研究计，从地理上讲，唯有取保存相对较为完整的遗迹样本为佳，而这类遗迹偏又藏于荒郊野外、路陡难行的地方。且牌坊铭文之类，古时又以殡葬墓地为多，在这些多少有些让时人忌讳，恐避之不及的地方，要做到沉下心来、扑下身子搞研究，非常人所能忍受。故在此书成书之前，国内尚无人敢涉足该领域研究。

但是，黄教授把这个硬骨头啃下来了。我与黄教授的几次交往正与此有关，教授从成都古金牛、子午道一路溯北从事田野调查，闻听友人介绍，川东北与陕西接壤的南江县境内（古米仓道）尚存有不少该类遗迹，遂欣然赶往南江。时我正在南江县内工作，因着朋友介绍，便联系上了我，故而得以一见教授之风采，并与之交上了朋友。教授听我介绍，我老家附近有一喻姓古墓葬群，且有大量墓碑石坊，便立即驱车前往勘查。

后听得乡贤讲，在这几天里，黄教授吃住在距墓葬不远处的农家，对于起居饮食没有丝毫的"讲究"，且每天大早出去，晚上又睡得很晚，深得村民敬仰。这种工作起来拼命的劲头，在这之前我其实只在电视里看"劳模"事迹时见过。我亲眼见，一日教授闻得南江境内某处有墓葬牌坊，天一亮便去实地查看，行前与教授说好回城吃饭，岂料，一直等到下午四点方归就餐，席间问及原由，教授言见雕刻精美、碑文精彩，遂忘记了吃饭这回事；又一日，教授往南江某处调查，因山路崎岖，加之连日阴雨，路滑山陡，车不能前，教授便弃车在泥泞中步行，走了几个小时方到地点，回来与我讲及此事时，曾道他到某处墓葬调查，因路途遥远、往来不便，且居荒野，旷无人烟，便就在坟前搭了个地铺，连吃了几天干粮饼干，把调查做完后方返，且常有村民把其作为"盗墓"嫌疑人报警，引来警方问询之事。教授谈起这些来，如谈家常便饭般不以为意，亦可见其视劳顿为无事之气概。书中所列之大量图片几乎全系黄教授所摄，便是明证。

这本建筑在辛苦的田野调查所获全面、丰富、翔实之固态样本基础上的《研究》，对于巴蜀境内的牌坊铭文研究，可谓开山之作。教授本以蜀地方言研究为长，涉足牌坊铭文，看似"跨界"，其实不然。方言研究，实质是社会学研究，以方言这个楔子作为牌坊铭文研究的切入点，可以窥见社会的方方面面，可资着力之点甚多。因此，教授所从事的此项研究，其实是一项必须耗费大量心血的系统工程。从历史角度看，四川境内的牌坊铭文主要集中在明、清、近代，它既是四川近四百年来历史的见证，又以其建筑造型、石刻手法、铭文内容等反映其修造之时的民风民俗，算得上是一部四川先民们日常生活的百科全书。但这一领域，在此书出来之前，国内尚无类似的专著，故而算是填补了此项研究领域的空白。教授下苦功、出死力，以赢弱之驱擘画此事，牵头该项目，凭一己之力，筚路蓝缕，火尽薪传，带出了一支治学严谨、"拼命硬干"（鲁迅先生语）的学术团队，最后总揽其成。以该书的问世为标志，巴蜀牌坊铭文领域研究已蔚然成风，真是功莫大焉。

通过教授的艰苦努力，四川近四百年来的社会变迁、民风民情都得到了真实呈现。最为重要的是，面对着这些历史，黄教授以及他麾下的团队，态度是敬畏的，没有丝毫轻慢、倨傲之气。今人著史，按照"一切历史都是当代史"的原则，许多方家都喜欢将自己的判断加诸前人，好像自己会"穿越"一般，对于千百年前的物像亲眼见过似的。这种做法实际上是一种学术上的讨巧，不仅贻害后学，而且往往会误导读者。而《研究》遵照学术规则，以大量实证为基础，不仅仅有呈现，而且有研究，有分析，有判断，有结论。"有一分证据说一分话"，对于诸多民俗现象甚至给出了自己的解读答案。以实物为据，四川近四百年来的一些重大历史事件（李永和蓝朝鼎起义、太平天国革命、湖广填四川、改土归流等等）、官制旌表制度、功名葬制、书法建筑、民间习俗扑面而来。这种以牌坊铭文为佐证，探究四川自明清以来的社会变迁，比之以官牍文牒为样本的学术研究，更"接地气"了些；有些细节，更是唯有亲见者才得掌握的。比如，书中提到在当时相对比较偏僻的南江县境内有部分清末墓牌坊石刻中出现了"扬凤抑龙"的倾向，即石刻中凤居于龙之上方，且压着龙一角，甚至在达州一带的墓碑坊石刻中大量出现"驾龙驭凤"雕塑。同时，亦有部分牌坊石刻将原本置于牌坊之巅的"圣旨"二字置于第二重，而在首重另置其他书法铭文或雕塑；有一节孝坊在顶端"圣旨"二字下又居然伴以裸童形象。又如，原本皇家专用的"九龙"造型亦大量出现在四川民间墓坊之中，甚至有墓坊中雕有男女调情场面，在今天看来，这在讲究严峻宗法礼教的当时几乎是不可想象的，然而，这确是现实。同时，通过调查发现，原本被视为蛮荒之地的川东北僻壤，其清代墓坊石刻雕塑水平竟然较之成都平原富饶之地要高，且大量出现早期佛教中的诸多故事人物形象，有浓重的宗教色彩，这又是为什么呢？又如，对于铭文中用字的不同，即可分析出古代语言的变迁和书写传统（如别字的大量使用）等等，对于这些现象，都需要进行严肃的推究。故而这又是一本读来绝不枯燥、饶有兴味的民俗历史普及读物。以这本《研究》提供的诸多信息为凭，随便选择哪个方面，都是可以做大学问的。这也是此书的最大价值所在——为古代四川的历史提供了乡野的、有悖于传统史观的、真实的实证样本，这在实际上，是为四川民间历史文化研究破了题。

黄教授的社会责任感也让我受到了深深的震动。从事这样相对冷僻的研究本身就是一种人格力量、道德力量的宣示，这让我深以德学双馨的本家黄教授为自豪。黄教授研究团队的调查表明，古人对于以铭石记事载物的态度是非常慎重的，抑或可以说是相当敬畏的。这在于他们相信，他们对于事物的看法是可以传之久远且有彰于为今人及后人教化的。因此，所有参与其事的人员都无一例外地诚惶诚恐、庄重恭敬，所以现今能见到的牌坊铭文的雕刻制作工艺水平都是比较高的，绝无粗制滥造之作。这一方面提醒我们，当前这些国宝们面临着严峻的文保形势，如果再不加以保护，任其风蚀雨淋，那么无疑会加速它们的消失，使民众失去托付信仰的精神寄托，使文化失去假以传承的实物载体，使研究失去可资为证的固态文体支撑，而这，让在九泉之下的巴蜀先民们英灵何安？身为后辈，心中有愧啊，我们有责任、有义务把它们守护好、保护好！另一方面，也在警示我们，必须要以古川人对待历史的庄敬态度来治学。就牌坊铭文研究领域而言，重要的就是在古人交给我们的这份沉淀淀的宝贵遗产面前，摈弃既有的史学成见，实事求是地给出自己的合理答案。因此，黄教授一再提到了"在乡野发现历史""研究重心要彻底下移"的观点，指出应改变目前以帝王将相、王朝更迭为主流的历史研究现状，切实关注古代下层民众生活常态的"底层叙事"，使历史研究更趋近于"全"与"真"。这一思路，既体现了黄教授面对历史的敬畏之心，又体现了其一贯的平民化治学理念，于我心深有戚戚焉。

所以，在这样一本为厚重巴蜀历史作证的厚重学术专著面前，我除了向黄尚军、杨小锋、曾为志、李国太、肖卫东、董红明、袁膺昊、汤洪、李荣慧、张筠、赵小东、刘孝利、沈茬、王振、蒋明星等同志学习、致敬外，还能说些什么呢？

# 巴金小说《寒夜》的时装意味

　　现在市面上情爱一类的小说早已是泛滥成灾了。

　　消费情感，文字无非泡沫；面对着各种早已类型化了的爱情小说，一目十行地读完以后，很难再在心头上有多少悸动了。天下之大，男女之间又怎一个情字了得？

　　作为一部非常严肃的作品，巴金先生的小说《寒夜》（人民文学出版社，中国现代长篇小说藏本，2011年12月第3次印刷，本文引文均自该书，下同）在我看来，几成异数。这种感观，是因为我一方面不得不为李（芾甘）先生对人情世态惊人的观察力所折服；一方面，又是因为这部作品对情感的洞见与时下光景的惊人合拍。

　　像李先生这辈文人为文，并不为寓言将来，而是为着重现当时。就《寒夜》而言，其一直以来就被文学史视为"现实主义力作"，是对"国统区人民生活"的真实描摹；但在我看来，仅从小说的人物情感来看，其实与时下并无二致，恍恍然，若今日之景的预言式展现。

　　抛开那些政治标签化的话语，《寒夜》所写的无非是一对对未来有着无限憧憬的小资男女情爱在现实中的幻灭，而这幻灭，更告白着情感的苍白。从就业、医疗、住房以及夫妻感情、子女教育、婆媳关系、蜗居、出轨……你看，在《寒夜》里，时下人们所关注的现实生存以及情感问题又有哪一个方面没有得到真实呈现呢？两个真心相爱的正直知识青年男女，他们原本有理想，有追求，而且远大高尚。"离开学校的时候，都有为教育事业献身的决心"，但在重庆这个冰冷的城市丛林里，他们几乎本能地适应着生存法则，两位在大学期间"自由恋爱"的男女遭逢抗战的乱世，漂浮在"国统区"中心重庆辗转求生；人命既贱如蝼蚁，情爱又算得了什么？耿介的汪文宣不能适应职场，"他老老实实地辛苦工作，从不偷懒，可是薪水不高，地位很低，受人轻视……地位越来越低，生活越来越困苦，意气越来越消沉，他后来竟然变成了一个胆小怕事、见人低头、懦弱安分、甘受欺侮的小公务员"，生活让这位曾经的"愤青"加"文青"变成了懦弱的人，其遭遇与时下光景下的"办公室生存之道""职场法则"完全相同；他潦倒抑郁、贫病交加，他买不起房子，更看不起病。这时，爱成了他的寄托，可他也知道自己已没有能力让自己的所爱幸福。此时，他的自责又有什么意义呢？这些"负屈含冤"的"小人物"的故事，李先生都忠实记录了下来，而且，面对着凉至骨髓的悲惨，李先生并不吝为人间的真情而书写，他也想告诉我们，社会上还有无数与汪文宣一样忠厚老实本分的人（如那位"钟老"），可是，"他们在旧社会到处遭受白眼，不声不响地忍受种种不合理的待遇，终日终年辛辛苦苦地认真工作，却无法让一家人得到温饱。他们一步一步地走向悲惨的死亡，只有在断气的时候才得到休息。可是妻儿的生活不曾得到安排和保障，他们到死还不能瞑目"。因为，良善毕竟是换不来面包的。而曾树生，因为是美女，便只能用色相当花瓶来维生，她"傍"上了一位比她小两岁且富有的投机商人"陈经理"（陈奉光，其背景书中倒没具体介绍，但估计不是"富二代"便是"官二代"，而且还是位写诗的"文艺青年"，玩的也是时下流行的"姐弟恋"，其实他与曾的关系，既有所谓"办公室恋情"因素，又类似"包养"），因为"她不能改变生活，生活就会改变她"（李先生写起言情小说来倒不比张爱玲、陈喆差，如该书第15章所写的陈向曾示爱的那些细节，倒是如同亲见），此时，她又需面对性格乖张、偏执固执的汪母，而汪母，这位受过"五四"新文化教育的所谓"新女性"又不甘现实所逼的她这种"家庭妇女"的现状，便将旺盛的精力与肝火投入到与媳妇曾树生的战争中，"生活苦，环境不好，每个人都有满肚皮的牢骚，一碰就发，发的次数愈多，愈不能控制自己。因此婆媳间的不和越来越深，谁也不肯让步"。看来，"婆媳关系"这本大书里的玄奥，古今其实是没有什么区别的。同时，又夹杂着汪文宣"十三岁儿子"汪小宣与上述三人的情感纠葛，让人扼腕长叹。你看，这么一部《寒夜》竟然写尽了情感万千！爱，是最好的借口，也是最好的催命符。这个中，因为现实，为了活着，良善、正直与美好的东西全被与之相反的东西吞噬了，除了寒冷，还有些什么呢？此时，爱，在何方？

人的确是要为选择付出代价的，而制度不过是一种借口，这种现实并未因任何"革命话语"而改变。不为圣贤，便为禽兽，你若选择了远离与坚守，就应该承担后果。所谓"高尚是高尚者的墓志铭，卑鄙是卑鄙者的通行证"，说的就是这样一种江湖规则。包括感情，也是一样的。只是应该改成"坚守是坚守者的墓志铭，薄幸是薄幸者的通行证"而已，我们是应该为因守着理想而贫病的爱情而高歌，但也必须注视现实屋檐下的改变。在没有力量从根本上消解这一切的时代，除了沉默，除了像汪文宣一样的在反复"我愿她（曾树生）幸福""我只会连累你们"的无力自责中之外，又能做些什么？因此，我们没有任何理由对《寒夜》中的人物进行道德围观乃至审判——类似《寒夜》这样的故事，难道我们在时下见得还少了吗？

感谢李先生，他以炽热真诚的情感，用近乎复写的方式将1945年陪都重庆的都市众生生活场景呈现了出来。正因为真实细腻，又在无意间让这部小说对照时下，有了些许"时装"的意味。这也说明，就情感与生活而言，尽管身处不同的时代，但的确有许多共通的地方。忠于生活，其实也就是忠于对人类情感的真实把握。而且正因为有了这种严肃的写作态度，才有可能使作品不会因着时间而湮没。这或许是出乎李先生意料之外的，他可能不会想到，在他书中所诅咒的种种寒夜一般凄凉的情爱伤感竟然会轮回式地重现，而且了无新意；即使如唯美、纯情作家所无病呻吟之"爱是亘古不变的"来解释情欲的复杂，也无从掩饰在现实生活灰暗的角力下，情感的不堪一击。那么，情何以堪，情又该归于何处呢？光凭诅咒是解决不了任何问题的，李先生用了"自私"这个词来注解曾树生和汪母，可是我觉得，难道问题仅仅是出在"自私"上吗？悲剧，让人往往祈祷人性的复归，期盼道德的重建，可是"世风日下，人心不古"好像并不是时下才有的吧？一部《寒夜》好像"穿越"一般映射着当下的现实，让所有言情小说为之逊色，因为那些苍白、造作、矫情，背景始终在"饭厅、会厅、咖啡厅、歌舞厅""床上、桌上、电脑上"打转如流水线一般生产出来的垃圾式作品，又岂有半点生活的真实，又哪里食半点人间烟火呢？它告诉我们，在一个不公正、不公平、享乐至上、崇富浮躁的病态时代里，所谓"真正纯美的爱情"只能是奢望，相隔咫尺的牵手，其实更是"断肠人在天涯"的怨愤，不切实际的"长相厮守"幻想在这里都是没有的。人性、道德之类，都无非是为这个错误年代而书写的错误注脚，"那薄如蝉翼的未来／经不起谁来拆……沉默年代／或许不该／太遥远的相爱"，方文山先生写的这两句倒是颇为贴切。同时，也要看到，正是李先生对于世俗社会所持的强烈批判以及人性悲悯，才能使人真正看到希望，给人力量，使人清醒。因为，我们不是不相信爱情，而是在"沉默年代"里我们不敢再轻言爱。毕竟，当"好人好报"只能是一种理想而非现实的时候，身为"小人物"的我们，并无选择的余地。

面对着现今时下这周遭反复不断重演的类似《寒夜》一样的真实生活场景和世间百态、男女情殇，我还是感到了一种莫名的悲哀。因为，李先生还是过于乐观了，他写道："汪文宣不应当早死，也不应该受尽痛苦早早死去，可是他们的坟头早已长满青草了。我怀着多么悲痛的心情诅咒旧社会，为他们喊冤叫屈。现在我却万分愉快、心情舒畅地歌颂像初升太阳一样的新社会。那些负屈含冤的善良的'小人物'要是死而有知，他们一定会在九泉含笑的。不断进步的科学和无比优越的新的社会制度已经征服了肺病，它今天不再使人谈虎色变了。这两天我重读《寒夜》，好像做了一个噩梦。但是这样的噩梦已经永远、永远地消失了！"这是李先生在1961 年 11 月 20 日为《寒冷》再版时写的。可是，"这样的噩梦"真消失了吗？我可没有他这么乐观。相比时下情欲的放纵、财富的任性、道德的苍白、誓言的轻率、承诺的随意、乱性的轻狂、底线的失守、责任的飘忽，"1945"倒还算是情感的"黄金时代"了。因为，在李先生那个时代里，即使是负心与背叛，也毕竟显得要"温婉"与"低调"些，而没有时下这么赤裸与嚣张。

# 无法静好的浮生

　　小资是一种不可救药的病，这其实是一种生活的态度，而这种态度，多少源自于文化——读了些书，便常以"明白了些事理"自诩。可是这时候，却发觉在生活面前，自己只是一个渺小的浮尘。然而，悲剧便产生了——在理想与现实的冲突中，你必须选边站队，曾经的那些关于美好日子的设计终究缺乏时间的烟熏火燎，而最终你发现，所谓小资的生活，更多地只能停留于纸上或想象里。

　　那么，所谓"小资"的生活到底能在哪里找到出处、得到印证呢？也即，大众所幻想的小资生活的蓝本究竟是什么？倘若要我说，倒也不是没有，因为，在我看来，《浮生六记》就是一个小资生活的标准版本。"夫天地者，万物之逆旅也；光阴者，百代之过客也。而浮生若梦，为欢几何？"一对知识青年男女半生人世浮沉中的坎坷遭遇让人为命运的无常而唏嘘感叹。然而，毕竟他们曾经有着琴瑟和鸣、诗书唱和的好时光，虽然太短，但却足以让今天的我们为之追怀，为之向往。写的不过是饮食男女的儿女情长，这种写实般的真实感或许让人觉得能够非常接近这种"氛围"，然而又因为写得太美，恍若彼岸，永远无法到达——这就是我们与陈沈二人的差距。"小资"至此，已玩到了极致，以至后人永远无法企及。

　　其实，撇开"小资"不谈，《浮生六记》的文笔真如俞平伯先生所说"俨如一块纯美的水晶，只见明莹，不见衬露明莹的颜色；只见精微，不见制作精微的痕迹"。在陈芸与沈三白先生的故事里，时下那些浮华的男女艳史、痴男怨女、苦情错爱都显得那么苍白无力。因为我们可以看到，这些所谓"故事"在对俗事的讲述中其实是有套路和匠气的，离"性灵"差得太远。就这一点而言，同样是讲述"俗事"，在《浮生六记》里，这种讲述却将尘世烟火表达得如此脱俗，让人强烈地感受到了一种发自内心的恬淡自然，一种超脱俗念的生命悲悯。因为，作为讲述者的沈复先生已经在时光的历练中将自己的心气变得宁静致远。此时的尘缘万种，都不过是一羽飞鸿，浮华过后的一缕烟云。既然心在高处，那么他所讲述的俗世生活便有了一种禅意。在小人物的家长里短间复原生命所赋予的爱的本真；既然光阴是有限的，既然生命是美的，既然人的天性是真的，那么，顺天生长，情随心至，徜徉在天成万物之间，执手于现实安稳之境，便是生活，便是自然，便是最终极的拥有。

在我看来，《浮生六记》其实是有悲剧意涵的，而且，它也符合鲁迅先生关于悲剧的经典定义——"悲剧是将美好的东西毁灭给人看"。两个对于生活有着无限热爱且又彼此深爱的普通男女，他们于社会，无非要求能有温饱而已，而且对于生活质量的憧憬，使得他们对于人生的美好有着无限的向往。他们没有心机，力求完美，从不想损人利己，而且他们也沉浸在两个人的精神世界里幻想着未来。在第一记《闺房记乐》里，两个人的小日子被写得摇曳多姿，所述尽为俗事然而读来却清新扑面、余香满口，这之间有夫妻二人年少无猜的逗乐趣事：有读书唱和的闺房燕呢，更有逸兴相投、相誓百年的放达不羁，让人觉得这真是一对神仙眷侣！这个陈芸，又让多少女子为之黯然垂泪！无它，唯其病态的美（自幼母死兄丧，悲痛过分，染上了血症，"其形削肩长项，瘦不露骨，眉弯目秀，顾盼神飞。一种缠绵之态，令人之意也消"）；唯其知性的智（少即能诗，作出"秋浸人影瘦，霜染菊花肥"之佳句，且能与丈夫一起谈文论诗）；唯其骇俗之豪（女扮男装与夫出游）；唯其无瑕的真（好心帮着夫君张罗着娶船娘却未果，帮着公公寻侍妾却开罪了婆婆，为小叔借债却被公公误解，良善单纯，心质高洁）；唯其温婉之贤（暂居于朋友萧爽楼，"有四忌：谈官宦升迁、公廨时事、八股时文、看牌掷色；有四取：慷慨豪爽、风流蕴藉、落拓不羁、澄静缄默"，可见沈为人之一斑；而此时，"芸则拔钗沽酒，不动声色，良辰美景，不放轻过"）；唯其共苦之韧（到了沈家后，丈夫"整日奔走衣食，中馈缺乏，芸能纤悉不介意"，靠刺绣和纺布做衣维持生计，沈复之小帽领袜，皆芸自做"衣之破者移东补西，必整必洁，色取暗淡，以免垢迹，既可出客，又可家常"，在浪迹江湖的愁苦中，女儿被做了童养媳，儿子年少即入店为徒，这是怎样的生活的艰辛啊！在厄运面前，他们选择了接受。多想静好的岁月，多想能够在活着的现世中得到一个安稳，获得一方宁静的水土啊！每读《浮生六记》，必回想起自己所走过的路，也必泪眼婆娑。此刻，从前许多好日子的回忆都点滴在心头，让心头发酸。因为岁月已无法重来。而必在为陈芸的命运嗟叹中隐约怜悯自己的命运，并在对老天不公的诅咒中叹息幸福的不完满。

　　特别是陈芸辞世前的那一大段夫妻两人的对话，若非亲历，根本无法写得那样让人心神俱痛，那样痛彻心扉。在这样坎坷的今生里，陈芸在生命的最后一刻里，与夫君执手相约"来世"，而此景与卷一《闺房记乐》，沈复刻"愿生生世世为夫妇"图章两方，沈执朱文，陈执白文，以为往来书信之用"的相誓呼应，更为命运的无常和残酷做了注脚。此刻，倘我是沈先生，多想能与芸一起共读《西厢》，共话李杜诗篇啊！多想一起在月下观那满天星斗，共期白头偕老啊！多想能与女扮男装的她一起共游于洞庭君祠，携手再上沧浪亭、萧爽楼啊！然而，眼前却只剩下"孤灯一盏，举目无亲，两手空拳，寸心欲碎"，也许正是这样，方让人得以知悉"人生不如意事十之八九"的岁月真谛。

陈芸临终前，道出了自己所向往的生活："若布衣暖，菜饭饱，一室雍雍，优游泉石，如沧浪亭、萧爽楼之处境，真成烟火神仙矣。"在此前的卷一中，她也曾说过："他年当与君卜筑于此，买绕屋菜园十亩，课仆妪植瓜蔬，以供薪水。君画我绣，以为诗酒之需。布衣菜饭，可乐终身，不必作远游计也。"这种田园牧歌似的简单生活，是多少人的梦想，然又有多少人想亦不可得！其实，对我自己而言，又何尝不是如此？

如果说你要问已年近四十的我，对于"幸福"的定义的话，我会毫不犹豫地说，像沈复与陈芸在沧浪亭、萧爽楼相处的那段时间那样，活在普通里，活在简单里，活在两人永远的书卷绻缱、耳鬓厮磨里。而且，这个时候，除了我，便只有她。

身后，是安静的繁星满天。

第二辑：思文事

# 《政工干部》后记：如果我的忧伤……

## 1

南江的十八月潭是个好地方，也曾是我的福地。

但现在，却很难说了。因为随着旅游开发的推进，这里的宁静被打破了。2012 年旅游旺季时节我去过一次，看到那漫山遍野的人，心里便在暗暗叹惜：这么好的一个地方，可惜我再也不想来了。

骨子里，我是个喜欢静的人。而在 2010 年的时候，十八月潭的安静让我有一种归宿的感觉。那正值挥汗如雨的酷暑天气，借着局里安排休假的机会，我匆匆离开了家，随身所带无非是一部笔记本电脑和几本书而已。当觉得写作还可以有些用处的时候，我选择了写作。虽然现在看来，这或许是理想主义者的通病，过于天真的理想与现实的碰撞下，总还是想在让人憋闷的铁屋子里开一个小口子，喊上两嗓子。所以，离开，既是逃避，也是为了梦想。

那时，十八月潭景区因为还没有搞旅游开发，在大江口林场场部所在地鸳鸯坝里，也就那么几幢房子，人也少得可怜，四下里静得要命。我事先联系好的写作地正是林区的一个派出所驻地，里面的空房很多。因为交通不便，平日里仅安排了位老民警在此长驻，另请了一位林场工人的家属蔡大姐负责炊事及打扫清洁。食宿问题解决了，其他都不在话下。城里的热浪好像也没有传到这里，晚上睡觉得盖被子。每天早晨七点钟准时起床，然后四下里走走。因为不远处就有几个瀑布，看着水帘自高处倾泻而下，然后在潭里产生巨大的声响，正与内心的寂寥形成了共鸣，故而一个人闷着头走走、看看、听听，然后回去，接着便是写作；其间除了中饭后的短暂小憩和晚饭后有一个跟晨起后一样的散步外，每天有十个小时的时间写作。常常写到凌晨了，到门外院子里转转。这里的空气质量非常好，能见度极高，月亮和星星都清晰可见，感觉很舒服。

那时我给自己定下了一个任务，每天至少写八千字。写作的时候，我不停地抽烟、喝茶；有时写不下去的时候，我会停下来听听音乐。就这么写了下去，十八月潭的安静成就了我，使得《政工干部》这部小说写得非常顺畅，从在十八月潭开始动笔写起，中间我又到省城成都去学习了几天，也就一个月的时间，第一稿写成了；然后，又利用国庆的长假，我再赴十八月潭对稿子进行了修改，最终形成了小说的第一个定本，此时稿子达26万字。

2011年，又是与上一年差不多的时节，我再一次来到了十八月潭，开始了我的第二部长篇小说《我的快乐地下生活》的写作。由于写的东西与自己的生活并不熟悉，所以写作起来的确有些吃力。但最终我也写完了它。只是这时，因为鸳鸯坝里开始搞基建为来年的旅游开发做准备，所以失去了往日的宁静，施工的声音常常搞得我有些沮丧，写起来顺手的时段大多在深夜里。好在天气仍是那么的凉爽，故而对写作并无大碍。

两部长篇小说的大部分内容是我在十八月潭里写的，十八月潭真是个好地方，我怀念那些写作的时光。

# 2

现在回到这部小说上来。

作为一名基层公安民警，在写这么一部长篇小说时，我的确有着一种野心。这种野心其实也正是大多初学写作者的通病，希图自己的作品能够成为与文学史上巨著一样的"百科全书"似的伟大作品。理想是远大的，现实是灰色的。所以，什么都想写在里面反而使得整部作品的主题比较游移，什么正与邪，什么情与爱，什么命与运都搅在一起，不但使得文字体量庞大，而且对人物的命运缺乏必要的交代，故而这实际上是一部并不成功的末流作品。但在当时，我却不这么想，且自负得要命，认为即使不能流传千古，但至少可以改变自己的命运。之所以这么认为，是因为自己在写作之时，确实对于人物寄予了太多的理想，这既是人物本身的，也是自己的。我心里明白，之所以写得这么顺手，是因为这其实是一部半自传体的作品。达明建的身上有着自己的影子，"不平则鸣"，抑或"舒愤懑"，写了出来，自己心里会好过些。

文学是理想的，生活却是现实的。的确，在写作的时候，我常常会情不自禁地泪流满面，我为小说中的人物命运而流泪，为理想的光芒而流泪，这些情感是真挚的。然而，在第一稿中，虽然我选择了相信达明建，选择了相信自己，选择了理想，但我并不相信现实。什么"革命的现实主义与革命的浪漫主义相结合"的创作法则之类的东西，我自觉水平低下，无法把握，也无从把握。所以，本着对现实的摹写，我忠实地还原了现实。故而，达明建便处在了一种灰色的、近乎于"一地鸡毛"的生活状态里。这是真实的，我知道。

写作出来后的遭遇便是接踵而来的退稿，原因我起初是不清楚的。这里，我要感谢一个人，那就是《啄木鸟》杂志社的责任编辑筱谢。至今，我也不知道这个"筱谢"是不是她的真实姓名，因为也没有谋过面。没有她，这部作品或许也就压在箱底了。现在，我把它拿出来呈现给大家，其实正是在她指点下的产物。可以这样说，这是一部打上了"筱谢记"烙印的作品。在她的指点下，这部作品与"主旋律"越来越接近了。为什么呢？因为我做了以下几个方面的重大修改：一是警界内部的正面形象得到了加强，灰色描写被大量删除，以突出"主流是好的"；二是主要人物达明建的命运被改写，原来一个不甚光明积极的结尾被改成了现在这个样子——他获得了提拔任用；三是原来的多条线索比如达明建的情感纠葛以及警界内部的琐屑描写均被删减，改成现在相对清晰的正邪对立的一条主线。从总体感观而言，现在看起来是"清爽"了许多。

自从筱谢开始接手这部作品后，我相继修改了三次。一次是将原来的26万字版本改成24万字左右，这次的改动不太大；第二次是将作品改成现在这个样子，20来万字，也是近乎于重写的最大改动；第三次是因为《啄木鸟》杂志的容量有限，又将20万字的作品压缩了一半至10万字以内供发表。2011年上半年，这部作品占据了我的大部业余时间。修改虽然是辛苦的，但能够发表，还是觉得很欣慰。

自发表以后，小说稿就被存入了自己的电脑里，我也不知道该如何来处理，这样一年多的时间就过去了，现在已是2013年的年初了。

# 3

那么，达明建是个什么样的人呢？这倒让我想起一个人来——柔石小说《二月》中的萧涧秋。鲁迅先生在《柔石〈二月〉作小引》中说得分明："他极想有为，怀着热爱，而有所顾惜，过于矜持，终于连安住几年之处，也不可得。"想起来，这二者倒还有些相似之处。达明建作为一个有着文人气质的警察，当处于"冲锋的战士，天真的孤儿，年青的寡妇，热情的女人，各有主义的新式公子们，死气沉沉而交头接耳的旧社会，倒也并非如蜘蛛张网，专一在待飞翔的游人，但在寻求安静的青年的眼中，却化为不安的大苦痛。这大苦痛，便是社会的可怜的椒盐，和战士孤儿等辈一同，给无聊的社会一些味道，使他们无聊地持续下去"（《柔石〈二月〉作小引》）的环境里，内心自然是怀着苦楚的，然却又无处去消解。那么，他的内心又该往哪里去安歇呢？恐怕仅凭"诚者自诚也"之类的圣人古训来平衡之，是不行的吧！这个时候，我虽然是相信道德的力量的，却又觉得这个力量何其微小，微小到几乎无法说服自己。毕竟，物欲无处不在，理想高茫且悠远。我甚至在想，在经过编辑们的巨手指点下产生出来的这么个达明建，会不会仅是个"传说"呢？这个类似"高大全"似的人物，距离我们又有多远呢？

在达明建的身上，寄托着我对社会的理想与愿景。传统儒家"穷则独善其身，达则兼济天下"的文化性格深深地影响了我，也影响了这个人物；他所能够做的，也只能是自己可以去做的。然而，以他区区一个小干部、小警察的身份（性格决定命运，"逆淘汰"规则之下，想让达明建在警界的职务上有多么大的"进步"是不行的），他能做的，于整个社会而言是微乎其微的。更进而，他的结局其实亦不外两种：要么同流合污，要么被孤立，被边缘化。这是现实，但小说不能这么写。你要这么写来，也无处发表。所以想想，真让我觉得沮丧。

我们身处在一个什么样的时代啊！在第一稿的结尾，我部分引用了狄更斯小说《双城记》中那个经典开头中的话语："这是最好的时代。这是智慧的时代。这是信仰的时期。这是光明的季节。这是希望之春。……"之所以没有引用原话中与之相对的那些意思，是希望在这显得"灰色"的一稿中，多少让人从压抑中解脱出来，喘口气。因为现实并不轻松，文学亦非娱乐工具。这是真实的，然而，还是需要希望、需要未来的。可惜的是，这个结尾被改成了现在这个样子。

故而，我想到还是有必要让这本寄托着自我理想与期许的作品遗存于世的。这在自己而言，只是一种对于昔日时光的证明，为那些蕴含着激情与理想的岁月留下一个注脚。我已不再年轻了，昔日的那个眼里常含泪水的愤怒青年或许也会慢慢变得"中庸"和"世故"起来。"大概明敏的读者，所得必当更多于我，而且由读时所生的诧异或同感，照见自己的姿态的罢？那实在是很有意义的"（《柔石〈二月〉作小引》）。

## 4

对于一个理想主义者而言，2012 年是个值得记住的一年。

这一年，风雨如晦，鸡鸣不已；偶像轰塌，理想死亡。

2 月以后，在很长一段时间里，我提不起写作的兴趣，甚或变得更加消沉，"这寂寞又一天一天的长大起来，如大毒蛇，缠住了我的灵魂了"。如果我们的文学，不能给人以力量和拯救，不能给人解脱和救赎，不能给人以希望和悲悯，一任风花雪月，一任口吐莲花，一任粉饰太平，吹得个天花乱坠，也是无用和有限的。所以冷眼旁观之下，无聊的人，选择了麻醉与自我麻醉。醇酒妇人，不一而足。

"吟罢低眉无写处，月光如水照缁衣。"

无写处啊，无写处！写这些个东西，又有何用！

我们可以相信些什么？我们又该相信些什么？

如果我的忧伤里有着身世家国的愁绪，有着改变的期许；如果我的忧伤里有着千秋家国的梦想，有着未来的向往；如果我的忧伤里有着芸芸众生的悲悯，有着爱恨的辗转……那么，你会怎么样？

它们或许很高远，但并不神秘。要知道，有些东西如同阳光、空气和水一样，横亘于天地万物之间。就像达明建一样，其实他就在你的身边。

"关山难越，谁悲失路之人？" ——关键是要行动起来。

## 5

感谢所有为这部小说的写作提供过帮助的人们，特别是在南江县森林公安局大江口派出所里照顾我生活的那位姓蔡的大姐。

真的，谢谢。

2013 年元月 21 日于南江

# 《我的快乐地下生活》后记

在一个没有英雄的年代里，我只想做一个人。

但是，做一个什么样的人呢？

而且，英雄又到哪里去了？

看来，这些都是需要认真思考的。

在我庸常的生活里，理想一直是一件纠结于我的内心，让我艰于呼吸，让我悲伤的事情。常常，我在越来越平淡的日子里叹息，我到底生活在一个什么样的时代里啊！我必须要说服自己，这让我更加困惑，以至于痛苦，因为，我无法说服自己。

我选择在历史中寻找答案。好长一段时间，我沉醉在魏晋人物的悲苦里。特别是以嵇康、阮籍为代表的"竹林七贤"的故事，让我有觅到了知音的感觉；2012 年很多时候，我都动了要去河南云台山寻觅七贤旧迹的念头，然而却终究没有动身，因为自己多少有些胆怯，怕自己的俗世皮囊会玷污这些超脱的灵魂，会惊扰先贤们的清净。的确，我不是一个生活在真空中的人；而且，我也是一个软弱的人。

而这，距离《我的快乐地下生活》成书已经近一年了。现在回过头来看，这部小说其实是一部失败的作品，我所力图阐述的，或者说我的野心，与自己的能力是有差距的。志大才疏之人的下场，就是这样——比如这部作品，就是极好的证明。

主义与否，与理想有关；然而做人，其实是比主义更加深刻的体验。党同伐异，是宵小的作为，心怀悲悯的人，内心的宽广，赛过宇宙的浩瀚。但是，总是要先有信仰才行，哪怕，这信仰并不高远。

可是，时下，我生活在了一个没有信仰的年代——故而，也就不可能产生英雄。

就将这部作品来殉我的理想吧！让我理想中的英雄们为着现实而叹息吧！只是这叹息，无法为着他们昔日的牺牲做出注脚，因为就牺牲而言，原是不需要对价的。值与不值，都付与历史吧。所以，让我们为着自己生活在这个时代里而沉默，而无语。

在这部小说里，希望大家不要被我所给出的一系列让人眼花缭乱的故事而束缚住，因为，也只有在"乱花渐欲迷人眼"的声色中，方可品鉴出人性的高下。抛开情节，其实我只讲了两个字：信仰。在大浪淘沙之下，坚持信仰是可贵的。或许，这也是对时下的一种反讽吧。眼看他起高楼，眼看他宴宾客，眼看他楼塌了，"你方唱罢我登场"的故事见得多了，也就只剩下沉默了。岁月艰难，活着亦不易。让人清醒，让人痛苦，会徒增生者的成本。那么，付之于笑谈，付之于清风过耳，又何尝不可呢？

因此，让我们平心静气地读完这部书吧，然后，就按书上说的这么做。接着，便回到现实生活中来……活着。

2013 年 5 月 25 日晚于四川南江

# 时下文坛与药及酒之关系

"坛"是个好东西。

古人往往喜欢用一个字来说明许多种含义复杂的事物，算是动了一番脑筋的。而且，会让人产生一些"题中应有之义"的联想。这大概是汉语的玄妙之处罢。

比如这个"坛"字，就是这样。"文坛"的"坛"是这个字，"酒坛子"的"坛"，也是这个字。那么，内中会有什么关系呢？是否就是说"文坛就是个酒坛子"？有这样的意义关联在里面，倒也并不奇怪。酒也是个好东西，它能使人兴奋，并进而汇聚文思。对于文人来讲，李太白"斗酒诗百篇"的才智并不是什么神话。而且，以酒为媒，与人交往可以起到类似"介绍信"的作用。比如，两个互不相识的人，三杯黄汤下肚，就很可能达到勾肩搭背、称兄道弟的效果。这就避免了陌生人的尴尬，让事情变得好办些，个中"你懂的"的翩翩"意韵"，大家也都是明白的——虽然，这与文学并无关系，但与"文坛"的关系，却是人尽皆知的。又虽然，这个"人尽皆知"内中的真实意思无法上书，写在纸上，但大家心里边却跟明镜似的。

估计，"坛"字的意思就是这么出来的。

这并不复杂，文坛的老祖宗们好这一口，而且也确有"奇效"——好多传世之作，与酒有关系，这倒也是真的。不过，于酒而言，其实与其他文人性脾相通的物件如山水，如烟茶，如书法，如绘画，甚至如女人所起的作用都是一样的。于创作本身，是能够起到一些辅助作用的。但若说，没了这些东西，就没有了作品，那则是哄鬼的。因为，谁都知道，毕竟文学作品最终是需要用脑力来完成的，而决定作品本身的，最终还得要问作家本人，而不能说，没有了酒，没有了山水或者没有了上述的其他物件，那"传世之作"就出不来。

这个道理，古今皆然。可是，话又说回来了，谁叫咱"文坛"是个"坛"呢？正因为是"坛"，也就有了"场所""地盘"的意思在里面，也就有了"演戏给大家看"的"舞台"或者说"装鬼弄神、玄虚莫测"的"神坛"意思在里面。哦，这个时候，"文坛"其实也就与"酒坛子"的意思相通了。

而这在时下，又是两个方面的。

一是作为个体的文人，酒就成了个道具，文章写得好不好还在其次，而若是没了酒，那文章写得坏就全赖酒了——少了杯中之物，写作的质量下降，那是一定的。比如说坐在装修豪华、金碧辉煌的宽大书房里搜索枯肠好几天也写不出一个字来；如若有了酒，那立马就将短路的思绪给接上了，所谓"人头马一开，好事自然来"嘛！没有了酒，在这类文人的眼里，就像贾宝玉离开了那随身携带的"命根子"似的，那是连魂也丢了的，更遑论"文学"了。

另一方面，"文坛"不就是个"坛"嘛，既为"坛"，那"坛子"里的水深浅自是个谜；要想掂量出个深浅来，酒这个"介绍信"的作用就出来了。文人自古多风骚，光是一味喝酒当然没多大意思。席间的推杯换盏、你来我往，有些个意思，自然也就在彼此"你懂的"心照不宣的友好气氛中领悟了。吃了两杯老酒，有些不好说的，有些不能说的，有些不愿说的，也就都说出来了。这个时候，对于解决一些彼此都需要的事情也就有了由头和发力点，比如报个项目、评个奖、发表个作品、写个评介、争个职务之类的"坛内"事务，也就为下一步"合作"给垫了个底，铺了个路——谁都知道，光是这么子一顿酒是解决不了问题的，接下来将要发生的事情，比如红包，比如礼品，比如女色，才是最为关键的。但于文人而言，如果没有这么个饭局，没有这么些个酒精给力，好像于情面上又显得不那么"礼道"；所以，非得先上酒然后言之方可，谁叫大家都长了这么一张要"面子"或多少有些"羞涩"的书生脸呢！唉，时下文坛中的好些个事情，也正是这么在吃吃喝喝、吹吹拍拍中办成了的。如若不小心，出了问题，请放心，自然有推托之物，因为这肯定还是"酒"惹的祸。

算起来，时下文坛里"酒"还真是个须臾不可或缺的东西。刚会写些文章，排着队踮着脚尖想进"文坛"，靠酒；解决"坛内"诸多浮云般但又现实得很的功利事务，要酒；进了"坛"又想在"坛"上待得久些，让下面的看客为之"点赞"、捧场，离了酒又怎么得了？

说到酒，仿佛文人们都跟醉了似的，其实不然，大家心里都清醒得很，既为"精致的利己主义者"（钱理群先生语），个中的算计也无非是在这个功利浮躁的年代里实现个人自我利益的最大化而已。酒，只是一道具，若要说醉着，古往今来，除了那些个耍棍弄棒的武人外，又有几个文人是真真醉过的？你道是阮籍，还是刘伶，还是那嵇康先生喝醉了的？一个个内里都清醒得很呢！你道那个陶渊明先生真是个酒鬼吗？萧统不是说："有疑陶渊明诗篇篇有酒，吾观其意不在酒，亦寄酒为迹者也。"（《陶渊明集序》）只是时代不同了，争个性的自由，变成了争利益的实现。现时下，

41

真正如鲁迅先生"醉眼朦胧上酒楼，彷徨呐喊两悠悠"（郁达夫先生语）的真性情文人在哪里？真正如张岱先生"强饮三大白而别"的士人在哪里？真正如杨宪益与戴乃迭夫妇相契静静饮酒的神仙眷侣在哪里？真正如聂绀弩先生"止酒桃花笑我迂"的豪客又在哪里？酒，真正成了文士们演戏的道具了。这是酒的悲哀呢，还是文坛，抑或是文学的悲哀呢？

不过，既为"道具"，好像现如今，另一样，也影影绰绰、羞羞答答地"存在"着。这个东西，便是"药"了。只是这个"药"的泛滥程度，"文学圈"比之"文艺圈"好像要好些吧，但零星也见着有文人好这口儿的"新闻"。听说，吃了这个东西，是可以一夜之间让人成为下笔万言、倚马可待的文豪的。在"圈"里甚至有人将之用于招待作家的盛宴。中国的文学为什么不发达，可能与古人愚鲁，没有及早发明这样的灵物有关吧！真可恨，这样神奇的东西为什么没早点出来造福于中国文坛。当然，只是这个学名叫甲基苯丙胺或甲基安非他命的东西，官家将之定为"毒品"，看起来，是不想与文坛正脉"合作"了。通俗一点，这个药，与近世之所谓的"鸦片"效用大致差不离，都是可以让人兴奋、吸之成瘾，且戒断不易的。就文思的产生而言，这个"药"，其实与"酒"的功效在"方向"上是一致的，但劲道更猛些。

这又有一个参照，那便是"魏晋风度"。在偶像级时尚领袖何叔平先生的带领下，文坛诸君皆以服"寒食散"为趣。鲁迅先生讲，这个何晏何叔平，可是"吃药的祖师爷"哟！幸亏鲁老爷子没称这何晏是"文坛吃药的祖师爷"，不然，这时下文坛"吃药"的诸位文豪，便要将另一顶桂冠戴在"何老"的头上并以此为遁词的。不过，这何晏为什么要带头去吃这个"散"，由头倒是多得很。有的人说是药，吃了可以长生不老；有的人说是春药，玩起女人来劲头足。不过上述种种说法中，均没有说吃了这个"药"后"下笔如有神"的。因此，这种古典的时髦，于文坛来讲，却是没有多少实质性的影响的。当时的文人，喜欢玩这个是真的，但实际上只是在玩"个性解放"的跟风任性。而且，服了这个"药"之后，人是痛苦不堪且非常危险的，搞不好就要人命的。故而，流行了一段时间后，就没人再去做此类的尝试了。

由古时之药（五石散），说到近代之药（鸦片），再到现时之药（冰毒、K粉乃至海洛因之类），就文学而言，要说毒品这个东西对于写作是一点帮助没有，倒不一定。据笔者所知，自近世以来，是有一些大家有此嗜好的。比如演奏《二泉映月》的二胡大家华彦钧（阿炳）先生就是个大烟鬼，比如国学大师刘文典先生就好这一口，但若仅赖此作为文之神物的，却是没有的。道理很简单，鸦片等毒品未到中国之前，难道就无文学、无"文坛"了？在有毒品之前，岂非就无"巨著"问世了？说到底，是精神空虚、感官刺激在作祟。这也反映出时下某些文坛巨子们的无聊与没落。坐在豪宅里一边数着钞票一边想钻入大山之中当隐士，拥着情妇想遁入空门出家；物欲重重却想着在创作中"突破"，一遇生活中的繁琐不快即嚷嚷着要"自杀"，修道千年却整日里想着用"药"来一夜成魔、传之不朽。一言以蔽之，要"灵感"需先"吃药"；或者说，灵感需要用吃药来找。否则，文豪们是会在原地打转的。那么，需要厘清的是，就这个吃药的文人而言，他的"灵感"到底都去哪儿了呢？难道曾经如有神助，送他入青云的东西飞走了吗？其实不是的，旁人们看得分明，整日里不用心、不踏实、不积累于生活，而将提升写作能力的希望，寄托于虚无，除了与虎谋皮之外，还能有其他什么？这样的人又怎么能不文思枯竭呢？这样的人又怎么能快乐充实呢？因为，在焦躁与苦闷的恶性循环中靠着投机取巧来的"灵感"，是会在瞬间把人抛到天上去的；但紧接着，又是要掉在地下的。接触毒品的后果，对于文人而言，则更无异于宣布其文学生涯的终结。

时下有人将美酒、美景、美人和毒品谓之文人之"四爱"，仿佛既为文人，都是好上述这四口儿的，声色犬马就是文人的一切了（当然，爱个"美景"也是人之常情）。如果真是这样，倒真是文坛的悲哀了。可是大家也知道，其实不是的。文人中是有人喜欢这"四爱"的，但除了为自己的急功近利、欲望丛生找些借口外，又能证明些什么呢？

不过，从当下文坛与药及酒的关系中倒是能够窥见社会的种种病态。人有病，天知否？文人的毛病，病根在世风里。社会风气不清净，"文坛"里又岂能安放得下一张平静的书桌？怨酒，怨药，怨女人，都是没有道理的。你这文坛有病，又干酒及"药"何事？文坛中的某些乱象是该好好治治了，可说到底，问题还是在文人自己身上。若"敌军围困万千重，我自岿然不动"，任是狂魔乱舞、火焚噬心，我自百毒不侵，那你这药，这酒，又其奈我何呢？这里面是有个道行、修养问题的。

既然有病，那么也的确是该吃吃"药"了。只是这药，绝非那饮鸩止渴般的"四爱"，而是拒绝浮躁，回归生活。

# 孤行云台品一诗

2015 年 11 月 8 日，我独行在河南焦作修武的云台山。

虽然在事前为着这趟云台山之行有过很多规划，但其实对行程早已料定。那就是我知道，这次出游必定只能是一个人的旅程。行年四十，早过了"为赋新词强说愁"的年纪，此时，这愁其实正是年龄的记号；而从早上开始便下起的微雨，正好是愁的背景；再加上这山里因雨而起的雾，倒叫人觉得，不愁，反倒有些不大对劲了。

可是自己的心里是清楚的，即使这天是艳阳高照、晴空万里，自己仍然是不快乐的。而这是不是就是"愁"，却搞不明白了。迎风流泪，见月伤心，本是文人的作派；在生活面前，可资作戏的道具，的确很多。写的文字多了，有时无法从戏中走出来，因此，很多时候，感觉就像神谕般不可捉摸。此时，面对着自己的不快乐，却也无法可想。便只有在这座太行山脉行经中原时忽然右折所形成的大山里行色匆匆地走。

就这么走着，脑子里却是一头虚无。先看茱萸峰，再看红石峡，然后是泉瀑峡。一个人，走着。而就在头天晚上我冒雨赶到云台山时，心头却是一再幻想着自己能够在这个竹林七贤的旧迹里寻觅到一丝魏晋风流的影子，这或许是对自己的一种救赎——让我能够从俗世中短暂地走出，而回归到一种拟态的幻境里，发现自己，找到自己。

之所以在这个北方已进入冬季的时节跑到这里，这其实便是最大的动因。多年以来，年少时从各类书籍中读到的七贤事迹便定格在自己的性格中的某个地方，然后又不断在与现实的碰撞中被复写或者修改，有时甚至觉得，这只能是一种神话。但对于这样虚妄的认识，又多少拿不准，心想还是要去看看的。有山有水的地方太多了，自己所住的地方本就是一山之乡。故而到了云台山，便不断提醒自己，这个地方，他们确实来过，而且，这一泓水，在一千多年前，他们也喝过。这真真切切是他们的旧迹，他们或喝醉过，虽然这本地的土酒我尝了过后觉得并不好喝；前面那个小土堆，搞不好正是嵇康先生打铁之所；而这个喧嚣的集市，正是七贤们招摇过市流连的歇脚地。

此刻，北方，七贤故地，我来了。

大山无言，我亦无语。山里的气候变幻无常，我攀登茱萸峰的时候，还是晴天，太阳出来了，虽然不是很给力；可没过多久，到红石峡时，便已是阴天了；等到了泉瀑峡，则开始下起小雨来了。前文说到，或许是这无常的天气影响了自己的情绪罢，让我这原本就不甚开心的"游兴"渐渐变成了愁。

一个人在山里走着，眼前的风景也唤不起多大的兴趣。虽然，我也拿出了手机，东拍拍，西拍拍的，偶尔还给自己自拍一张，但见着镜头里边的是一张憔悴的苦脸，就又意兴阑珊了。因为我是知道的，在这样的风景面前，在一千多年以前，那七个读书人，其实过得也并不开心。在生活的艰难面前，人性的恶无处不在。即使按照同济大学刘强教授的观点，七贤们以自己的遭遇诠释了超越俗世的美丽，给人们以向往和追求，让我们体会到，在恶遇面前，还是有着放达与空逸的超脱，还是可以选择崇高的。然而，这样的诠释类似这七个人的"行为艺术"，是需要以生命和健康为代价的。其结局于文化，当然是树起了标杆；但对他们个体，却是一场悲剧。这正是"文学与人生"的悖论，可苦了如我辈这样的书呆子，很容易在七贤们编织的套子里迷失，可以看见目的地，但却总找不着路。

这就像云台山里的路一样，一开始，作为一个外地人，我只能按着路标所指示的方向走；但后来发现，其实这山里的路四通八达，试着走其他的路，也是不会迷路的。可这个道理，是我走完后出山时才发现的。因此，在这样安静地走着的时候，寂寞便真像一条大毒蛇一般缠绕上了我的情绪。

而这时，一首诗就不知从哪儿蹿了出来："乡下小孩子怕寂寞，／枕头边养一只蝈蝈；／长大了在城里操劳，／他买了一个夜明表。／小时候他常常羡艳，／墓草做蝈蝈的家园；／如今他死了三小时，／夜明表还不曾休止。"这首名叫《寂寞》的诗，最初还是在我十四岁那年的夏天，在魏传宪先生为少年写作者所举办的写作班里，听魏先生讲的。当时，读完便觉得这首诗怪怪的，也不知道这位卞之琳先生到底在说些什么。然而，正因为这首诗有些怪怪的，在那一时期我所读到的许多新诗，后来大抵忘得差不多了，但这首诗，却像一个梦魇一样，被我死死地记住。不单是记住，而且在很多时候，比如一个人行走在无人的大街，比如在一场大悲大醉后醒来，再比如在一个烦躁不堪、汗流浃背的夏日午后，它就会神使鬼差般浮上自己的脑子，折磨着神经，为寂寞背书，甚至无语，甚至疼痛，甚至撕裂。

在云台山里，一路就想着这首诗。从初读这首诗到现在，算起来有将近三十年了。这三十年来，我像那个"乡下孩子"一样辗转于人世间，"长大了在城里操劳"，为着生计而奔走，矜持着尊严，丧失着自我，麻木着理想，"死了三小时"一样的沉痛感时时围绕着我，在这个皮囊之下，又何尝是真正的自己呢？那么，这个自己又到哪里去了？因此，寂寞便是不可避免的了。

而今，四十不惑，不是不惑，而是越来越惑。在这种周而复始的喘息中，常常希望能够像七贤一样归去，可又明白，这种逃避是没有任何意义的。除了徒增烦恼，又能怎样呢？因此，一路上，那"蝈蝈"，那"枕头"，那"夜明表"，如往事一幕幕，点滴在心头。甚或那"墓草"，让这首诗显得更加神秘和隐讳。我相信，这的确是一首关于寂寞的诗。

"蝈蝈"，你虽能高歌，但你的欢唱却被关进了笼子里。你是悲哀的，但你主人需要用你这种无奈的鸣叫来排遣自己的寂寞。因为，他也是不自由的，他也被关在了生活的笼子里。虽然他知道，最终的结局都无非是死亡，连"墓草做蝈蝈的家园"都是值得"羡艳"的，可又能怎么样呢？现在，他必须为现实而活着。故而，他感同身受着内心的寂寥，而且，以死亡的归宿再反衬出生之无奈。再没有比物之永恒与生之短暂更残酷的现实了。故而，在云台山，见着岿然不动的山水，我在拼命让自己与七贤的心态"同频共振"。从他们的诗文里，我是深深体悟到那份苍凉与寂寞的。因这山水，还在流淌，还在飞奔，与一千八百多年以前，并无区别。我想，这便是那只"夜明表"了。这夜明表，既是乡下孩子长大成人后的"蝈蝈"，又意味着归宿。秒针一直在走，一任人间的繁华无数，一任情感的盟誓虚言，最后，它还在，你却不在了。这样一想想，2008年，那个曾经薪尽火传一样为我授业的魏传宪先生已经飞出了寂寞的圈子，开始聆听夜明表的滴答声了，早不知多少个"三小时"了。我想，此刻，他或许终于能够与蝈蝈一样找到自己的家园了吧？但阴阳相隔，我是见不着的。而我，为了寻找这只"夜明表"，还得跋涉千万里跑到这云台山里，为找到那只七贤们的"夜明表"而来为自己对时。那涧水奔流的声音，使我仿佛听见了时间的滴答声，这滴答，滴答，都是悲伤的隐语，在提醒着自己的归处和归去。怅然失图，复何言哉！怅然失图，复何言哉！更有如林黛玉小姐，"侬今葬花人笑痴，他年葬侬知是谁"般的万千感喟。因为我知道，那个"操劳"的自己，并无像夜明表一样的东西在为青春做着注脚。

所以，在这个冬日的下午，我的思绪由《寂寞》一诗发端开始飞驰，轻飏直上重霄九，就寂寞而言，古今是相通的。为着七贤，2014年我曾经写过一部关于嵇康的话剧，我知道，在这部戏中的那个人其实并不是嵇康，而是自己隐秘的影子。这或许也算是自己的"夜明表"罢，纾愤懑以排寂寞，但这纸做的戏码其实比我"休止"得更早，除了一地鸡毛，连"滴答"声都难寻。

七贤是幸福的，他们有云台山，因为"待我成尘时，你将见我的微笑"！

而我的夜明表，又在哪里呢？

# 攒书码字换酒钱

——我的阅书、藏书记

这个时候再回首岁月，其实都是一地鸡毛。

的确，我是再也回不去了。当面对着这一面由书垒起来的墙，早已没有了一丝年少轻狂时节曾经有过的激情。我在提醒自己，这只不过是一种活法而已。

说"而已"，是因为自己知道，作为一个读书人，在时下，读书已变得多少有些不合时宜。在多个选项面前，书能带给自己的，便只是一份沉静了。

余生也晚，古人"塾远愁过市，家贫梦买书"的经历是没有的，但若要说自己怎么就喜欢上了看书，理由却说不上来。这里有一种"偏偏喜欢你"般的情愫，不可理喻且不可言喻。

四十不惑，是谁说的？书看得越多，越觉得疑惑。而这惑，大约该从"人生识字糊涂始"说起吧。算起来，自己也算是读了四十年"书"的人了。

在我六七岁时，我便迷上了看连环画——川人谓之"画本"，北方人谓之"小人书"。父亲在外服役，我们作为随军家属，跟他转辗于川、鄂、鲁三省。三十多年前，这种小人书是可以一本一本租着来看的。这在当时，是作为一门生意的。老板先买来各种小人书，然后再在街面上一本两本地将书平放于地面，在其侧放些小凳之类，或者干脆没有什么小凳。阅者们先从其摆放着的连环画中选出自己想看的，然后交上一分钱或两分钱不等的租金，或坐在凳上，或蹲在地上看完。待你看完后，老板将你看完的这本小人书还回原处，便算是完成了这趟交易。在我的幼年时光，小人书便是我的最爱之一。要想看的时候，只有跑到场镇上去，在上面所说的摊子里去，一本接着一本地看。一毛钱，就基本上可以看个半天的。我现在仍有印象的连环画，有《三国演义》，有《林海雪原》等等。特别是前一种，我对诸葛亮先生的风采是佩服得五体投地的。有段时间，专门寻着有诸葛先生故事的小人书看；对有如吕布、袁绍之类故事的册子则不感兴趣；而其他连环画的内容现在多忘记了。这么看着，时间长了，甚至后来与摆连环画摊子老板的少爷，也是一位与我年纪相仿的连环画迷成了好朋友。记得有次，老板临时外出，让他这位公子帮着看摊，我却让他帮着我去买冰棍，条件是由我出两分钱也给他买一只，而我则坐于小板凳上津津有味地看"画本"。哪知，这老板很快便将事情办完返回，见其爱子没有守摊，还老大不高兴呢，把我这位兴冲冲买回冰棍的连环画书友给骂了一顿。这当然也是一桩趣事。

由租着看开始，渐渐也开始了买着看。父亲驻军曲阜，孔子故里。那时街上摆小人书的摊子很多，圣人故乡生意也做得活，对于摆在地上的小人书既可租又可折价卖，价格嘛，则全看品相。我当时好像看上一本《草原姐妹》，这名字不一定记得准确，反正是反映草原上与搞破坏的阶级敌人进行斗争的故事。隐约记得好像蒙古勇士们背着的枪很特别，前面装刺刀的位置，像是内地用来薅草的呈"八"字状的东西。我既然看上了，便一定要让父亲买。哪知父亲觉得这画本没意思，愣是不给买。好说歹说不见效后，我只有使出倒地撒泼打滚这最后一招了。但却没能奏效，父亲还是不同意买，搞得我是懊恼了半天。

我喜欢看小人书的爱好，一直持续到上小学四五年级吧。这个时候，父亲已转业从部队回了四川老家。此时的我并无所谓"藏书"的想法，手上的小人书也是东一本西一本，丢三落四，班上的同学借去看便杳无音讯的情况也显得比较正常。当然，我自己也正是这样的。有时候，借来借去，也不知道把它弄到哪去了。而由着小人书发端，自个儿也渐渐有了看书的兴趣。那个时候看书、买书的唯一途径只有国营新华书店这一途，而当时每逢过六一儿童节或者其他节庆，新华书店必搞些"特价优惠"活动，即将店里的一些滞销书打对折销售。每每从县城里的广播中听到这一利好消息，也就会央求母亲拨付些钱，多为五角到一元钱不等，去书店逛逛。此时的书价原本就不高的，一般多在一两角钱左右；如果打对折，甚至于低到几分钱一本。这些书多为"文革"后期或者是上世纪70年代末出版的一些知识普及类图书，意识形态的色彩较为浓烈。至今我仍记得我买过诸如《祖冲之》《徐光启》以及《上海的故事》等有些人文色彩的书。前两本为介绍人物，颇为励志，两位古代科学家真是了不起，虽然并没有懂，但对先贤还是很崇拜的样子。后一本为讲述上海历史风物的套书，有好几本。讲述上海开埠的历史，如租界的由来、富豪沙逊的崛起、上海通自来水的经过，以及"小刀会"几次起义、"洋枪队"的产生背景等等，我到现在还有印象。除此之外，我还记住了书中反映所谓跑马彩票对工人阶级进行压榨的顺口溜，"香槟票，香槟票，到处销。榨尽了工人阶级的血，落入了帝国主义的腰包"。这样一类的书看得多，就渐渐对历史有了兴趣。

而此时，记不得是哪家出版社出了一套《中国历史故事》丛书，以讲故事的形式讲述整个中国的历史。我几乎是把这套书给买完了的。不过，现在还是对两汉及春秋战国的历史故事印象更深一些，如管仲与齐恒公（"小白"）的故事，百里奚、孟尝君、毛遂、勾践、夫差，以及韩信、刘邦、项羽的故事。其次，就是近代中国的故事，孙文袁世凯之争等等。以这套书为基础，到了小学四五年级的时候，手上就有了二三十本书；我对文史类书籍的喜爱，也就是从那个时候开始的。说到这套历史故事丛书，后来被我的一个同班同学的弟弟一次借去多本（近十本吧）便一借不还，惜哉！

我现在仍存的一本书，是陈沂先生写的一本战地通讯集《我们从朝鲜回来》，是反映他率慰问团到朝鲜去慰问志愿军将士的。陈先生曾是解放军总政文化部的部长，开国少将，也曾被划为"右派"。文化人能做到将军，笔力当然是雄健的。这本书能保存到现在，当然是有个人口味的，因为对于战争，我是感兴趣的。这本书写于上个世纪 50 年代，在 80 年代是重印。作者对战场是亲历过的，写起来当然是高度复原，比较真实。我尤对书中反映美军残暴罪行的记述印象深刻，特别是对美军将朝鲜平民身上的肉割下烤熟，蘸着酱油吃的"暴行"感到匪夷所思，到现在还是存疑的。不过，正因为买此书是我个人的爱好，班级同学是不爱看、也不愿借阅的，故而一直就摆在我的书架上。

说起书架，还是我上了初中以后，父亲一次从外面购进了四个用竹子编成的书架。此书架有四层，每层一米多宽，每个能装上百部书。见我比较喜欢看书，就给了两个姐姐一人一个；剩下的两个，除了放他自己的一些业务书，如在部队里管后勤时发的《烹饪知识》以及单位上发下来的政治学习用书，如《毛泽东选集》《中共党史大事年表》《三中全会以来》《邓小平文选》一类的书外，就全拿给我用于放书。他的书中有一本比较独特，是杨荣国教授写的《简明中国哲学史》，我囫囵吞枣地读过，其他都忘了，唯对书中所反复提到的"儒法"两条路线斗争贯穿整个中国古代哲学史的观点记得清楚。这本书的来历，据父亲讲，是部队里为配合"批林批孔"运动作为学习参考书配发给他的，他是一页也没去读过的。

这一时期购书的费用是主要是向父母索取。算起来，当时书价并不贵，能超过一元的书寥寥无几，我买的也并不多，一年下来，也就几本书。在向来节俭的父母看来，倒也并不是一个负担。所以我全部的书，包括学校里发的教科书，也只占了书架的两格。

我的初高中年代是上个世纪80年代末到90年代初，这时的我开始迷上了看小说。因为此时的我正是一个样子很"作"的"文艺青年"，幻想着自己能够成为一个大作家、大诗人。莫说"大"，只要一沾"文学"，就觉得这个人是应该仰视的。既然有此雄心，当然要师法前人。所以，只要是小说，不管是民族的科学的大众的都一概不拒绝。初中阶段，外国小说还是看得少的，零花钱攒了很久，终于在初二那年，鼓起勇气，下手在书店里买了本《红楼梦》。不过说真的，也没怎么仔细看。因为，我买回来给母亲"显摆"时，老妈的脸马上就拉了下来，告诫我要"好好读书，不要看这些杂七杂八的书"。所以，就颇不以为意了，再加上虽是白话，但"掉文"之处比较多，对于一个十四五岁的小文青来讲，读起来还是比较吃力。这本书其实是由郑渊洁操刀改写的一个专给青少年看的简写"洁本"，那些"少儿不宜"的内容都给删去了。现在看来，"童话大王"改写少年版的《红楼梦》，疑似商业行为。不过，顺便说句，一直到高中阶段，我时不时就会买本专登郑先生童话的杂志《童话大王》来看看，至今仍隐隐记得好像有篇童话叫《蛇王淘金》，写得不错。为读起来方便，我就把这"洁本"的《红楼梦》给拆下来，每三四十页钉作一本，这样就钉了十多本，有空闲时间就拿出一自订本来读读。读起来不费力气的，是武侠小说，几个武侠巨头的书我多是初中阶段读的，如金庸先生的《射雕英雄传》《笑傲江湖》等巨作。而为了看完这部《笑傲江湖》（如现今之《当代》杂志的三厚本书），我创下了一个纪录，就是从头天下午开始，一直看到第二天早晨方才看完。因为这部书是我大姐从同学处借来的，必须于第二日上学后归还。虽然很疲倦，但却很兴奋。当然也是以一目十行，只看情节的速度快速翻完的。因为这部书看过了，也一直就没有买。大约二十年后，我二姐去香港旅游，说给我买了一套繁体字本的书作为纪念，结果一看，正是《笑傲江湖》！

这种文学青年的梦想支配着我买书的欲望。所以，四大名著肯定是要买的，其他的一些现代名家，鲁迅的书肯定也是要买的。但周先生的书读起来比较吃力，就购些《导读》《赏析》一类的看看。周先生的小说写得好自不必说，有许多篇目，我是反复精读过多次的。他的杂文中我对《伪自由书》《准风月谈》两书的后记特别感兴趣，看过多遍，主要是看文人互掐，有意思。说周先生气度小、睚眦必报，实在是不公正的，因为从这两篇以剪刀加浆糊形式拼接起来的后记中看出，当时上海滩的某些文人无聊无耻到何种地步了。周先生的反击，其实多数是点到为止的。散文中便觉得《野草》是一座高峰，从散文诗的角度来看，今人仍无法超越。《鲁迅全集》虽买不起，但河南人民出版社版的小说集、散文集、杂文集和诗集是全部都买了的。只是杂文集字太小，看着吃力，实际上也没有通读，主要是偶然需要查某一篇目时才翻翻。然后，便是一些散文集子，多为现代名家如梁遇春、郁达夫、周作人还有杨朔以及秦牧等。现在回过头来，或许因为看得太多，作者的范围也比较广，竟然想不起所购书的名字。反正是以小说、散文为主，间或也买些诗集来看。这一时期有一本书给我留下了深刻印象，那就是温功义先生所著的《三案始末》，讲明朝"三大奇案"的。全书仅八万字，温先生化繁为简的功力十分了得，叙事条理清晰，通俗易懂；以明强化专制、部门掣肘为三案产生的根源，立意自然高远。我个人认为，写通俗历史，这是一座高峰。从初中开始，一直到现在，我读过多次，每读都必有所获。为此，曾专门写过一篇《〈三案始末〉成绝响》的文章来加以推介。

　　文学狂热带来的文学类购书潮一直持续到现在。回想起来，在中学时代带给我的购书快感便是这么一回。那是在高二的时候，写的一篇文章换来了一笔一百多块钱的稿费，在1993年，这可是一笔不小款项。我便一口气买了一整书包的书。这也是让我真正体会到"卖文买书"境界的一回。这一体悟，刺激着我的神经，让我沉溺于看书买书的氛围里不可自拔。金庸先生的《鹿鼎记》是那时买的，一套六本，借给了邻居一位女同学，也就没还。外国的小说，如《简爱》一类的也读了，不过实际上看的是情节，当故事书来读的。对小说一类，我多是这种读法，所以看得很快。也买了《废都》一类让我看得面红耳赤的书读。伴随着此书的出现，市面上跟风出了许多类似的书，多讲男女情欲，有些还很无聊。不过，对于一个正处于青春期的少男来说，其实有着催化荷尔蒙的作用的。

　　虽然以后，所发的文章也就是"豆腐块"一类的，稿费也少之又少，多为十元、二十元不等。这一时期，书价也慢慢涨了起来，十几元的书也不鲜见了，而所买书的种类，与初中阶段也是大致相同的，但兼以历史、人文等，特别是对中国现代政治类的书籍有了兴趣，也买了一些这样的书。既然喜欢看书，也就多喜静，不喜欢运动，故而，在高中阶段，我发现自己开始发胖了。与运动相比，也许读书并不需要燃烧脂肪吧——但还没有胖得像现在这样吓人。

　　三年高中读下来，父亲的两个书架已被我装满了，所购书的种类便是一个文青阅读的标本。

我真正开始有着独立的购书欲望，是我在高中毕业后到外地读书开始的。这一时期，由于有了一笔可供自己独立支配的生活费——父母是按着一学期的消费给安排费用，这就给了我以相对自由开支的空间。我订了《中华读书报》《读书》《读者》《大众电影》等几本杂志书报。学校在一座山上，城市在山下，每个周末，我都要乘车到书店里去看看。厚得像砖头的一套几部的《王朔文集》就是在这一时期买的，当时是很贵的。这时城里到处都是私人书店，我时常会去看看书，或到音像店买几盘磁带。我当时是林忆莲的歌迷，所以一有她的新专辑，总是要买上一盘听听的。然后会吃上一碗当地名小吃"红油抄手"，就算这个周末没有白过了。此时，仍是文学类书籍占据了我购书的主流，一般还是以买些名著来读读为主，如《九三年》《好兵帅克》等，与《废都》一样读来让人面红耳赤的《查太莱夫人的情人》也是这时买的。快毕业的时候，《廊桥遗梦》出来了，比较火，我也读了。在1996年，"情人"还是一个相对比较生僻的词语。外国人说的这么顺理成章、情真意切，当然也会感染中国人，二十年不到，"通奸"一类的词早已铺天盖地了。因着在学校里所学专业的缘故，在1995年从学校回家过年时，我买了一本俞荣根教授的《儒家法思想通论》，过年时间紧，开学后我又带到学校里看，这本书比较专业，我用了一个多月的时间硬着头皮"啃"完了，老实说，也只有个大概的了解。许多涉及历史的思想，当时也没记住，现在则全忘了。对于这类理论著作，我一般都只读个大概，有些书买来后，甚至只看了框架和内容提要后便扔在一边去了。这几日手上正读葛剑雄先生的《统一与分裂：中国历史的启示》也正是这样读的。所谓"好读书不求甚解"，就是指我这种人吧。学校的图书馆在年初总要贱卖处理上年度的期刊，我会依着自己的喜好买些《名作欣赏》《畅销书摘》一类的杂志来读读。这样每个学期下来，自己寝室内的桌子和箱子里放的全是书，到了期末时竟然装不下了，就只好在回家时带回来。书籍是比较沉重的，从学校到家里，路途遥远，要把它们带回来是要费一些力气的。这样下来，我在外读书毕业时，父亲在几年前买的四个书架已被我的书全部装满了。因为此时，大姐已经出嫁，带走了自己的书；二姐在外地打工，屋里的书架，她也用不着了。所以全都归了我用。在外读书期间的购书，无非是一穷学生的个人喜好。值得记忆的是，当时刚出版正火的由浙江文艺出版社出版的四本《张爱玲选集》，柯灵写的序言，这套书要四十多块钱，对于一个1995年的在校学生而言，这是一笔不小的开支。为了买一套，我节约了一个月的开支，所想的办法是在这一个月里不吃肉，终于将这套书收入囊中。我在这套书第一部的扉页上把这一购书经历写在了上面，权当是做个纪念吧。这一时期，在我所购的书上常见有"咬牙""狠心"等语。想把书买来，是需要与其他一些欲望比如物质享受，进行一番内心斗争的。

接着便是一段在家待业的时光，这算是比较清闲的时间吧。由于找不到工作，无所事事，便三天两头往书店里跑，所谓 "买"书是假的，打发时间倒是最主要的。这本书看几页，那几本书读几篇，一个半天就过去了。这主要是因为不想回家去看父母的一副苦脸。这一时段，我买过两本值得一提的书。一本书是由台湾各大学中文教授联合撰写的《白话史记》，即每位教授按照事前的分工将《史记》的某一部分改写成白话文，最后再组装起来。算起来是一项浩大的文化工程吧。此书很厚，书前有文化泰斗台静农先生写的序言。具体价格我忘记了，只知道这书在当时也算是比较贵的。另一本，是我在本地新华书店里淘的一本多年前出版的帕斯捷尔纳克的《日瓦戈医生》，大约是上个世纪80年代出的吧。也很厚，价格我至今仍记得，三元四角。这种标价是在书价未涨前的，我买的时候，简直觉得自己捡了个大便宜。心底直为它放在书店的角落里无人问津而感到庆幸。这本书其实是我在外地读书时已在学校图书馆里借阅过的。看后觉得很喜欢，以前没读过类似这么深刻的反思革命的书，特别是当一个善良的人面对"革命"这类"高大上"概念的时候，是否会对人性产生影响甚至改变，几乎没有想过。因为喜欢，便买回家里做了纪念。可惜的是，这本书连带着《张爱玲文集》四本中最为重要的两本，即散文和中短篇小说集被我的一位高中女同学，昔日学校文学社里的文友借走，且借走之前就向我申明说不会还了。我虽微笑，但心底在流血。因为确实至今这些书也没有还。2015年7月，我又在网上购买了由黄燕德译的最新版本的《日瓦戈医生》。这是天津人民出版社2014年8月第1版，2015年5月第6次印刷的。

也算是为了混时间吧，我开始了一场也无风雨也无晴的恋爱。知道我爱看书，女友相继给我买了赵忠祥的《岁月随想》，当时最为畅销的书。这本书开了名人出书的先河，卖得很火，我在这本书的扉页上把购书的过程写得很清楚。然后便是古龙的一套《武林外史》，很厚的两本书。我还捎带着从她家里找了一本巴金先生的《憩园》，讲一个略微有些变态的孩子家常事的。现在，这几本书都放在我的书柜里，每每看到它，都恍恍然有白云苍狗之感。不过从这时起，我的阅读发生了一个小小的变化。也许是因为从学校里走了出来，开始走向社会，也清楚自己终究做不成文学家，毕竟现实不像书里写的那般风花雪月，所以，文学类书籍已不是我读书的重点。这中间有个媒介，那就是我多年来一直坚持订阅《读书》杂志，很多时候，这本杂志就成了我的购书指南。这一时期《读书》上的文字还是粗鄙如我辈之俗人能看得懂的，谁知到了21世纪后，有几年中，我发现该杂志上的文章自己竟然读不懂了。就不再订了，当然，这是后话。由于这本书的推荐，我相继购买了黄仁宇先生的《万历十五年》《中国大历史》和唐德刚先生的《晚清七十年》、蒋廷黻的《中国近代史》等书。这些书对历史的写法，与我之前看到的一些传统历史读物的写法是不一样的。很开眼界，均细细读过且在很多地方用笔做了批注。这一时期，我的书籍又遭受了一回劫难。那是因为我在单位里实习时认识的一个"大哥"。这位大哥是科室从其他单位抽过来临时帮忙的，认识了后跑到了我的家里，见到了我的藏书便狮子大开口。从我处借走了一大批书籍，是用能装50公斤化肥的袋子一次装走的，然后，便一借不还。其中就有我在外读书时斥"巨资"购买的《王朔文集》。

不久，我便进入了政府部门开始小公务员的生涯。职业或者年少对功业的急切，使我对偏重于历史的文史类书籍发生了兴趣。这中间自有学习权谋或者智囊的考量，也为着打发时间。后来到了吃饭看、上厕所看、走路看、睡觉看，一日无书则惶惶不可终日的地步。既喜读书，便更不喜运动，肥胖则飘然而至，三十岁那年便得了痛风。有一深夜，痛风突然发作，又无法投医，恶痛钻心，无法入眠，便只好找了本《袁宏道传》看。老实讲，这本由时人写的传记的确比较平庸，但只要眼前有书看，就觉得痛苦减轻了不少。好歹捱到了天亮，这本书也翻完了。由于开始有了工资，买起书来不再有什么顾虑。所以，闲着的时候，就想到书店里去逛逛。我到书店里买书有一个习惯，就是先大致地翻翻，遇上自己喜欢的，也暂时放在原处，继续看。当然很多书只是看个书名，觉得没兴趣，就略过了，直到把这间书店里我感兴趣的这些种类的书基本上都瞧过一遍后，最后再决定所要购买的书，将喜欢的买走，一次到书店里去买上个十几二十本倒也不算什么的。如果身上没有钱，或者钱没带够，我会把我选中的书悄悄放在书架的最角落处，最好是别人不容易看到的地方。无它，怕我相中之书被别人买走而已。人皆有私心，我亦不能"免俗"。待兜里一有钱，必第一时间飞奔至书店，将放在只有自己知道位置的书买走而后快。另外，我也连续多年订阅了《随笔》《炎黄春秋》《百年潮》《书屋》《中国国家地理》《历史学家茶座》《文学自由谈》《新文学运动史料》等杂志。我没有学会打麻将，工余除了看书，便是邀约三五友人在一起喝喝酒聊聊天。也写一些文章发表，多半也用稿费去换了酒钱。是有些"桃花仙人种桃树，又摘桃花换酒钱"，还有"天寒沽酒长安市，犹摘梅花伴醉眠"之类的浪子气息的。也曾写过《用书透支的人生》一类的小篇什来抒写购书、读书的一些想法，"三五月明之夜，夜阑人静，疏影横斜，手捧一本书，独读于孤灯之下，那境界与天地融为一体，是一道独特的风景，这种闲适岂不是人生之一乐也！"一类的浪浮矫情句子随处可见。

书看得杂，文史政治类是我读的重点。蓝英年先生的《寻墓者说》，放在我的案头许久，看过多遍，算是了解了苏（俄）联文学家的风骨，尤对政治风浪下的文人众生相感怀不已，对新旧制度交替下文人的遭遇有了样本认识。与我的职业有关的法律类书籍，如《舌战大师单诺辩论实录》等都曾读过。一些书画类甚至科普类的书，我也读过。十年前便对刊登在《科幻世界》上的刘欣慈小说《全频带阻塞干扰》印象深刻，觉得深刻大气。这个时候，有了些积蓄，便想多读点书。有一回，我的一位其父亲在新华书店工作的高中同学见我爱看书，就帮我将新华书店的储书仓库打开，让我买书，这主要是图个便宜，因为这些书大都老旧，与此时市面上的新书比起来，彼时标价要低得多，买起来觉得划算。有段时间，市面上盗版书开始流行起来，我也成为经常的买家。这主要是图便宜，因为我买的都是一时的畅销书和名家大腕的合集。这种把名家的好多本书攒在一起编为一本卖的做法，当然是商人的噱头，但对读者来讲，倒也实惠。不过，这种书多体量大，笨重倒在其次，主要是印刷的字体太小，小到比针尖大不了好多，读起来比较吃力，费眼睛；加上装订和印刷的质量也不好，书脊很容易就散开，后来便也就不买了。没过几年，新华书店也进行了几轮改制，书店的店面是越改越小了，城里私人开的小书店也越来越多，当然可供选择的余地就大得多了。可县城毕竟小，在年末岁终，单位发奖金了，我还会坐车跑到市里去买书看。同时，这些年来，我养成了一个习惯，即每到一地，如有闲暇，必亲临书店去逛逛，且以盖上当地书店的售书章为纪念，这也是一桩乐事。在北京的王府井书店，重庆的西南书城以及成都、汶川等地，我都购过书。

书店逛多了，有个直观感受，那就是书虽然越出越多，但可供选择的好书却越来越少了。书多到了让人眼花缭乱的地步，但书界却浮躁得很。再加上现在包在书上的推介多虚夸哄人，又用薄膜包着不让人打开，看不着书中的实际内容。我曾在2010年写过一篇名为《关于文艺类作品的退款权问题》的文章，就是专门论及此事的。这种做法对于读者来说是不公道的。光看包装，看书皮上的简介或者不知从哪里拉来的所谓"名家"的唬人推介，买来后觉得上当的书，在我也不是个少数。但这个问题一直无人理会，现在仍然如此，所以觉得选书难。

那怎么办呢？我想了一个主意。那就是依靠一些做得比较有声誉的"好书榜"或者"年度十大好书"来确定购书的名单。如《亚洲周刊》《凤凰周刊》以及《南方周末》《新京报》开出的好书单子，《惊弦——汪精卫的政治生涯》《王鼎钧回忆录》《一个大国的崛起与崩溃》《乡关何处》《一个村庄里的中国》就比较不错。再者，一些"口碑书"如《张居正》《曾国藩》《三体》一类也找来读了。不过这个时候我看的书虽多，却大多记不住了。记得住的，相反还是青少年时节看的那些书，对于个别书中的某一句话都死死地记住了。可要是现在，你要乍一问我前几天看了哪本书，我是要很想一会儿才能给你说的。这也是个体差异下的怪事一桩。

2002 年临结婚的时候，家里的四个书架早装得满满当当了。去家具店里看了，却没找到合适的书柜，因为太小了，装不下我的书。为着长久计，父亲找来了木匠，按照家里房子的格局，打了四个木制大书柜，按"下六上四"的格局分为上下两个部分。上部分以实木为格段，占了四格，以玻璃为门，用以放置书籍；下部为三格，木门，用以放书报杂志。这四个书柜就占了一整面墙壁，很是气派；然而很快，这四个大书柜也被装得满满当当了，就只好不关书柜门，把新买的书挨着放在外边一格，也就是只好并排放两排书，还把不常用的书放在书柜的顶上，一直摆到了房间的顶部。这种窘迫的局面一直持续到2013年我搬新家为止。吸取上次打书柜的教训，在搬新家前搞装修的时候，我在依着房子的户型设计书柜时，就将书柜的格板做得很宽大，可以并排放上至少三排书，还也就是说可储存相当于三个这样的大书柜的书。可是，不到两年，新家的书柜又被装满了。我是个疏懒的人，年少书少的时候曾一时兴起，给自己的书编了个号，算是"科学"的初步统计，那时也就不到两百本书吧。但后来，也没有坚持下去。现在书越来越多，也懒得编了，故搞不清楚自己书的准确数量了，四五千册还是有的吧。

我本是一个很普通的读书人，对于阅读，纯系个人喜好。这种喜好，与其他人喜欢打牌、跳舞、健身一类其实并无高下和雅俗之分的。也不能说你喜欢看看书，就高人一等什么的。只是因着这种喜欢，我也从中汲取了一些营养，自己也写了一些东西，码字工而已。后来，自己也出了几本书，这些书的命运我自己心里是清楚的，无非是速朽的。但对我最现实的功用，是可以用来补贴些家用，换些柴米油盐钱；但更多的是被我拿来与友人换了酒喝。不做无聊之事，何遣有涯之生啊！就我个人的经济状况而言，时下我购书也并不算是一笔大的开支，因为主要是从网上购，可以打折，这就可以节省不少费用。

但我还是有些担忧的。世事变迁，人类已经进入到了"互联网＋"时代，传统的纸质书大有被电子书取代的趋势。在我的电脑里，也拷贝了不下三千册电子书。然而，依我个人的感观，还是依恋传统的纸质书。这在我，是不能与潮流合拍的。然而，问题又来了，房间有限，而书又被自己源源不断地买来，又往哪里放呢？而且，藏书仅系我个人的嗜好，妻并不喜欢；虽然女儿自诩为"小书虫"，说看书的毛病系我"传染"给她的，但经验告诉我，就如我的父亲并不爱看书一样，看书这一习惯其实是并不能"传染"的，故我不能以我之现在去猜度她之将来。既不看书，书于她何用？如她爱看书，一则我的这些书不一定对她的胃口，二则这些书她一旦读过后，世易时移，"旧书"们留存给她也没多少意思，她也不一定喜欢。那么，在我身后，这么多的书又该置于何处？余秋雨先生写过一篇《藏书忧》，就曾谈到过这个问题。想了一下，莫负时光吧，趁还能看，就多读点书吧。我心底里有个计划，也说给家人们听过。那就是在我六十岁的时候，把我全部的书捐给曾留给我阳光灿烂记忆的高中母校，四川省南江县中学的图书馆，自己一本也不留。倘这些书，能给学弟学妹们一些启发，我就算是比较欣慰的了。心底里的"小九九"便是，让我的书通过这种方式给留存下去，而不是散落于无形或化为纸浆。不过这个事情，我也没与校方联系，纯系我个人一厢情愿的打算，我不过一普通的小公务员而已，绝非什么学校的"杰出校友"，故这一打算也不知能否实现。

四十年，我活过。四十年，我读过。而且，还将继续读下去。六十岁的时候，将书全部送出去。但书还是要读的，有一天没法读了，也就不读了。

2015 年 11 月 17 日至 18 日

# 关于长篇小说《打虎记》

　　作者为这部小说已构思达三年之久，这当中自然有其对于当下中国政治的关注。在此之前，所谓"官场小说"早已泛滥成灾，个中不免泥沙俱下，主要是作者往往有为迎合市场，满足公众猎奇心理的浮躁心理。作者对中国时政并不熟悉，浮在了表层，所反映的无非是权力与权力之间的相互争斗，情欲与私欲的冲撞，这类小说往往将注意力集中在了对于政治运作不加节制的泛滥性描写，因此，注定只有一时的喧嚣而无法真正在时间上赢得位置和读者的尊重。因为这类小说并不严肃，他们所反映的就只能是政治推进过程中的表象问题。那么，就必然带来写作的苍白和肤浅。这种倾向，恐怕已经是大多数读者内心所共知的。

　　那么，有没有一部摆脱上述窠臼树立当代政治精英群相的时政小说呢？这样一部小说，其立意和基点必然是主旋律的，但它并非是口号与标语的"高大全"式的雷同，枯燥的情节叠加，相反，作者虽然以"宏大叙事"为出发点，但他的根基是立于大众的、立于当下的。他非常清醒地知道当下中国存在的诸多问题，并且并不有意去回避它；他将问题的解决作为对人物塑造的关键，而人物，也并不回避他的缺点。但这缺点，又是如"太阳黑子"的两个方面，所以，他可以给人以力量，给人以方向，给人以温暖。

　　而作者就想写作这样一部小说。不错，他的立意是想以"反腐"为主线的，但你们会发现，作者所表述的其实就是更大一局棋。他是有野心的，他既师法当代中国的《红旗谱》《创业史》《艳阳天》的人物塑造的现实主义表现手法，又有以《金瓯缺》《白门柳》《张居正》等历史人物小说的历史感，他更想通过自己的描述来反映现实并体现历史的纵深感。那么，要把人物放在怎样的一种视野中呢？当下中国，城乡二元结构已经被打破，经济结构调整步履蹒跚，社会治理及治安问题成堆，国企改革任重道远，供给侧改革刚刚起步，"城市病"病态深重，民生问题民生诉求日益生长……那么，在这样的一堆困局之下，又恰逢以"互联网+"为代表的新兴形态，所以，时代也需要有这么一部小说，他所思虑的是将人物放在时代背景之下，并在冲突中来彰显新时期共产党人的博大胸怀，这才能给人以信心、力量。在这样的一种基点之下，对宵小的描述就无关宏旨了——虽然他们也必要出现，但他们毕竟无法在正气、正义与良知的力量下来舒展情绪。但正因为他们的不堪与猥琐，更能唤起群众对"正能量"的呼唤，而这些反映，有时是让人很气闷、很压抑、很悲怆的。作者竭力压抑着自己的情绪，静观这芸芸众生，写实之，白描之，其眼里常含泪水。另一方面，他有意摈弃了时下时政小说关于所谓"权力斗争"的写法，因为他是阳光的，是坚持现实主义的创作手法的。同时，他将热情更多地倾注在了对于政治精英形象的正面书写上，而对这样的人物，他又是将自己的态度隐身于纸外的，他其实并不想"脸谱化"人物，而调动其毕生的智慧，使其丰满和生动。而且，他所描写的并非是一个人，而是一个群体。这样的一个执政团队，承载着群众的托付，代表着社会的前进方向和人民的根本利益，故而能在困局中杀出一条血路来，直面问题，解决问题。为了解决时下这样或那样的问题，"问题即导向"，而在历史与现实的诸多因素交织之间，要让理性冲破欲望的藩篱，这固然有坚持，有正气，但更多的是需要智慧。的确，要解决当下的问题，光凭一腔热情也是不行的。特别是与邪恶力量进行对决之时，险恶的环境使其不仅无力解决之，相反，他还很可能在其"兵临城下"般的境遇之下同化、投降，更进而同流合污，而类似这样的情形，在当下政治运作中也绝非孤例，所以在这些复杂的情事之间要保持定力，作者也有意以复杂、多舛的人物样本故事来反映人性的复杂性，以使人物形象更加立体，这之间自有作者深深的感叹和无尽的悲悯。

　　总之，作者既有其多年投身基层政治的生活体验，又有深重的家国情怀；从其写作的履历来看，作者有过多部长篇小说的写作经验，也有多年阅读、大量阅读的底蕴（他家被国家新闻出版广电总局评为"书香之家"），并发表过多篇对社会宏观治理的法学论文、警学论文，是四川警察学院的客座教授；其人生经历也相对比较丰富，从事公安工作多年，有着审讯、审查人物的阅历和经验，有着从表象中挖掘真相、寻找真相的秉赋。中国传统的"修齐治平"的书生意气，使得作者有了写作的冲动，他需要写作，需要小说，需要寄托理想。此时的作者自然有抒发其内心世界的思绪，但他又是内敛的——他想不动声色地，安静、诗意地去讲述整个故事。为了让这个故事真实，他力图去还原当下政治运作的全过程，以及世态人心、人情，世俗世界的种种，从中来展现人物，反映时代。

　　好了，用当下政治术语来讲述这部小说的主题，作者所写的这部小说是为向中国共产党建党95周年献礼而创作的；它所反映的是以省委书记为主人公的党内健康力量步步为营、缜密谋划，终将盘踞该省多年的一股腐败势力一网打尽的曲折过程。小说以习近平总书记在文艺座谈会上的讲话精神为指导，以习总书记系列讲话精神和中纪委王歧山书记在中纪委十八届历届全会上的讲话精神为立意，以"讲述中国故事，传播正能量"为内核，摈弃近年来所谓"官场小说"中的陈腐气、暮气、俗气、权谋气，理直气壮地抒写在"四个全面"精神指引下新时期中国共产党人坚持党性原则，同党内腐败分子进行针锋相对、你死我活斗争的宏伟画卷。这里没有"纸牌屋"似的权力斗争，而是对党、对人民的责任担当。这其间，固然有对腐败分子的白描式展现，但更多的是展现党内健康力量在党中央的坚强领导下对腐败现象、腐败分子除恶务尽、务求全胜的坚定意志和坚强决心，是斗智斗勇的对决。情节曲折中，彰显人民公仆以天下为念，为天下谋永福的博大情怀。在面对艰险时，凸显他们冷静睿智、通达乐观的精神世界。小说立意高远、笔调清新、直面人生，是一部充满理想主义、对接"中国梦"的现实主义力作。

因此，该小说又可称作"反腐小说"。作者无意回避腐败的严重程度，相反，他知道腐败之于当下中国的泛滥性、世情性和习惯性，这是血淋淋的、触目惊心的。然而，作者用更多的目光注视着那些寄托着理想、怀抱着期望、践行着人格、恪守着底线的新时期共产党人。他们或许有过人性的挣扎，有过软弱，也有过犹豫，但在与邪恶的对决中，他们有十足的底气，有万分的智慧，有坚毅的人格，并最终在相对比较困难的困局中冲杀出来，全胜而归。这一定是非常正常的、非常真实的。可是，对于腐败问题，由于已经深入骨髓，渗透到血液，对于所谓"腐败分子"的描写也不能局限于脸谱化，一概而论。或者他是有挣扎的，也或许就在那么刹那间，有过人性灵光的闪现，也或许在大多数时候，他们与常人无异，甚至显得道貌岸然，满口仁义道德，一副人模狗样。可是，他们的内心究竟怎样，他们的故事与经历又如何？所以，也不能平面化去书写他们，这是作者比较注意的地方。同时，作者也注意到在世风人情之下，社会意识的麻木与淡漠，这种国民性其实有意无意在为腐败提供土壤，这又为反腐败的正本清源带来了难度。

在这样的难上加难下，反腐败斗争的难度更大，更需要智慧。利益集团抱团取暖，官场关系盘根错节，权钱欲的野蛮生长，正邪念头的潜滋暗长，光有一腔热血和正气，没有智慧是不行的。当然，这就会使小说的描写更显得跌宕起伏，更有故事性，也更有可读性；但是作者是严肃的，也是有节制的。这种展示仅是在宏大背景下的小小浪花，也只有在正邪对决中，沧海横流，方显出英雄本色。中国故事，因此而精彩。

第三辑： 想俗事

# 摈弃浮躁的官员升迁机制

近期，习近平总书记指出，应当破除盲目追求地方 GDP 发展的政绩观和选人用人观，用科学发展的理念来统领工作全局。这一论述，无疑为当前一些头脑发热、喜欢大摆摊子、以作秀为能事的领导干部们打了一支清醒剂，也折射出了国家领导人对于当前官员升迁机制中存在的浮躁问题的严重关切。

笔者看到，某些地方的党政负责人在上台以后，总是急于推出一些被精美词汇包装出来的"新举措"和"新战略"。这些"新举措"和"新战略"，要么看似新颖，其实仅仅是一些提法的变换和词汇的翻新；要么动静颇大，不惜以牺牲地方生态环境为代价，上马一批高污染、高能耗的大项目，实属饮鸩止渴、杀鸡取卵；要么另搞一套，对上届领导集体做出的经济发展战略做了重大调整；要么一味跟风，为迎合上级"口味"，罔顾区域经济发展的不均衡性，盲目对接上级宏观政策，造成巨大浪费和重复建设。

在这些乱象的背后，是浮躁的官员职务升迁机制在作怪。

在这个不甚透明、目光向上、追求速度和内部封闭的话语体系内，官员的晋升是一个由权术、人脉和潜规则以及诸多不可知因素共同作用的黑洞；尤为荒诞的是，即使是这种一届一届"铺摊子—摆摊子—收摊子"恶性循环怪圈却依旧无法阻止官员们逆风而上的升迁之旅，而这样反过来又更造成了他们在政绩冲动下贪大求洋的乐此不疲。明明是一个存在诸多问题和虚高的政绩，明明是一个官场体系内大家都心知肚明的幻象政绩，但为什么又如此高调地大行其道呢？

所以，问题的根子并不在所谓的树立正确与否的"政绩观"上，而在官员升迁任用机制的模糊与"含蓄"。一方面，官员们常常把"第一要务是发展，核心是以人为本，基本要求是全面协调可持续发展，根本方法是统筹兼顾"的科学发展观挂在嘴边，另一方面，又频繁地在调动升迁干部，真正干满一届的官员又有几个呢？在此情形之下，却又希图官员们在一个积弊丛生、基础落后的行政区域内在短期内见到执政成效，舍此，就不足以见得该官员的"能干"和"魄力"。上有好者，下必甚焉。但是，如果真以民生作为政绩评判标准的话，那么，那些顾及长远的施政方略又往往很难在短时间内看到效果，这就与官员向上进步的冲动形成了矛盾。在这些深谙官场规则的"油子"式官员们的心中，在利欲抉择"两害相权取其轻"的功利算计中，这种只顾眼前、不计成本、饮鸩止渴、杀鸡取卵以取得"立竿见影"功效的施政便成为了首选。眼前的海晏河清、"盛世"升平和以吸引"大项目"、对接"500强"、强力造（新）"城"、发疯一般拆迁为主要内容的实际"政绩观"，其实成为了长期以来官员们心照不宣的行为准则。至于这样做造成的后果，其实并不由官员们自己来买单，因为，这又是当前官场的普遍规则。以任期为届（不是常规的"届"，而是实际在任时间），接手并默认上届留下的乱摊子，并不再料理；重新着手自己这届（一样不是常规的"届"）新的"方略"。这对官员自己并无损失（顾及上届的脸面，为上届讳，是时下官员普遍遵守的原则。因为，就是本届官员现在铺的这些个摊子同样也需要自己的下届来接手。而官员之所以认为这些合理，其根本在于他们无须对此负责。哪怕是在任官员，只要问题没有在其在任时爆发，那么也是与己无关)，相反，由于这个任期的不确定性，又造成官员自己对职务上升时效的紧迫感，所以推出的各项举措的希图见效时间也就越来越短，其对政绩泡沫的狂想追求也就越虚妄、越大胆，对手下官员与民众的追逼也就越"心狠手辣"，对公共资源的浪费也就越来越严重，由此造成的施政破坏性也就越大。

因此，建立一个公开透明、可操作、面向全民的干部升迁任用机制，把对党负责与对人民负责高度地统一起来，在注意官员经济发展的高速度的同时，注意这个高速度的背后是否存在对环境的污染、对民生的忽视、对基础的弱化、对长远的可能危害，即不单纯以 GDP 的增长来论英雄，而应更多关注那些休养生息、萧规曹随、与民方便的政策，让那些抱有功利心态、急功近利的官员没有投机的市场，并严肃追究其在任期间的乱治恶政，方是摈弃浮躁、杜绝乱象的治本之策。

# 突出景区特色，避免"一晃而过"

　　旅游是产业，核心是通过旅游服务获取利润，这一点，任何景区也不例外。

　　"谁不说俺家乡好"，作为生活在国家重点风景名胜区四川光雾山的一位普通市民，自然对家乡的山水有着特殊的感情。贫困山区打旅游这张牌，是好事；但是，如果在旅游的定位上出现失误，将会对区域经济发展带来影响。

　　平心而论，光雾山风光的确优美，但以中国之大，仅仅一个"优美"，并不能带来公众注意力的云集。因为单从风光的秀美程度来讲，不论光雾山，还是诺水河，与国内的风景旅游热点景区九寨沟、张家界比，其实是有差距的——这一点，想必明眼人早已看出。

　　风光的消费其实应当是"不知转入此中来"，而不是"一览无余"如一次性餐具一样。但是，笔者到过目前市内加紧建设的诺水河、光雾山两处旅游接待站，每处都花了不到一天的时间，在景区的消费仅有门票和一顿饭。有时自己也在想，这么美的风光，却被人为设置在一马平川的水泥路面上被一览无余，真是暴殄天物啊！

　　由此引发了笔者关于旅游定位的思考：是把旅游景区建设成为一个"景色"快餐店，还是一个永不透支的"秀色"银行？所谓"秀色银行"，是说在保持景区环境生态平衡的前提下，尽力挖掘景区自身特色，走特色旅游、生态旅游的可持续发展之路。

　　适合旅游发展的要素很多，但需要将这些经济要素加以重新分配和组合。比如光雾山景区，不能把它仅仅定位于山水风光，而要把它的自然风光与风土人情、古风神秘融合在一起，说句俗语，就是"洋不起，那就土到底"，搞人无我有、人有我新。对于光雾山的旅游开发来讲，一定要突出自己的特色，不要跟在外地景区的后面在景区内大建楼堂馆所了，不要企图用打破景区的自然平衡来达到饮鸩止渴的短期效应了。

　　对于光雾山风景区，笔者有如下建议：一是尽量保持景区原貌，不要人为添置任何不伦不类的设施。二是充分发挥这几处景区的特色，走古朴神秘、静谧自然的可持续发展之路。也就是说，不要把景区浓缩到狭窄的范围内，而应在通盘考虑整个景区风物的前提下，在"野""奇""怪"上做文章，不要让观光者在很短的时间内即旅游完所有项目，"一晃而过"，而要在深、透、细上下功夫，尽量延长游客在景区的观光时间，因为这实际上就意味着旅游收入的增加。可以设置一些如野外露营、探险之类的旅游项目，如光雾山景区"万字格"的神秘风光，就很吸引现在的年轻人。要拴住心、留住人，就不能单纯和外地比风光，而应比特色。三是要加大对景点的人文挖掘，加大宣传力度，提高景区的知名度。笔者感到，目前光雾山景点的文化品位不高，开掘不深，且缺乏能站得住脚的旅游纪念产品，现有旅游纪念品不但工艺粗糙，而且价格昂贵，缺乏卖相。

已故作家张贤亮在黄沙满天的银川平原以"出卖荒凉"为创意，建起了土得掉渣渣的影视城。他的成功，值得今天光雾山旅游开发借鉴。

# 书香伴人生

有些时候，觉得做一个精神贵族还是挺好的，但我自己可不是什么贵族，剩下的只有精神了。在这种一无所有的悲凉中，还好，我还给自己留下了一块留守的根据地，那就是我那一个木质书架和三个竹质书架中装满的近 3000 册书。它们占据了我这间大屋子的整整一面墙。当着公务员，本来薪水就低，刚刚 3000 块钱领到手上，经不起几次倒腾就没了。我爱把购书的经历写在书扉页上，常常见有"咬牙""解囊""狠心"之语，可见对经济拮据的读书人来讲，购书藏书之难。工作了多年，看书就是我公务员生涯之外的全部活法。

能够早点下班当然好，可以打开电脑，看有没有什么心情可以抒发的。实在没有事干了，从书架上随便抽一本书，轻轻摩挲着书脊，就会给我一种非常踏实的感觉。我的书以文学、历史、政治、法律一类居多，虽然题材严肃，却很对我的胃口。

阅读它们，往往会使我有一种超越的快感。因为在读这些书的时候，我会在不知不觉中与这些作者进行思想的交锋。有些时候，读到某一处，我会为与作者有着相同的想法而自豪。当我觉得自己甚至超越了书作者的思想时，我就更加自信了。这使我更加觉得独立思考的珍贵。因为思考，才使我的每一个夜晚不再黑暗。试想，三五月明之夜，夜阑人静，疏影横斜，手捧一本书，独读于孤灯之下，那境界与天地融为一体，是一道独特的风景，这种闲适岂不是人生之一乐也！月光与书香融合在一起，仿佛空气中也增添了几分思想的智慧。在这静夜中，那种独特的味道如此刺激着我的嗅觉，使我欲罢不能。我阅读的灯光漂浮在夜色中，仿佛是一种象征。黑暗中这微微透露的亮光，微微透露出一丝泥土与花朵的芬芳。在这一片沉静下阅读，静态的心境得到了最好的衬托，使人觉得思想毕竟是一件高尚的事。

与这些思想者对话，那份从容与大度都使我无法渺小。我曾经想过，古人关于"大隐隐于市"与"小隐隐于山"的争论中，哪一种才真正充满着智慧与挑战呢？想小隐于山，这不可能；想大隐于市，心会静下来吗？"心上不能加一物"，在这样绝对的抉择中，我们的选择会不会因此而困惑？而书给了我们慰藉，使我敢单独面对每一晚漫长的黑夜与挫折，人类自身的那种真、善、美的人性力量，使我一次次感动得想流泪。

在这样一个小城里，尽管拥有书籍并没有给我带来什么，但我坚信知识最终会带来财富，这种自信来源于我对人类精神与本质的自信。即使有一天我被挫折碰得头破血流，我依然有这种自信。如果财富仅仅定位于这一张张纸币和一堆堆金属上的话，那么人类的演进还有什么意义呢？在这个全球化进程日益明显的世界里，"知识就是力量"这个基本的准则毕竟不会因为层峦叠嶂而更改；虽然现在我们向外边看的视野是有些狭小和动机不纯，但要有这个自信——至少我有！

# 踟蹰乡场不须归

## 夜满乡场

　　这是距离县城最远的一个小乡场，我曾在这个乡里干过文书。老实说，这算不得一个"场"，只是乡政府的驻地而已。有一条街道，长不过两三百米，除了"七所八站"外，有一供销社再掺杂着几家小卖部，便是物资流通的全部了。有两家小饭馆，在当场天开门。这个乡场逢双日赶场，平日里不当场时，整个乡场也就百十来号人；即使是当场天，也只是从上午十一点到下午三点这四五个钟头人多。最热闹的当属快过年的那段时间了，但来赶场的人也顶多一两千人。

　　这里是鱼米之乡，出产丰富。从乡场一眼望去，四周都是农户的田地。春天花季来时，乡场便被满树鲜艳夺目的花包围了，满坪的油菜花黄得打眼。乡场附近有一条小河，夏天涨水的季节正是河里鱼肥之时，架网捕鱼是乡场居民的拿手好戏。他们下午把网撒在河里，到了天黑，温度降了下来，鱼儿便投网了。此时收网，必有收获。

　　夏夜，只要有亮光，各种各样的虫子便不知从哪里钻出来了。记得有一次，我外出开会，临走时忘了关电灯，结果几天后回屋一看，整个屋内已被虫子爬满了。

　　当文书，在乡场的日子是疏懒而又安逸的。因为人少，乡场显得非常静谧。我常常在有月光的晚上搬上一把椅子，枯坐在街沿上，看着天上的星星，乡间空气纯净，看得非常清楚，每颗星都闪耀着光。现在韩剧里经常出现的流星，在乡场的夜晚，我是经常见着的。而萤火虫更是常客，就在我身边徘徊。

　　当然除了枯坐，晚上还是有事做的。那个时候，麻将还不像现在这样普及。在大热的天，居民们摇着蒲扇在院坝边上三三两两摆着龙门阵，等热气散得差不多了，就上床安歇了。

　　但对精力旺盛的我来说，这样的夜晚哪里睡得着觉。正在辗转反侧之际，突听有人敲门，原来是财政所所长老彭。他打了一盆鱼，找乡场一户人家，和着猪油、土豆煮了，便请我喝酒去。酒是最廉价的散白酒，一股子红薯味。

也真是年轻啊，我和老彭几个人把用塑料桶装的五斤白酒全喝光了，然后，带着酒兴，跌跌撞撞地走回乡政府内的寝室，倒下便睡着了。

好多年过去了，还是觉得那晚的鱼好吃、酒好喝。

# 疯女人

乡间的席是不讲究的，精致更说不上，以荤和油腻为主。在乡场，我好歹也是个"干部"，吃席的机会也是有的。

与信用社老主任在一起吃席的时候总是碰着一个老女人。她畏畏缩缩地站在门外，目光是呆滞的；但看到老主任时，眸子里却放出一种奇异的光芒，似乎想对老主任说些什么，但却欲言又止。

每当这时，老主任便起身，大声叱喝着她："回去！"见老主任发了话，这女人闪出怪诞的笑意，说："回去？我就是来找你睡瞌睡（觉）的！"。周围看热闹的看客发出一阵哄笑后，人群就散了。老主任便不再理这个女人了，与我们接着喝酒。而那个女人却仍站在那里，眼睁睁地看着老主任。

这女人是老主任参加工作以前在农村里找的结发妻子。后来，老主任到信用社工作后与街道里一位居民的女儿好上了，便和这个女人离了。离婚后不久，这个女人就疯了。其实，至于是不是真疯了，我也说不上。

乡场上信用社上班不像城里那么守时和精确，平日里只有当场天，信用社才开门上班。这女人平日里很正常，只是每逢当场天，她便跋山涉水，走几十里赶到乡场找老主任，要求和他"睡瞌睡（觉）"。这在乡场，一直是闲人的笑谈。而老主任当然也不搭理她，她便一直守在乡场，直到天黑，才悻悻而归。听说，她这么周而复始地赶到乡场已经有二十多年了。

十年后，我有一次下乡回到了乡场，却没见着她。

向在乡政府办公楼旁摆小卖部的老熟人打听，听说是几年前在赶场的路途中，不慎在过河时淹死了。

我没问老信用社主任是否为她料理了后事。

# 小夫妻

农忙的时候，乡场上几乎看不见人影，连小卖部都关门了。我们这个乡场没有纯粹的居民，那些靠乡场过活的人户其实在乡间都有田地。而我，只有一个人守着偌大的乡政府小楼，主要是守着那部电话机。余乡长说，怕的是区公所和县政府有什么指示精神下来，要我必须守着，不能离开。

但其实在那个时节里，我没有接到过任何一个上级来的电话。那时，有区公所在，好多精神到了区这一级就没再往下传了。

这时候，吃饭也成问题了。乡政府的厨子家在农村，也急着赶回家打谷子呢，于是伙食团便关了门。

老早准备了一箱方便面。心想，有这个，吃饭该不成问题。没想到，才刚吃了两天，到第三天早上刚把一包面打开，便实在忍不住想吐了。我的胃受不了这个味了。没有吃的，也不好意思说，那时人年轻，就硬挺着，躺在办公室的藤椅上闭目养神。

就在乡政府的小楼里，住着一对小夫妻。男的在附近小学校教数学，女的是乡计生站招聘的临时工。因为两人的工资都不高，日子过得挺节俭的。小夫妻嘛，关系时好时坏，小楼不隔音，经常听到小两口在拌嘴，就这么磕磕碰碰地过活着。

那天中午，男教师打我窗前路过，见我憨坐在室内，忙进屋询问。我实话告诉他，我这是饿的。男教师忙说，那干脆这几天到我家里去吃吧，我回家给爱人说声，中午多放几把米，待会儿我叫你吃饭！

那天中午吃的什么呢？小两口用电饭煲煮的米饭，主菜是炒茄子还有泡菜。茄子是用菜籽油和着豆瓣炒的。嘿，那个饭真香啊，我们三个连电饭煲里煨出的锅巴都铲出来吃了。老实讲，我只吃了个半饱，但不好意思说。

接连几天，我都在他们家里吃饭，一直到乡政府伙食团重新开伙。对于这小两口，心存感激是肯定的。

但没过多久，我便调回城里工作了，十多年过去了，我没有再见到过那对小夫妻，不知道她们小两口还好吗？

# 所长老彭

乡长老余说：财政所所长老彭有"三瘾"：一是枪瘾，喜欢打猎；二是打鱼的瘾；三是回家的瘾。这第三瘾，乡里人说话粗鲁，言谈间必往脐下三寸扯，其言外之意不用我说大家都明白。每次戏谑时，老彭总是笑笑。后来，我知道，老彭家在农村，老婆带着两个女儿过活，像他那样的家庭，如果不常回家照料，日子过得也确实艰难。

老彭有一支火药枪，平日里秘不示人，但给我看过，极精致、遒劲，一看就是老猎手的爱物。我曾和老彭一齐去打过一次猎。凌晨三点正伸手不见五指，他把我从床上叫醒，不知从哪里弄来两顶矿灯帽，我一顶他一顶戴着。老彭告诉我，田里的野兔多，危害庄稼。打兔子时，只要见着用矿灯一照，它便不敢动了，正好给猎枪瞄准腾出时间，一打一个准。步行不到十分钟，我俩便到了乡场附近的田里。老彭端着猎枪，戴着矿灯帽，神气着呢！我给他当助手，随他在田坎上奔跑着，但从三点一直跑到八点天大亮，还是一只兔子没打着。至于打鱼嘛，我倒是经常吃着他从附近河里打上来的鱼。

我回城后，他曾经来找过我几次，我和他喝过几回酒，后来，他到城里办事或开会也渐渐不来找我了。

但我只要见着他，必请他喝酒。席间谈起他那"三瘾"，感觉还是那么亲热。

# 从齐威王烹杀东阿大夫谈起

据《资治通鉴·周烈王六年》记载，齐威王召见即墨（地名，今山东即墨一带）大夫（大夫，是当时地方行政首长的官名，相当于现在的县长、市长），告诉他说："自你在即墨任官以来，毁谤你的话天天都有，然而我到即墨视察后，发现田野开辟、人民富足、衙门无事、地方安定，这是你不事奉左右近侍，求他们帮你说好话的原因吧？"就分封他万家采邑，以资鼓励。又召见东阿（地名，今山东东阿一带）大夫，告诉他说："自你任官东阿以来，赞誉你的话每天都有，我视察东阿以后，发现田地荒芜、人民贫困，这是你用优厚的财物贿赂我左右近侍，所以他们才说你的好话吧？"就在当天，齐威王下令烹杀（用锅煮死）东阿大夫和自己左右曾经称誉过东阿大夫的近侍们。

齐威王善于做调查研究的作风实在值得称道。马克思主义认识论认为，获得真知的唯一途径是实践，而不是其他什么先验性的东西；特别是在上、下级之间的各种信息传播途径中，亲身的实践显得尤为重要。因为目前我们赖以了解事物情况的手段本身诸如汇报、报告等等，一是所能采取的手段和渠道相当有限，二是这些手段往往具有一定的局限性，存在着主观和片面性，很容易出现"报喜不报忧""自吹自擂夸大其辞""不顾事实胡编乱造"等情况，从而使上级对于下面实际情况的了解出现偏差。这就要求我们应对报上来的情况进行认真核实，亲自参与实践，在确认真实性的前提下，做出判断。也只有这样，才能够冲破各种人为设置的"真相迷宫"，达到对客观事实的真实掌握。

但是时下，我们某些基层部门的个别领导却喜欢浮在机关，浮在上面，不愿深入一线进行实地调查研究，对于情况的了解仅仅局限于下面逐级递送上来的各种文字材料以及身边下属下去后反馈回来的第二手材料。这种做法不但助长了官僚主义作风的滋长，而且其据此所做出的决策、出台的举措的正确程度也就大打了折扣；甚至还可能出现"黑白不分""以黑为白"的现象。

所以，掌握真实情况应当直面现实，常到基层和一线去看看，亲身到基层体验一下，同时要理顺各种信息传递的渠道，减少信息的传递环节，以避免信息在传递过程中的失真。比如齐威王发现，由于自己身边近侍收受了东阿大夫的贿赂，使自己耳边根本听不到东阿的真实情况，直到自己亲自下去秘密调研后才发现东阿存在着严重问题，因此烹杀了东阿大夫及近侍。

同据《资治通鉴》记载，在齐威王这样做后不久，齐国即出现了"齐国大治，强于天下"的大好形势。因此，只有坚持实事求是原则，厉行调查研究，灵通信息，如实反馈，才会达到科学决策、施政有据的效果，才会为开拓工作新局面打下基础。

# 醉在空灵桥坝中

　　一进桥坝，便感到最近一段时间以来一直略显得有些慌乱的心一下子安静了。

　　这种慌乱，也不知道它的由头，但却缠绕在自己的心头。原本无缘由的心乱，为什么到了桥坝后就静了下来呢？而且，在这呈"之"字形上下的颠簸中，自己却没有感到丝毫的疲惫。

　　看来，这真是一方空灵的水土。

　　"桥坝"是个老地名了，在几轮乡镇区划的调整后，原属桥坝乡的地界全被划进了今天的南江县东榆镇；从地理上看，它距南江县城并不是很远，然而，与县城的喧嚣相比，这里完全是个别样的世界。

　　在南江这样的小城之侧，出现这么一方神奇的土地，简直出乎意料。这意料之外的意思，是让人没有想到它会这么安静，这么空逸。然而，细细想来，还是觉得大自然是很公平的。从城里驱车出发至城郊，在穿过一条长长的狭沟后，便开始爬山、下坡，很快就到了原桥坝乡乡政府所在地即现在的"桥坝社区"。水泥路也就走到头了，一条路况极差的乡村土路连着我们要去的桥坝中心村。道路狭窄、陡峭，若非驾车师傅是熟悉路况的"老桥坝"，一般人几乎是不敢驾车来此的。

　　到了山的腰部，视界一下子开阔了起来，因为看得很远，起伏的群山尽收眼底；因为所有的物象都在自己的脚底下，竟然有了一种"万佛来朝"的视觉幻象，只是这种宏大感却让我有了受洗般的清爽。天地悠悠，俗世何其渺小，头上的天却澄明得很，而浮在半空中的云就好像能随手抓到似的。空气既明澈且清新，远处的山变得离自己很近，这给我带来了好的心情，让我沉醉其间。同时，四下寂寥，几无杂声，安静得像一幅画，这就很容易让人有恍恍然出世的感觉，此谓之"空"。

　　的确，这是一处藏在深山中的钟灵毓秀之地。虽然，在自然条件落后的表面之下，老天给了它神奇的造化，而且，我甚至在想，这种落后，其实是老天的一种偏心。即它不希望自己心仪的这块土地沾染上凡尘的俗气，而宁愿它在自己的怀里永远的空寂。时下，这真是一块难找的空灵之地了。

　　空气好自不必说，这里的风景也好得让人羡慕。从山上往下看，一条

77

清澈的溪流自上而下穿过峡谷，而峡谷两岸，远处雾霭奇峰怪石绿草山花飞瀑——一入眼，除了美，还是美。而这峡谷中最美的一段，就是大名鼎鼎的"鸳鸯峡"了。南江人都知道，鸳鸯峡在县境的坪河乡，距城约50公里，原本有另一条大路，可是我们翻过了两个"之"字形山头后，便将这段路省去了，等于从后背直接翻到了鸳鸯峡的峡口处，可见我们所走的路应该算作是一条到鸳鸯峡的捷径。鸳鸯峡分上、中、下三段，在桥坝均可见得，名谓之"鸳鸯"，其实是指峡谷中最为瑰丽的一段，因两边山形相逼，远望似两只亲密依偎的鸳鸯而得名。这对鸳鸯的躯干部分也不似其他峡谷那么笔直陡峭，而呈两到三个相连的圆弧状，越看越像鸳鸯，越想也就越像。与峡谷挨着的山也生动活泼，或似佛像，或似猛兽，或像孔雀，皆生趣盎然，有形有态。而且，以这鸳鸯形状的青褐色的岩石为骨架，上着以翠绿青青的树和灌木，再加上空气中时不时飞舞着的点点雨丝，浮云点缀其间，让人觉得这简直是一派神的天地、仙的境界。只是这景并不呆板，山形既似鸳鸯，远观之，便好似浮在绿水之上，且好似在随着风儿摆动。风既摇曳，整个景儿也好像有了尺寸上的变化，远望则天山一体，浑然自成，大气磅礴；近视则水绿相连，泼翠一般，碧玉凝脂。这种远与近的不断交织变幻，让这凝固的景色有了灵动的意味，使观者仿佛融入其间；而且觉得，这景象也好像有了灵性，定要展现出最美的风景给观者，像一个善解人意、练达的仙子般卖力地摆动着自己的身姿，在我的眼前不断地调整变化着绝色之境，一瞬一景，一景一瞬，变幻无穷，意韵无穷。此刻，没有浮躁，没有功利，只有自然，只有大千，只有美。人色一体，景魂相通，同频共振，物我两忘，此谓之"灵"。

地上的景色不俗，地下却一样别有洞天。听同行者介绍，就在我眼前的一片景色下面藏着几个相互联通、体量巨大的溶洞群。因为未曾被旅游开发，故景色天成，美不胜收。他曾经自备干粮和电筒，在那里面游赏观景，沉溺其间，流连忘返，要是能够得到有效开发，这里的景象应该不亚于国内其他著名的溶洞景点，而且从规模上看，有过之而无不及。只是由于连日下雨，洞里暗河水位上涨，再加上进洞的路泥泞湿滑，我只好打消了要去洞里看看的念头。

好在就在半山腰，有一小庙，建在一溶洞入口处，此庙谓之"响水洞"，同行者用了四句话来形容之："洞中有庙，庙中有洞，洞下有水，水里有洞。"也即站在庙口就能听见溶洞内的潮水声，故名"响水洞"，其实就是指能在庙里听见水的响声的意思。此庙香火颇盛，在当地的信众颇多，名气很大，今人又建有亭台楼阁，颇具规模。

景象虽美，但因山高路远、位置偏僻，百姓的生活条件比较落后，然而，山民纯朴，皆热情好客。此时已近晌午，朋友安排就在庙侧小屋内便餐。就饮食而言，此地有三绝：火烧馍、苕丸子、包谷酸菜油稀饭。"火烧馍"即在用火塘煮饭前将面团压扁后放入塘内覆盖柴灰，经多次翻烧，饭熟则馍熟，有点类似新疆人食的"馕"，将馍上覆着的灰拍尽，趁热食之，则香气四溢，食之怡人；"苕丸子"，做法类似汤圆，用糯米粉为皮，内装当地豆腐、盐菜、腊肉等物，煮好即可食；"包谷酸菜油稀饭"，即在铁罐中用腊油炒制干酸菜，然后加水至沸腾后便加入事前准备好的经过浸泡后的包谷，几分钟后即可食。因为来得匆忙，给我们煮饭的农妇面带赧色言来不及准备苕丸子，故能端上桌的菜，除了几色当地的蔬菜外，便只有火烧馍和包谷酸菜油稀饭了。这两款食品，真是名不虚传，除了纯天然、纯绿色外，食之余香满口、胃口大开。

就这么走走看看，大半天就过去了，但我的心情却是一直愉悦着的、沉醉着的。我完全融入了一片空灵的胜景里。这是一方多么美丽的土地啊！山、水、人就这么浑然一体地共生在了一起，这份原始、这份安宁、这份空灵、这份俊逸，都让我为之震撼。这愉悦中，更间杂有某些自私，我甚至在想，在这份原始天然的空灵与旅游开发带来的所谓"文明现代"之间，到底谁更重要呢？如若是我，我会毫不犹豫地选择前者。然而，对于这些守着瑰宝却依旧贫穷落后的山民来说，开发旅游产业应该是最为现实也最为迫切的愿望。只是，在这"开发"中，我又或多或少有些担心，担心俗世的纷扰会破坏了这份亘古的空灵。

罢罢罢，在离开之前，再张开双臂、深呼吸，用力大口地再吸几口这里纯净的空气吧。我知道，留在我记忆中的桥坝永远在原生态中，永远是那么的美丽，那么的空灵。

# "神医"张永龙

对于既往的怀疑是年轻人的习惯，我也不例外。

鲁迅先生年轻时也一度对中医产生了些许恶意，这恶意来自于对他父亲周伯宜患病后的治疗经历。依我看来，其实这疗病倒还在其次，而在于治病的医生出了问题。给周伯宜先生看病的中医大多态度倨傲、诊费奇贵，开出的方子不仅药引奇特，如"同巢的蟋蟀一对、结了子的平地木十株以及经霜三年的甘蔗"等，而且价格也贵得吓人。这且不说，还不曾见半点效果。因着周伯宜的病，鲁迅整日出入于当铺、药铺，生生把周家由小康拖入困顿之境。遇见这样的医生，要让鲁迅对中医产生好感，当然是不可能的。

在文章开头，引述这么个故事，其实是为着一个参照，那就是四川省南江县南江镇文星村的民间老中医张永龙先生。老实讲，作为"鲁门"后学，对于中医，我也曾是颇不以为然的。读了些书后，更因着些一知半解的"学问"，从"学理"上认为所谓中医简直就是没有道理的故弄玄虚。因为，与西医相比，中医的劣势是显而易见的。疗效慢，药也苦，"讲究"多，故而更加深了对鲁迅先生早期对中医感观的认同。

然而，张永龙先生却颠覆了我对中医的看法。十年多前，我正值盛年，心浮气躁且好动，不想却被一个说小不小、说大不大的脚疾给缠住了。某日，因在剪左脚大拇指指甲时，不慎将指甲边挨着的夹沟肉给剪着了。这本不算什么，以前此类的情况也出现过，痛几天后就自然愈合了，因此，也就没采取任何治疗措施。没承想，几天后脓血不止，拇指肿得像巨蛇头一般，走起路来痛得钻心。此时，我仍未引起什么重视，没立马上医院诊治，再加上那段时间家里又连出了些事情，就耽搁了下来。脚拇指仍是肿大，脓血仍是流，我仍是痛；此时，我倒是重视了起来，也到了正规医院去，医生认为这是"小病"，故一般也就是消消毒，抹点药水，涂点药膏，再用纱布包起来之类。这种诊疗，虽在其后几天能起到止脓消肿的效果，但那伤口却一直没有愈合；因为伤口愈合不了，所以疗效在显露了几天后，病状又恢复了原样。说起来，这真是大家眼中的"小病"，可是，我的这个"小病"却整整拖了三年！

直到有一天，朋友给我介绍了张永龙医生。其实此时，我对自己的这个"脚疾"已经多少失去信心了，因为，在这三年里，我找过多位医生诊治，一开始，他们都认为我的这个"疾"无足轻重，对治好都非常有信心，然而，却一一铩羽而归；后来，又都将我这个"小病"归为"疑难杂症"的范畴，既视若无睹，也不屑一顾了。对于此时朋友的介绍，我将信将疑，因之前遇着了这么多的医生，谁都说自己医术高明，但最终却未曾见效，所以，也就以"试试看"的心态去到了张医生那儿。

张医生医宅就在公路之侧，房前绿树成荫、鸟语花香；有一鱼池，内有金鱼若干，自由翔动；树上有多个鸟笼，养有画眉等鸟儿；地上又有一大笼，笼中喂有锦鸡、野鸡多只，旁有一大狗；自可见主人是一热爱生活且意趣盎然之人。进得屋内，便见多样匾额，是为患者称赞张先生医术高明的赠予；桌上放有药缸多样，另有药酒多罐。

是时，先生之公子张万国正在先生带领下试学医道，朋友与张先生本是熟人，寒暄几句后便进入了正题。我小心翼翼地将"患脚"露出，张先生细细审视约半分钟后即自信满满："你这个病我们能治！"我当然顺水推舟："请先生放心大胆去治！"话音未落，但见张万国将药酒倒至小酒杯内，对我的患处进行了反复冲洗，后又持一小瓶，用牙签将药粉抹于患处，然后，将大罐内放着的药粉用开水在小碗内调匀，敷于患处，并用纱布包裹住——整个"治疗"便结束了。

面对着脸上写有重重疑惑的我，永龙先生倒是自信得很："给你用的药，都是咱家祖传的秘方。放心，只要你配合我们治疗，平时再注意忌忌烟酒，你的病应该没多大问题。"接着永龙先生嘱咐我在最初这段时间两三天便来换一次药，其后则四五天左右来换一次。随着换药次数增多，我与永龙先生便熟悉了起来。

他自幼师从其爷爷张师古学习传统中药的接骨连筋之术；其最为擅长的是治疗肌肉神经损伤和各类骨病以及跌打损伤。药用三味，名为"正骨金丹""再生丹"和"接骨续筋丹"，另有膏药和散剂。给我用的药，用牙签涂抹的是再生丹，用以恢复肌肉活力，此药估计相当珍贵，因使用时用量极小，且极小心。用纱布敷于患处的是散剂，为中药粉末，估计其作用应为消肿止痛以及杀菌。药酒，为五蛇酒，即五种蛇加小作酒所泡制，除了消毒，更有祛风除湿等多重功效。

先生的药就是这般，然而其神奇之处也在于此。这么多味的中草药组成的"祖传秘方"确有其神奇之处，其效力的发挥也正在于其组合上。在用先生的第三次药后，脚上便明显感觉消了肿，而且伤口也在愈合。就这样，在接受先生治疗一个多月以后，我的脚居然奇迹般地好了。我自是感恩不已，而且开始对张先生的"师古正骨术"有了些许的了解。

张先生的祖父张师古先生是南江有名的老中医，历来以治疗各类与骨骼有关的疑难杂症闻名，医术高明，主要是其祖传的药方好，更有传为佳话的为川陕苏区红四方面军将士看病的事迹。因此，永龙先生自幼传承家学，医术精湛，功力颇深，成了在南江县享誉一方的国医大家。先生之名更在其医德上，对我悉心诊疗，治愈了脚疾，收费却极其低廉。我感其恩力邀其吃顿便饭，却被婉言谢绝。在先生的身上，我感受到了祖国医学的博大精深和医生的人格魅力。听说，先生之诊疗，既有拥军情结，凡军人治疗皆不收费；又有平民情结，原本收费就较为低廉，遇有贫弱者，则尽量给予减免。为此，我特意制作了一匾，上书"歧黄妙手"四字赠予先生。

其后，我因脚踝骨折和痛风发作，找先生诊疗过多次，用了先生的药后，都有很好的疗效。就我作为患者的体会而言，先生的药，药力起效快、止痛快，同时，几乎没有任何副作用。在张先生的治疗过程中，尽显祖国医学的高妙，让我这个曾经对中医有着若干"看法"的人彻底改变了立场，并深深叹服。看来，凡事先入为主，都是不正确、不全面的。对于中医，大多数人所持的观点应该说就是没有对其进行深入细致的了解，仅凭个体有限、主观的肤浅观察后就做出了所谓的"结论"，而这种结论到底是不是符合科学，是不是符合生活的真实，是需要推敲的。

在漫长的历史长河中，中国人的祖先在与病魔作斗争的过程中产生了中医药，而张永龙先生的几味祖传秘方应该就是其先祖在长期的医学诊疗过程中经过无数次实践所得的验方，既符合中医医理，又在造福于患者的过程中使药力不断得到改进，并取得最好的疗效。这并非什么先验、超验性，而确是医理与实践不断循环往复所得到的最好结果。因此，就必能经得起历史的检验。前不久，听说"张氏师古骨术"已获批为全市的非物质文化遗产。这里也就有一个传承的问题——把祖宗留下来的好东西发扬光大，不仅是张先生一家的事情，而且是我们全社会的责任。听说，先生也有意将这几种宝贵的药方投入工业化量产中，这无疑是一桩功德无量的事情。

我感念先生对我的诊治，遂写作此文，以弥补以前少年轻狂对传统中医的怠慢。

# 与"兄弟"在"绝交"中成长

　　女儿黄皓彧是四川省南江县实验小学六（二）班的学生，长大了，再过几天，就要小学毕业了。眼看着她一天天长高，一天天成长，心里却越发地惶恐。因为，在我的眼中，她还是那个梳着两个羊角辫子，总喜欢扯着我的衣服问这问那的懵懂孩童。虽然，她提出的好些问题，比如宇宙的形成，比如"北纬三十度神秘现象"，比如"武媚娘"是个什么样的人等问题，我现在已经无法马上给她回答清楚，得下去翻翻书、查查资料才敢告诉她。但在女儿看来，她早就已经长大了，因为，她眼前的这个胖子，不仅是长辈意义上的父亲，而且是平辈意义上的"兄长"。

　　也许是女儿从小喜欢跟我在一起玩耍的缘故吧，不知从哪天起，女儿忽然称我"兄弟"，也就是说，现在我就是她的"哥们儿"了。既然是"兄弟"，那么两个人在一起的时候，就丝毫没有拘束感。而且，她还会经常主动告诉我在班级里与同学们之间遇到的种种新鲜事、有意思的事和囧事。

　　因为关系到位，放学回家背课文的时候，女儿会主动要求由我来检查背诵，为什么呢？因为，身为"兄弟"的我，当然要为"兄弟"帮帮忙，没记住的时候，可以给以提醒；有时，背个大意，也假装没发觉……不过，这样干了几回，就被她妈妈发现，从此取消了我检查背诵课文的资格。同时，既然是"兄弟"，当然有义务为"小兄弟"买东西（比如零食、文具、图书）以及玩耍（比如游乐园）主动付个账什么的……

　　当然，也不是总是一团和气。"兄弟"之间有时也闹闹小矛盾，而遇到这种情况，我的这位"小兄弟"祭出的法宝，便是与我"绝交"。

　　记得有一次，我与"兄弟"约好星期六一早去断渠游乐园玩。虽然我知道，"兄弟"约我的主要目的，当然是要我给她结账的，但这点小事，对于咱哥俩肯定不算什么问题。于是，在星期五的下午，我与"兄弟"在手机通话中是满口答应，一定在星期六一早陪她去玩。哪晓得，就在星期五晚上，我与几位老朋友约好在一起吃饭；老朋友见面，当然很亲热，于是也就多喝了几杯，晚上回家后，头痛得厉害，昏昏沉沉地躺在床上就睡着了。

　　等第二天醒来，才发现已经上午十点多了。我心里情知不妙，"糟糕！'兄弟'不是约好了一早去游乐场的嘛！"而等我一应洗漱完毕，怀着沉重的心情去"兄弟"房间解释时，女儿房间的门紧闭着，门上贴着一张纸，上面写着两个大字——"绝交"。当然，这件事情，身为"兄弟"的我肯定做得不对。于是，在女儿妈妈的帮助下，我向苦着脸的"兄弟"做出了深刻的检讨，保证"永不再犯"并承诺以后一定养成按时守信的习惯。这个"兄弟"才笑逐颜开，宣布和我"复交"。

不过，也有些时候，"兄弟"与我"绝交"倒还是她做的不对。我记得有次，"兄弟"与我吃饱喝足后上街去闲逛，出发前，她妈妈千叮咛万嘱咐让不能再在街道去吃零食了。因为，作为小孩子，我的这位小"兄弟"算是个小胖子；而且"兄弟"也点头，信誓旦旦地向她妈妈承诺决不吃零食。不料，才刚走到街上不久，她就被沿街叫卖的某样被大家叫作"垃圾食品"的小吃给吸引住了，顿时就走不动路了。这时，"兄弟"拿出了"哥们义气"这个法宝，一定要让我买给她吃。按说，在这个问题上，我一直是比较开通的，因为很多时候，我也控制不了自己的嘴巴，跟着"兄弟"一起大快朵颐的时候也不在少数。不过，今天想起出门前她妈妈的叮嘱，再加上本来她就吃得比较饱，实在是不能再让她多吃了。因此，在这件事上，我也是寸步不让。"兄弟"说了会儿，见我一直摇头，也就生了气，当场宣布与我"绝交"，赌气扭头就往回走了。没办法，我也只好跟着她回家了。回到家里，我把这件事原原本本向家中的"法官"——她妈妈——做了陈述。当然，"法官"裁决："兄弟"跟我"绝交"的理由并不能成立。宣布这个决定不到三分钟，我便和"兄弟"复交了，开始愉快地一同看起《大头儿子和小头爸爸》了。

因此，这件事也告诉我，虽然是"兄弟"，但在原则问题上，还是不能搞"变通"。这些道理，用在大人身上与用在孩子的身上，其实都是一样的。而且，"对的就坚持，错的就反对"，也有助于孩子养成正确的是非观，不至于在今后成长路上过于任性，而变得不守规矩。

于是，就在这样的反复"绝交"中，我和女儿的感情也在一天天提纯、沉淀，真正成为了最好的朋友和"兄弟"。这种无间的情感，使我们两人之间经常互勉。女儿常对我说："'兄弟'，你一定要加油努力哦。我相信你的实力，因为你是最棒的！"

那么，今天，我也要对女儿说：加油吧，"兄弟"！在你的身后，你的这个胖胖的、憨厚的大"兄弟"会伴着你长大成人，伴着你成为美女，伴着你成为才女，伴着你成为对国家、对社会有用的人。

# 父亲讲述的入党往事

1966 年，毛泽东主席三线建设战略实施得如火如荼。

成都到昆明。铁路。差 4 公里就 1100 公里。成昆铁路，是人类有史以来最难修的铁路。沿线有三分之二崇山峻岭、奇峰耸立、深涧密布、沟壑纵横、地势陡峭、地质状况复杂。这条铁路，与美国的阿波罗宇宙飞船登月所带回来的月球岩石、苏联的第一颗人造地球卫星一起，被联合国并称为"象征二十世纪人类征服自然的三大奇迹"。而创造这一奇迹的，正是中国共产党人。

因为巨大的工程难度，这一从 1958 年即开始修建的铁路，已几上几下。鉴于当时紧张的国际国内形势，1964 年 8 月，毛主席发出了"成昆路要快修"的指示。统帅一声令下，铁道兵、民兵和群众 30 万筑路大军齐聚云南，成昆铁路再度上马，自然考验生理极限和意志，钢铁切割生命。

铁道兵志在四方。在铁道兵部队第一师三团二营七连，生于 1945 年，时年 21 岁的父亲正处在人生最激情燃烧的岁月，昼夜奋战在成昆铁路筑路一线。作为一个来自川东北最为贫瘠山区南江县的一个老农民的儿子，此时的父亲已在部队度过了一年多的时光。

在南江招兵的时候，父亲并不知道自己即将服役的部队是铁道兵。现在回过头来想想看，这也几乎是父亲所无法改变的命运安排。他于 1964 年 12 月参军，此时成昆铁路刚复工不久，工程建设急需大量的劳动力，作为修路主力的铁道兵部队正在各地招兵买马。对家庭出身好（贫下中农）、身体条件好、能吃苦耐劳、略有文化（初小即可）的青年子弟格外青睐。招兵时，父亲所在的生产大队连他在内共有 4 人被部队录取了，其中就有 3 人被分在了铁道兵部队，另外 1 人被分在了西藏基建部队。这可都是条件特别艰苦、需要流汗苦干的部队。

随即，父亲被"解放牌"大卡车从家乡拉到了云南昆明的部队驻地。由于出身一贫如洗的贫农家庭，在当时的情况下，父亲知道，要想改变命运，只有靠自己的艰辛努力。三个月的新兵训练后，他所在部队就被拉到了昆明市郊的碧鸡关成昆铁路筑路前线。

该部队所承担的，正是最为艰难的隧洞工程。在巨大的自然威胁面前，生命一再显示出渺小。要在断裂发育丰富、巨石林立的山体中开凿出一条隧道，难度可想而知。而且当时的施工条件极为恶劣，基本上没有任何劳动防护措施。洞内掘进施工无非两种：对巨石用炸药将坚硬的岩石炸裂；对于相对小些的石头则是用风枪将其打碎后拉走。父亲所在连队承担建设任务的一共有四个排，每天三个排"三班倒"施工，剩下一个排轮着备用。打风枪不仅是技术活，而且是体力活，对体力的要求非常大。把石头打碎后，又要用十字镐挖石头和渣土装筐，倒进轨道车拉走。这样一天干下来，人累得像散架一样。与随时可能发生的生命危险相比，身体的极度累乏还不算什么。隧洞内的地理情况极为复杂，不仅要面临着瓦斯、塌方、落石、洪水等自然威胁，而且打风枪会带来大量的粉尘，对身体的危害非常大。与父亲一道参加铁道兵的家乡战友，现在已因为患矽肺病病逝多人了。

在这样艰难的生存环境下，父亲咬紧牙关坚持了下来。他常说，与在家乡的饥饿困苦比起来，部队的条件其实还算是好的。虽然吃住在简易的帐篷里，但在当时，他们部队战士每个月有45斤粮食，每天有4角3分5厘的伙食补助，如果施工，则再加1角钱；打山洞，则再加1角钱。每天都有菜有肉，填饱肚子不成问题。这样，就是苦点累点，也不算什么。参军时，父亲仅有1米58，体重不到一百斤，身体单薄的他，凭着山里人特有的不怕吃苦的韧劲，工作拼命肯干，做事认真老实，在最为艰难的隧洞施工中被评为打山洞的积极分子。

在部队这座大熔炉里，经受住了考验的父亲茁壮成长。1965年6月，他就被连队的副班长介绍加入了共青团。其后，因为有些文化（高小），人又老实，被连队分配从事后勤工作，就是协助办伙食。他每天一早要和司务长一起乘坐小火车（即云南特有的"米轨铁路"，法国侵略者留下的产物）到市区去买连队每日所需的生活必需品，再用马车拉回来。这种工作，比起打山洞、操控风枪，看起来是轻松了些，但这其实是一项既需脑力、又需体力的苦差事。连队一百多号人每天的供给不是个小事情，既要勤俭节约、精打细算，又要确保品种丰富，让大家吃饱吃好，还要做到收支相符、账目清楚。这还不算，每天这么多物资货品，又要靠人力来转运。这一干事务，都被父亲一个人承担了下来，而且受到了战友们的一致好评。

在那个突出政治的年月，父亲这样表现积极的山区青年，很容易进入组织的视线。在父亲入团后不久，他所在连队的两位排长（均为中共党员）即一致同意将其作为入党积极分子来加以培养和介绍。

1966年2月，碧鸡关隧洞主体工程已经竣工了，父亲也迎来了他政治上的春天。他记得很清楚，那是一个枯树发芽、柳树吐翠、乍暖还寒的初春时节。一天下午，就在距他所住帐篷仅20来米的一个小松林里，他所在的排召开了党的小组会。排里共4个党员加上父亲，一共5个人，大家席地而坐。这次小组会只有一个议程，就是讨论父亲的入党问题。按照既定的程序，父亲讲述了他对党的认识和对党章的理解，并对今后的打算做了一番表态。随后，他的入党介绍人王排长也向大家汇报了父亲的思想发展情况。与会的党员们一致认为，父亲的家庭出身好（这在当时是极为重要的一项入党条件），而且现实表现也不错，对党组织的认识也比较深刻，所以一致同意发展父亲加入中国共产党。当然，在会上，与会的党员们也对父亲提出了一些希望。会议开得很严肃，但气氛也很热烈。党小组会后，当年4月，连里的党支部又召开了支部大会，通过了父亲的入党申请，并上报营党委审批。不久，营里的王教导员就找父亲谈话，正式通知他已被批准入党。面对组织的信任，父亲心潮澎湃、激动万分。他文化程度不高，但他之前曾在电影中看过黄继光、罗盛教等英雄模范的事迹，他就向王教导员表态，自己一定会以英雄为榜样，在部队里发挥好党员的模范带头作用，请党考验、检验！因为随后就爆发了"文化大革命"，部队里也比较乱；原定要举行的入党宣誓仪式也不知为何被取消了。父亲被批准入党的决定，只在连队党支部大会上进行了宣布。一年预备期以后，1967年4月，父亲转为正式党员。

就这样，父亲光荣地加入了党组织。在他入党后不久，让父亲终身难以忘怀的，是与战友遭遇的生离死别。1966年8月，他所在部队又转战到自然条件更为恶劣的云南禄丰县平浪镇的蜜蜂箐实施隧洞施工。2500多人的筑路大军就驻扎在一个三面环山的狭长山谷里。当月26日晚，禄丰县境内普降特大暴雨，随即引发泥石流灾害，驻扎在山谷中的部队营地在极短的时间内被洪水包围，父亲所在的七连由于转移及时而未有人员伤亡。但距父亲驻地仅十米远的九连却有多名战友牺牲，损失惨重。与父亲同时参军的家乡战友衰美弟就是在这次灾难中牺牲的。这次灾难，父亲所在部队共有46名干部、战士牺牲。如今，他们都长眠在成昆铁路蜜蜂箐隧道的进口山垭里，没有墓碑，没有松柏，坟茔的周围长满了荒草……

这次劫难使刚入党不久的父亲感到特别难受和悲哀。在他的内心深处，便常常用这些牺牲战友们的事迹来激励自己应对恶劣的自然环境，克服生活的艰难险阻。他觉得，与这些牺牲的烈士相比，自己吃点苦受点累，也根本算不上什么。更重要的是，在他的心中，做一名合格、称职的党员，是他永远不可改变的信念。入党不到两年，父亲就转为了干部。从军20年，父亲随着部队转战南北，先后在湖北、山东等地修筑铁路，后又转业回到家乡工作。弹指一挥间，父亲已退休多年，党龄也近50年了。当年，带他加入党组织的战友，也大多离开了人世。然而对于那场在小松林里召开的讨论他入党的党小组会议的情形，时至今日，父亲仍记忆犹新。

现在，他常对我们姐弟说："咱现在人老了，但在入党时咱对党许下的诺言却永远不会老。活着一天，就要在党组织一天，就要发挥作用一天。不然，不好向在蜜蜂箐隧道边牺牲的战友们交待啊！"在我家客厅的正中间，悬挂着一张巨幅毛主席画像。71岁的父亲常常坐在客厅的椅子上，端详着他老人家，久久地陷入深思之中……

第四辑：忖警事

# 又到清明

清明这天下着小雨，车开到半路的时候，李丽突然要求停车。

她要下车去买些鞭炮。我说："大姐，鞭炮我已经买了，现在车上就有许多。"

"你们的，是你们的。我要买的，是我的心意。"李丽态度坚决。我迟疑了一下，但还是同意了。于是，李丽便打开了车门，沿着公路两旁的门店找寻着鞭炮的卖家。

一路上，我都沉着脸且沉默着倾听李丽这位已故警察妻子的讲述。阴霾天气下，记忆里那些几乎被遗忘的画面却显得异常鲜活。往事一幕幕，折磨着近来有些失眠的我，让我的神经无法 安顿下来。

三年多前，李丽的丈夫老王死于一场车祸。也是个下雨天，正在山上执勤的他在每日例行巡逻途中拉上了两位迷路的外地游客。归途中，警车失去了控制，翻下二十多米高的山崖，老王当场殉职。

老王是个实诚寡言的人。出身农家，入警后，担任基层派出所领导多年，工作务实谨慎，多次立功受奖，堪称楷模。老王故去后，家中便只剩下了李丽和一个即将高考的女儿。老王有个弟弟，也是警察。三年多过去了，李丽还是一个人过，而在外地读书的女儿前不久，也刚刚考上了警察。

在车上，李丽接了个电话，是家具店打来的，说是已把沙发拉到了她所住公寓的楼下。

"老王生前就喜欢在客厅的大沙发上睡觉。过几天女儿就要回来了，打电话说，怕见到沙发，因为这会让她想起爸爸。有什么办法？只得依了她，把沙发换了。"李丽又像是解释，又像是自言自语。

我依旧无语，害怕自己的多言会打扰大姐的记忆。

半响，我才缓缓地说："大姐，老王走了，你才四十多岁，也该考虑考虑自己的个人问题，找个老伴了。"

过了好一会儿，李丽才应声："黄主任，你说的，大姐不是没有想过，但是除了你王哥，大姐的心中再也装不下其他任何人了……"

我沉默了。在清明这个特殊的日子里，既往，现在，或者将来……一切的一切，都显得不那么重要了。心绪粗犷的我，唯有谦抑，唯有无言。

因为这既是在告别，也是在相聚，更是在释怀与对话。

停车等了一会儿，李丽提着两大捆鞭炮又重新上了车。其实就在车的后备箱里面，满满装着早已准备好了的香蜡、花圈、花篮、鞭炮、祭酒和供果，这是全局警察的心意，是清明时节我们这些个生者对逝去战友的缅怀。然而，我知道，李丽现在买的这些鞭炮，绝不是浪费。

老王的墓就在一个小山梁旁的公路下面。我提着花圈和同事及李丽一起带着祭扫用品到了他的墓前。挂上清幡，摆上供果，点上香蜡，洒上酒，说了一句"老王，我们来看你了"后，我并没有脱帽，而是戴上了手套，郑重地向着墓敬了举手礼。我相信，如果老王地下有知，会懂的。

李丽默默地点上了香蜡，然后看着我和战友们的敬礼，就这么面色凝重地伫立在老王的墓前，一直无语，大约有十分钟。接着，她便清理起带来的鞭炮，因为很多，鞭炮在地上摆了老长，足足有十多米。理好后，她点燃了它们。

锐利的鞭炮声响彻在这个雨纷纷的时节里，很快，老王的墓前已被红色的鞭炮碎屑铺满了。

所谓祭扫，其实就是个形式。然而，除了形式，我们又能做些什么呢？一干程序性的仪式很快进行完了，就要走了，临到上车前，李丽突然回过头来，大声对着墓说："老王，你放心，娃娃我一定给你带好了！"

上了车后，李丽依旧无语。我盯着前方，却发现戴着的眼镜镜片前一片模糊。原来，我的眼睛，也湿润了。

# 实现伟大中国梦，警察不能等待

## ——人民警察"中国梦"纵横谈

### 1

实现中华民族伟大复兴，是中华民族近代以来最伟大的梦想，就是"中国梦"。

复兴，既是物质的繁荣，也是精神的升华，同时，更是政治的文明。行无矩、治无序，则民不安、国不兴。

"国家安危，公安系于一半。军队是备而不用的，警察是天天要用的。"在复兴的道路上，人民警察肩负着重要的责任。这是因为，民不能安，何谈复兴；法不能治，何曰富强。

实现中国梦，警察不能等待。

### 2

把我们的工作在保境安民的尺度上量一量：一个案件频发、盗匪横行、民怨沸腾的地方，何谈安居？国家安危，警察的责任！

把我们的执法在公平正义的天平上称一称：一个有法不行、执法不公、枉法不正的地界，何谈文明？守法护法，警察的责任！

把我们的服务在为民满意的准绳上比一比：一个傲视群众所求、漠视群众所苦、无视群众所盼的警局，何谈履职？服务人民，警察的责任！

中国梦，是一个让老百姓有底气去踏踏实实过日子的梦；中国梦，是一个让老百姓心中有保障去捍卫自由与权利的梦；中国梦，是一个让老百姓有尊严去追求幸福的梦！从这个意义上讲，民生梦、平安梦、法治梦，也就是中国梦！

### 3

我们知道，中国梦，就是平安梦。平安，是社会和谐的基本要素；平安，是民族复兴的基本标志。"没有稳定的政治和社会环境，一切无从谈起……"（江泽民同志语）。要实现日不关门、夜不闭户、路不拾遗，我们还有很长的路要走；要实现安居乐业、稳定祥和，我们还有很长的路要走；要实现长治久安、民悦警强，我们还有很长的路要走。

我们知道，中国梦，就是法治梦。没有法，就没有治；没有法治，就谈不上文明，更无从追赶跨越。要实现依法治国、依法办事，我们还要很长的路要走；要实现法治为先、法德兼修，我们还有很长的路要走；要实现警行法令、警遵法纪、警护法魂，我们还有很长的路要走。

我们知道，中国梦，就是民生梦。民生是社会的基石，民生系千家冷暖、万户疾苦，民生是社会和谐的风向标。安居乐业，民生唯上，"一枝一叶总关情"啊！要实现以民意为指向，护卫民生，我们还有很长的路要走；要实现以人为本，捍卫尊严，我们还有很长的路要走；要实现常哀民生之多艰，恤民济难，我们还有很长的路要走。

# 4

国无警不安，民无警不宁。

让我们听听先贤们为之憧憬的"中国梦"吧：

——"大道之行也，天下为公……是故谋闭而不兴，盗窃乱贼而不作，故外户而不闭，是谓大同。"（《礼记·礼运》）

——"造成独立自由之国家，以拥护国家及民众之利益……国家之本，在于人民……就是要除去人民的那些忧愁，替人民谋幸福……大家为国奋斗，造成世界上第一个好国家，才是大志气。"（孙中山）

——"到那时，到处都是活跃的创造，到处都是日新月异的进步，欢歌将代替了悲叹，笑脸将代替了哭脸，富裕将代替了贫穷，康健将代替了疾病，智慧将代替了愚昧，友爱将代替了仇恨，生之快乐将代替了死之忧伤，明媚的花园将代替了暗淡的荒地！这时，我们民族就可以无愧色地立在人类的面前……"（方志敏《可爱的中国》）

……

这些话语里，无不寄托着先贤们对于国家富强、民族复兴的殷殷深情；无不饱含着先贤们对于国家长治久安、人民安居乐业的泣血期盼。这，让我们为之感慨，为之动容，为之奋起！

实现伟大中国梦，警察不能等待！

# 5

中国梦的征程中，无数先驱者的血早已化为踏浪前行的大纛，为我们指引着方向。

空谈误国，实干兴邦。每一个警察都应当冷静想想：自己该为"中国梦"的实现做些什么？

每一位警察，都是中国梦的建设者和捍卫者；每一位警察，都是实现伟大"中国梦"这一系统工程中的一颗不可缺少的零件。人人起而行之，个个振而作之，百舸争流千帆竞，众人划桨开大船。

有你参与，便有一份力量。

"到中国共产党成立100年时实现全面建成小康社会的目标；到新中国成立100年时实现建成富强民主文明和谐的社会主义现代化国家的目标，实现中华民族伟大复兴的梦想。"

现在算来，距离第一个目标，还有8年。

距离第二个目标，还有36年。

日月轮转，岁不我与。警察不能等待。

# 6

那么，从现在做起，从我做起吧！为社会的平安贡献我们的心力，全力提升保境安民，维护一方平安的新能力、新水平，积极回应人民群众对于安全保障的新期待、新要求，努力拓展为民服务的新领域、新空间。

流汗护梦——为了守望平安、捍卫和谐，警察责无旁贷。需要我们殚精竭虑，需要我们锲而不舍，需要我们付出心血与汗水、智慧与体力。流汗出力，是起码的义务，应尽天职；为了国安民乐，责任所系，流血也只能在所不惜。这既是一种本分，更是一种境界。

恭谦续梦——复兴之路，必定是法治之路，因为，"法典就是人民自由的圣经"（马克思语）；复兴之路，必定是法德兼修之路，因为，"道之以政，齐之以刑，民免而无耻。道之以德，齐之以礼，有耻且格"（孔子语）。警察，是法治的守护者；警察，是民权的保障者。需要我们理性、平和、文明、规范执法，"努力让人民群众在每一个司法案件中都能感受到公平正义"（习近平总书记语），让中华法治文明之光照耀整个世界民族之林；因为，"中国应当对于人类有较大的贡献"（毛泽东同志语）……

而且，"中国人民有能力为人类文明进步作更大贡献"（胡锦涛同志语）。

创满圆梦——无论社会财富积累到何种程度，无论装备保障条件发达到何种程度，都需要我们高扬"人民公安为人民"的时代主旋律，围绕"人民满意"目标，常思民之所盼，常补职之所缺；护民所扰，急民所想，解民所困，助民所忧；雪中送炭，锦上添花，天下大同，"警民一家亲"。

总之，实现中国梦，要求警察做到：依法办事，执法公正；力保民安，民需警应。


# 7

雄关漫道真如铁，而今迈步从头越。

平安中国、法治中国，每个"中国"里，都有着人民对于人民警察的期待；每个"中国"里，都有着人民警察应为之付出的努力；每个"中国"里，都有着人民警察必须分享的光荣。

中国梦，中国人的梦，人民警察的梦。

路在脚下，任重而道远。

人民警察——中国梦。

好人好梦。

# 走访：一场"以讹传讹"危机的化解

2012 年 5 月 19 日，星期六。因为最近一直比较忙，难得有一个几乎没有工作安排的双休日。这天上午，我在家中收拾了一会儿房间，便坐在沙发上看电视。

正看着呢，手机却响了。这个电话，是科室里宣传干事小蔡打来的。

"黄主任，不好了，县里新闻办打来电话，说前几天咱们局里发出去的一篇新闻稿件出了问题！"电话刚一接通，便听见小蔡有些紧张地说。

"别紧张，你慢慢说。"我顿了顿神，沉声说道。

据小蔡讲，刚才县上新闻办接到县里宣传部反馈的情况说，市里日报社的值班编辑与一位自称是该报"热心读者"的老同志因为南江县公安局发出的一篇新闻稿件而在报社里发生了激烈争吵。现在县委宣传部要求，公安机关应迅速对此事进行调查并采取有效措施防止事态进一步扩大。

听完小蔡的一番讲述，我又连续打了几个电话，总算把事件的原委搞清楚了。

不久前，县局某派出所民警接到群众报警称，某乡小学有四名儿童在放学途中因下雨河水暴涨而在涉水过河时不慎落水。接警后，民警迅速赶赴现场。当民警赶到现场后，这四名儿童已被群众救上了岸。经调查，是居住在河边的街道居民马德荣在看见孩子落水后立即跳下河中，凭着良好的水性，才将他们全部救上岸的。于是，出警民警随即返回了所内。

按说，这起事件到此就结束了。然而，该派出所一位刚入警不久的青年内勤民警因为知道这起报警，又见出警民警很快返回，在未向出警民警询问清楚的情况下，他想当然地认为，既然民警出了警，且这四名儿童又安然无恙，那么肯定是民警帮着把他们救上岸的——这可是一件宣传公安民警"见义勇为"的好事，遂将此事作为一条"好人好事"的信息上报局内某科室。

局内某科室的通讯员（也是一位新民警）在收到这条信息后，认为不错，又在未经核实的情况下将这条信息改写成一篇以"民警勇救落水儿童"为内容的新闻稿，在未经局内审核的情况下，擅自向市内的几家主要媒体发稿。接到稿件后不久，包括市日报社在内的多家媒体均相继予以了刊载。

稿件见报后，立即引起了事发地点某乡镇街道居民的一片哗然，他们纷纷给这些媒体打来电话或发来电子邮件，要求对此事的真相进行澄清，特别是在此事件中真正"勇救落水儿童"的该街道居民马德荣及其亲友异常愤怒。5月19日这天，他的一位年龄69岁的朋友又赶到市日报社，"强烈要求"报社必须刊载由他亲自撰写的，内容为"公安局颠倒黑白"的稿件对此事进行"澄清"。在遭到报社值班编辑拒绝后，两人发生了口角，从而引发了上级有关领导的重视。

街道居民马德荣见义勇为，的确是一件值得称道的好事，然而，他的义举却因为民警们的工作失误而被埋没。看来，这的确是一桩棘手的事情。此事看似只是这位"热心读者"与媒体的纠纷，然而，这位读者的意见却很大程度代表了民意，搞不好会伤害群众感情，降低公安机关的公信力，需要谨慎从事。此时，这位"热心读者"仍在报社里与值班编辑僵持着，要怎么处理才好呢？

我关上电视，坐在沙发上静静地想了一会儿，心中有了主意。

我让小蔡与日报社值班编辑联系上，代表公安机关直接与这位"热心读者"对话，劝告他不要在报社里继续纠缠了，并承诺一定会尽快处理好此事，给群众一个交代。为了表示诚意，我让小蔡把我的职务和手机号全告诉了这位读者，表示如果到时对处理结果仍不满意，可以直接与我联系。见我们这么做，那位老人也不纠缠了，不久也就离开了报社。

可是我知道，事情其实并没有解决。群众有意见，是因为我们的工作没有做好，无论民警出于何种崇高的目的，但事实上伤害了群众感情。但是，这个事情也仅是一起因为工作失误而引发的个案，即民警绝非有意这样做。说到底，这只是一起因"以讹传讹"造成的"技术性失误"，是个工作态度和责任心的问题，与这两位民警刚入警不久工作经验不足有关，而绝非民警个人道德品质问题，更与"颠倒黑白"无关。当前，最主要的是我们自己首先得有个态度。我个人的看法，在这件事情上咱们必须实事求是，决不能遮遮掩掩、文过饰非；否则，不但无助于事情解决，反而会扩大事态。我把自己对这件事情的处理建议相继向县局和县政法委、宣传部的主要领导做了汇报，取得了他们的积极支持。

其实，我的建议也没有什么。"解铃还需系铃人"， 解决这件事情的关键在于马德荣身上，只有取得了他本人的谅解，事态才有可能缓和。上级公安机关不是正在部署开展深化"大走访""三访三评"活动嘛，我决定，借着这个机会，到马德荣所在的街道去走访一下。

5 月 20 日这天，我也没闲着，我相继与该所的教导员以及该所辖区政府的领导取得了联系，又详细询问了该所上报信息的那位内勤和局里发新闻稿件的那位通讯员，进一步对事情的经过进行了认真核实。这样，我的心中也就有了底。

5 月 21 日一早就下起了大雨，但我还是和小蔡一道来到了马德荣所在街道。应我在路上的安排，该所的教导员已把马德荣及其几位主要亲友召集在了一块，在他的朋友家中等我了。

"看来，群众还真是通情达理的。"见着这满屋子的人，我在心中不禁发出了一声感叹。

这位马德荣同志今年五十多岁了。据介绍，目前在街道里开着一家榨油坊。因为水性好，近几年来，已相继救起了多名落水群众。

"老马，你是一位老革命了！"一见面，我便主动伸出手，与马德荣紧紧握在了一起。因为我事先已了解到了，马德荣是一位部队退伍军人，而且恰巧与我父亲都曾为铁道兵，故而是一位老前辈了。接着我把父亲的情况向他做了介绍。

见我和他紧握了手，又听了我对父亲的介绍，马德荣紧绷的脸色变得舒缓了起来，开始有了笑意："哦，黄主任也是军人子弟！"

我点了点头，随即从兜里掏出了烟给他敬了一支。

"这是公安局政治处的黄主任。"借着这个工夫，陪着我一块儿来的乡上领导向屋里的人们介绍着我。

"你们公安局的人可真会'写'呀，假的写得跟真的似的！"

"这不是瞎编乱造吗！"

"哼哼，不登报道歉，我们决不答应！"

……

我刚落座，便听见一阵议论。我知道群众有意见，有牢骚，故而也就没接话，让群众把火发完再说。

看来有必要把事情的经过给大伙说说了。我拉着马德荣的手，把事情的来龙去脉讲了一遍；同时，也表明了我们的态度，"这件事，是因为我们的工作没有做好引起的，今天我是专程上门给你来赔礼道歉来了！"我说着，就站了起来，当着大家的面，给马德荣鞠了一个躬。

见我这样做，屋子里一下安静了下来。

"这……这……使不得呀，使不得！"马德荣连声说。

接着，我又当众讲了县公安局关于处理此事的几点意见：一是对因工

99

作不负责任，上报未经核实的信息和发出新闻的派出所内勤民警、局内通讯员给予全局通报批评，并按相关局内管理规定给予相应处罚，并对相关新闻宣传纪律加以重申，严防此类事件的再度发生；二是请派出所和乡人民政府对近年来马德荣同志勇救落水群众的先进事迹进行认真核实，上报县委政法委和县综治委，将其纳入年度"见义勇为先进个人"表彰候选名单；三是与相关新闻媒体（包括网络媒体）联系，于近日发出更正性报道，对马德荣的事迹给予表扬。

"嗨，嗨，没想到，真没想到你们这么重视。我自己也不是个追逐名利的人，这么多年下来，我救了多少人，也没图个什么。只是他们见着报纸上登出来的消息与事实不符，也没和我商量，就去'打抱不平'了。没想到，给你们添了麻烦，都怪他们！"马德荣边说边指了指屋里的几个人，其中就有那个到日报社去"要求更正"的老同志。

"那，这个事就这样算了？"那位老同志瞟了瞟旁边几个人，欲言又止。

"什么这样那样的，你们还想怎么样！我看，登报更正就免了吧。今天公安局里来了人，就是表明了态度。难道因为此事，以后见着有人落了水，我就见死不救了？还是要救！这个事情，就到此为止了。"马德荣的一席谈吐，让我见着了一位老军人的高风亮节。

"那怎么行！我今天就是专程来向你道歉的。你这么多年一直在做着好事，不图名不图利。你的善举值得表扬、应该表扬！"马德荣的话让我感慨万千，我动情地说。

"哎呀，我做这点小事是应该的！没想到你们这么重视……还有，你们千万不要批评那位上报信息和写新闻的年轻人啊！"马德荣挥了挥手，爽朗地说。

看来，造成几天前的局面，还是警方与群众沟通不及时有关。群众要的，也只是一个非常简单、也非常容易做到的解释。但是，如果我们不重视，不弯下腰来主动与他们沟通，而任由事态发酵，其后果将无法想象。

老马表明了态度，气氛一下子缓和了下来。大家的火气也消了，话题也不知不觉地转了向，转为了对公安机关与群众接触最为紧密的户籍、交管和治安基础等工作的议论。老马，还有他的亲友们，你一言我一语地展开了热烈讨论，其中不乏对公安工作的真知灼见。这些我都用笔记了下来，表示一定把意见带回局里去研究，提出相应的解决办法。

就这样，我与大家越说越高兴，说着说着，转眼天就快黑了，我临时决定就在街道的小饭馆里安排一顿饭，陪着老马及其亲友们一起吃顿便饭。我刚说出了自己的安排，却见老马一拍大腿："饭，要吃！酒，我来出！"接着，老马不由分说，就冲了出去，"我回家拿酒去！人家黄主任这么大老远过来，还请咱们吃饭，咱哪还好意思让他请我们喝酒呢！"

这顿饭，吃着真香，因为吃出了感情；酒，喝着真美，因为喝出了和谐。在老马表明了态度后，席间，他的那几位欲为他"打抱不平"的亲友也纷纷表态："事情就到此为止了！"——一场民警以讹传讹引发的危机因为及时走访当事群众并与其有效沟通便戛然而止。在临走时，老马还紧紧拉着我的手，一再说："以后下乡来办事，一定要到屋里来坐坐啊……"

在回去的路上，我坐在车上，心想今天真是难忘的一天，我又收获了群众工作的感悟：用心去坦诚沟通，就没有做不好的群众工作；群众绝非不通情达理，相反，即使面对民警的失误，只要有闻过则改的决心和行动，群众也会报以最大的善意跟理解。

# 行吟警营情自酣

—— 评四川巴中公安诗人孙国贤先生的诗歌创作

在四川警界的"文艺圈"里，孙国贤先生的诗歌创作成就是比较突出的。孙国贤先生，又名孙梓文，故"圈"内人士多称呼其为"梓文先生"。

梓文先生自幼好诗，其诗歌创作皆为其多年行走人间、一路行吟的所思所感。上接我国汉唐以来的古诗歌传统，下接民间尘世的烟火地气，又因其警察的身份，其诗歌呈现出一种独特的创作风格——即诗人在诗歌写作过程中有一种非常强烈的自我参与意识，并自觉将这种意识在现实的观照下与历史进行对接，从而建立起一种独特的意象系统，让诗人自我定位为历史话语进程中的记录者、实践者，并因将现实置于历史的坐标下进而凸显出当下遭遇的尴尬与不安，使其诗歌既是诗人本体的充分流露，又体现出历史的纵深感，同时更在一种坦率的、类似独白式的倾诉中实现其个人境界的升华。

身为警察，梓文先生的诗歌更多地将注意力放在了高分贝为警界这一群体集体发声上。在这里，因公殉职的战友、在抗洪抢险一线奋战的事迹、对于职业的自我认同与宣示都成为了他创作的主题。在获得公安部"梦想与共和国同行"诗歌散文征文活动一等奖（最高奖）的诗《橄榄枝的合唱：人间安好》中，梓文先生写道："我们最爱小草跳起团圆的舞蹈，千千万万花朵簇拥着合唱／牛羊走出圈舍，安详地啃噬青草，人们的衣衫上栖着蝴蝶的翅膀／穿过我们荫凉的目光，飞向春天的花海们站起来，是笔直的腰板，舞起来，明媚灿烂……我们用坚强的臂膀，托起太阳的光芒／我们用深邃的目光，守望梦想，我们愿意落尽繁花／ 守住这世界的温暖、光明和安宁。"这虽然是一首朗诵诗，但丝毫不比其他吟风咏月的诗歌逊色。无它，因为诗人自己身在警界这一英雄群体之中，他首先以警界的通喻"橄榄树"作为行文的主要意象，又选择了橄榄树的枝叶、花朵等部分来作为社区、治安、刑侦、巡逻、交通等警种的比喻，从而使诗在形态上构成了一个结构严整的叙述系统。这个系统既有传统的"总—分—总"的基础架构，又能够最大限度地激发和调动阅读者、诵读者的个人"正能量"感观，并以各自述说忠诚的交响诗的方式来实现诗人对职业、对荣誉的解释。它给人以力量，给人以震撼，更让人从中体味到诗人的高度职业自豪和政治责任感。因此，它所传递出来的所有信息便是以最大、最真的情愫来实现警界对人民群众

"人间安好"的努力和期盼。在当中，诗人既是叙述者，更是这首前后呼应的交响诗的参加者和指挥，在他的指挥下，所有的"橄榄枝"发出了最强音的合唱——祈愿"人间安好！"这就使他的诗超出了一般庸常之人的政治抒情诗的套路和匠气。因为，只有当警界与人民群众的心愿呈现出高度一致性的时候，我们的表达才会显得真实，也才会具有力量。相反，如果我们不能摆脱职业赋予我们的体制化话语，那么，必然会造成目的与效果之间的南辕北辙。而梓文先生清楚地知道这一点，因此，他摆脱了日常最为擅长的文人化诗歌体裁，而选择了"朗诵诗"这一大众化的诗歌表达体例，从而实现了对人民、对战友的致敬和表现手法的不落窠臼，并在立体化的反复吟唱中构建起警界恢弘的"高大上"建筑，这当然会使他的诗歌增色不少。而且，尽管这是一首朗诵诗，但其文字仍然是用心和有张力的，有些比喻的想象力是非常奇特的，比如他写社区民警——"我们是信使，在城市和乡村奔跑，我们要将天空的问候和关怀传递"；写经侦民警——"我们用浓荫给骆驼安放舒适的护蹄，给勤劳的马匹送上一路清风"。因此，这首诗能在该次征文的众多来稿中脱颖而出获得大奖，是实至名归的。与此同时，在为其时在巴中市通江县公安局共事而因公殉职的战友钱保文同志而创作的诗歌《忠诚——记通江县公安局民警钱保文》中，"站起来是巍巍的壁山／倒下去是浩浩的诺水／58岁的生命和40年的光荣历程／点亮人间最美的风景／汇成莽莽巴山奔腾的五月"更用诗一般的语言让自然为钱保文同志的警界生涯作出了见证，让战友因拼搏奉献而早逝的生命与山水一样实现了永恒。同时，警营中那些奋战着的身影也让诗人为之吟唱："来不及合上疲惫的双眼／坚持，再坚持，为了那些期盼的眼神／为了那些美丽的生命／和暴雨比韧性，比耐性／和洪水比强度，比速度／展开一场特殊的马拉松比赛／用顽强的生命来对抗／用无悔的忠诚来演绎／用神圣的使命来注释"（《我们是暴雨洪流之中那藏蓝的身影》）；"不惧刀枪棍棒，不惧雨雪风霜，只怕看见含恨的泪眼，只怕听到泣血的埋怨。／披星戴月，幕天席地，为的是荡涤阴霾，让每一颗心灵都阳光灿烂。／远离血腥，让所有失衡的心找回平衡；风平浪静，世道太平是我们永远的期盼！／只因为，我是一名人民警察！"（《只因为，我是一名人民警察！》）。在这一系列的创作中，诗人以其高度的政治自觉成为警界的代言人和鼓手，以其精湛的诗歌表达技艺成为警界赞美诗的书写者。通过他的诗，人民群众得以在警界认识崇高、鄙视宵小，歌唱不朽、走向辉煌；警界同志得以增加对职业的高度认同感和使命感，并进而完成对警界的诗化塑造——"警察神圣""警界光荣"！在整个叙述中，诗人不仅全部都"在场"，而且还因不可阻遏的激情而奋力发声，从而凝固了历史、分享了光荣。当然，由于身份使然，诗人在个别表述中虽略显直白，但"意出肺腑情自真"，大家都会为他的这一份炽热的赤诚而感动。

"警官本色是诗人"，对历史、自然的敬畏、传承与抒写是梓文先生诗歌的另一显著特征。先生才高，故而对于驾驭历史文化有着娴熟的技巧，而且总能通过个人的意象营造，以其鲜明的个人色彩来实现对历史的注解和复写甚至重构。而这一点，从他对家乡历史的感悟中体现得最为突出。巴中古称"巴子国"，是古巴人活动的重要地域，曾属三国蜀国重地，近世以来又因红四方面军创立的川陕革命根据地而闻名全国。厚重的历史，使梓文先生有着出于血缘般的天然创作冲动，而这一冲动的灵感或许来自冥冥中的某一神秘地方。它，让诗人为之浸淫、沉溺和不可自拔。因为敬畏，梓文先生方能从其个人体悟中获得对历史的发言权。但是，他又是小心的，如果不能跳出个人的狭窄视野，仅仅以其私人化的情感来解释历史，那么必然会陷入对历史的不可知论之中去，从而使诗歌的境界走向封闭式、自闭式的歧路。那么，从诗的角度出发来观照历史，回归到诗对现实的关注并进而从历史中汲取营养才是梓文先生所竭力而为的。在他的笔下，为巴中灿烂的石刻文化而吟唱的组诗《三石成磊：在巴山的石头上，安心地死去与活着》中就从巴中的"石头"这一角度来述写巴中的历史，以巴子国、三国、南龛摩崖石刻、红军石刻标语等历史为线索，将"石头"作为巴中文化传承的重要载体。因为石头本身具有的各种现实功能，进而使之成为认识、破解巴中历史文化的密码，并力图通过对石头的认识，使"石头"与厚重、朴实与坚韧等元素结合起来构成对巴中地域性人群特征的指代，将这些烙印深深地打在所有"巴中人"的身上。无疑，这一极富文人想象力的佳构是梓文先生的心血之作。而且，就我个人观察，或许是当下的巴中人缺少了些历史的"石头的棱角"，遗忘了些"石头的纹路"，才使得梓文先生一再地为传承而反复吟唱。他始终相信，"石头里住着我们的先祖，也必将住进我们自己"。这首诗，是梓文先生的代表作，呈现了现阶段梓文先生诗歌写作的全部特点。同时，该诗就诗歌的创作技法而言，也是一流的。该诗有两条线索，一条是历史的现实演进，一条是巴中人的心灵进化史。它直指我们的灵魂，两条线索又在诗人"迷失在远方"的叙述中交汇，离开了传统和传说，离开了血缘与密语，在当下的映照之下，使诗人不得不做出了自我的宣示："坦荡地面对石头的棱角／在石头上，安心地死去与活着。"此诗字斟句酌，用庄严构建了"石头"的诗化宫殿，有些诗句甚至具有魔幻色彩："石头开口说话了，说了一千多年，说过了风雨，说来了阳光／白云和蓝天纷纷下凡／大地如此之蓝，又如此之白／像是从石头上射出的箭矢／像是从石头上盛开的莲花／即使我们终将接近尘埃／只要被一面石头勘破，我们就会顺着一条彩云之迹／在巴山的天空与大地上，找到灵魂的居所。"诗意高洁，意象空灵，表述流畅，词句干净，堪称上品。而其他，如为巴中名人、革命先烈刘伯坚烈士所写的"为你呼应的，不仅是／十二万巴山儿女，而是／全部的华夏子孙／为你欢腾的，不仅是／养育了你的巴山蜀水，而是／整个中国"（《刘伯坚》），以及为原川陕革命根据地的中心通江县所写的诗"从灰蓝军装到藏蓝警服／从红色的五星到闪亮的警徽／从来未改的是理想／依然不变的是誓言／永不褪色的是忠诚"（《通江，走过了红军走来了我》），都有一种深深的家国情怀在里面。它，让诗人将自我还原为历史的一部分，并在吟唱中实现对历史的承诺——一个人民警察的庄严承诺。

而这些，相对于自然，梓文先生显得要谨慎得多。或许因为没有了历史的心结，他的表述既是干净的，也是空逸的，充满了神性的崇拜。他相信，在自然面前，是断不敢打诳语的。因此，这使得梓文先生的诗歌对自然景观的表现与对历史景观的表现手法出现了略微的不同——对于历史，他是可以映射现实的，也就是说他是参与者、在场者；而对于自然，他恰恰选择了陶渊明式的回归，也就是说他是愿意离开，"复得返自然"的。这一特征，在他的一组写于2012年的关于西藏的组诗中体现得最为明显。比如，他在《西藏，和神住在一起》中就写道："这微不足道的生命／一旦和神住在一起／就会重新焕发生机。"在《邂逅林芝》中，他写道："白云已为我结庐。终结心魂流浪的／是你，亦是我。"在《回到西藏》中，他叹道："云是最沉的行囊，雨却要下在西藏／何时归去，魂是最轻的行囊／长亭更短亭。"这些颇有远离现实意味的诗，反映了诗人内心深处的纠结，更让我们对现实光景下诗人生存状态的复杂性充满了感喟，这组诗写得真好啊！

另外，既为诗人，就有一路行吟的习惯，梓文先生喜欢将自己徜徉各地的感悟写成诗，广元的剑门关、泸州的龙透关、自贡的燊海井……梓文先生都留下了诗。这些诗，虽然是景观，但多为历史遗存，故还是借景抒发先生内心对历史的感悟，比如《自贡燊海井》中"我们仰望星空，却不知道／脚踏实地／才是有盐有味的生活"之类的诗句；而这些感悟，又恰与现实中的诗人遭遇相对应，故而，又能从中读出诗人现状之三昧。

"无情未必真豪杰，怜子如何不丈夫。"在我所观梓文先生的诗作中，有相当数量是他日常生活情趣的流露。生活，是这些诗歌的最主要特征。我们没有理由要求梓文先生永远紧绷着自己那有些过于凝重的神经；相反，我们更确信，作为一个正常人活着，才是生活的本真。所以，我更认为，这些诗是先生的"性灵"之作。在这些诗中，聊以消遣的"小品"居多，大多为瞬间情感的自然表达，清新质朴，饶有兴味。在这里，他成了一个敏感而多思的人。对于家人，他有着亲情的关怀："父亲一个人在乡下，/过着一个没有儿女在身旁的父亲节。/挂掉电话，才发现：/我没有对父亲说："爸，节日快乐！"（《父亲节》）对于风物，他有着无言的惆怅："女儿说：人一多，桃花就谢了/咱们回去啰！"（《带女儿到凌云看桃花》）对于时间，他有着流逝的伤感："而山脚，霾与雾相互纠缠，不分彼此/我不敢随意回乡，生怕一不小心，染尘的衣裳/也跟着回到了故乡。"（《出走三十年》）看起来，这些诗是先生"迎风流泪，见月伤心"的文人本色流露，这更有助于我们立体化地观察梓文先生的创作。这些诗，更像先生在沉思之余的信笔赏玩，是在拒绝"宏大叙事"，"回归日常生活"的。不过，既为生活的复写，那么其意象的选择就比较平直，故无法达到体认上的相应高度，是诗人在生活的现场上随口而发的白话分行，有诗意，可还是觉得缺少了点什么。但总体上看，这类诗是梓文先生诗歌创作的"小摆设"，虽然保持了先生一贯的水准，但又无关其诗创作的大局。不过，依我个人的口味而言，还是喜欢先生对历史与自然禅意抒写的诗。

　　做人，难；做诗人，更难；做行吟警界的诗人，难上加难。在这千难万难中，梓文先生逆难而上、破茧而出，通过自己二十余年的辛勤创作，诗歌创作蔚为大观、自成风格。而他的吟唱之所以有力量，便在于他始终脚踏着警界的实地，选择了为警察而吟唱。这吟唱，必然会穿透历史与现实，成为我们这个时代警界风流的忠实记录，并因为先生的铭记和诗性把握，使人民警察的功勋"而你长长的经号，用力一吹/红色雨伞上晶莹的雨滴/已滴成几生几世"（《尼洋阁》）在"几生几世"的生命轮回中获得永生。

# 追忆已故老公安局长陈科理同志

南江县公安局已故老局长陈科理同志（1932—1993）是新中国成立以后成长起来的一名优秀公安干部，也是南江县公安局历史上第一位南江本地籍贯的局长。仅此一点，便足以证明他的才干。因为在他以前，新中国成立后历任的南江县公安局局长要么是老红军，要么是老八路，要么是老地下党员，都是在新中国成立前参加革命的老前辈。首任局长任俊周，是一位资历深厚、功勋卓著的老公安干部，是 1932 年 12 月在通江县参加红四方面军的老红军。他参加过长征，在新中国成立前已从事保卫工作多年，历任派出所所长、县公安局局长等职。说到他担任的这个派出所所长职务，是需要多说几句的。众所周知，红军长征到达陕北后，不久抗日战争爆发，成立了陕甘宁边区。边区政府及各县市均设立了公安保卫机构。在延安，1938 年 5 月，党中央决定成立冠名为"延安市警察队"的队伍，简称"边警"。而任俊周同志就曾担任过延安公安局第一分所所长。所以，他的这个职务，后来在四川公安战线上号称"天下第一派出所所长"。南江县于1949 年 12 月 19 日解放后，任俊周即从陕西省宁强县公安局局长任上被派往南江县组建公安局，并担任第一任局长。担任南江县公安局局长时间最长的是老八路张双来，担任局长的时间算起来达二十年之久。

陈科理同志，出生于南江县高桥乡十村一个贫苦佃农家庭，父母靠帮人背力、种地挣些钱粮糊口。他自幼聪慧，记忆力超强，好学上进，在地方上小有才名；但是由于家贫，到十岁仍未入学读书。当地一位私塾先生怜其才，特准他每年只需交上一捆当地土产的叶子烟即可入学。他深感上学读书不易，学习非常刻苦。可即使这样低廉的学费在他读了两年半私塾后也交不起了，他因此辍学。为了生计，他又跟本地一位老中医学习中医。贫穷与困苦贯穿了陈科理局长的整个青少年时代。

由于家庭出身贫苦且略通文墨、才智优秀，在新中国成立后不久，他即于1950 年被南江县人民法院招录为书记员，1953 年 6 月加入中国共产党。1954 年 9 月，他被调往南江县公安局参加公安工作。幼年悲惨的经历，使陈科理充满了对旧社会、旧制度的憎恶。怀着对党、对人民的赤胆忠心和建设新社会的激情，他在南江县公安局历任政保股股长，秘书股副股长、股长等职务，在工作岗位屡建战功。从事政法公安工作后，他相继亲历了1953年擒获美蒋空投特务、1956年平息"红灯教"武装暴乱、1962年粉碎"正义党"反革命集团等重大事件。他于1958年8月被选送到中央公安学院重庆分院（现西南政法大学）学习刑事侦察，又于1959年1月奉四川省公安厅命令，前往阿坝参加平叛工作，担任专案侦察小组副组长。由于工作优秀，被上级组织要求留在四川省公安厅工作。但是在办理调动手续的时候，地方上的领导也舍不得将这样优秀的人才放走，遂以"条件艰苦的贫困地区缺少优秀干部"为由将其留住。后于1960年夏回到南江县公安局工作，于1963年被提拔为县公安局副局长。不久，便因"文革"，公检法被砸烂，南江县公安局被军管，经历了批判揪斗、下放劳动、复出工作，直至"文革"结束后拨乱反正，在党的十一届三中全会后不久于1981年7月，走上了局长岗位。

陈科理局长为人正直、疾恶如仇，善于思考，有着自己的独立个性，在南江县人民群众中享有很高的声望。他自幼崇敬中国历史上的包拯、岳飞、况钟、海瑞等忠义清廉官员的高尚人格，并师法力行之。他父亲于1954年去世，他祖父母于1959年底相继去世，他母亲于1980年去世，他皆因在外公干而未能告假回家送葬于灵前。每提及此事，必抱撼不已，伤心沉痛。他曾说："对国来讲我是忠心耿耿，对家来说我是一个不孝之子。作为一名公安民警，就只能生前尽忠、死后尽孝了。我去世后不在县城立碑，将骨灰盒埋葬在父母坟旁，使老人家的骨骸有所依傍，以尽孝心。"这是对国家对事业的一种多么深重的情感！

在上世纪60年代初，作为公安特派员（派出所所长），他奉命监督本地一批戴着"右派"帽子的知识分子劳动。但是在工作中，他通过实地调查并深入走访后发现，这批所谓"右派"分子之所以被戴上"帽子"，其原因无非是出于对党的忠诚，对个别领导干部就工作作风和方法提了意见和建议，讲了真话而已。在这个时候，陈科理同志没有人云亦云、随波逐流，而是敢于坚持原则。他当即决定，对自己监督"改造"的这批"右派"分子全部"摘帽"，恢复名誉。在当时"左"的气候之下，他的这一做法，虽然使他赢得了人民群众的称道，但却不能被领导所接受。由于他未经请示报告，擅自宣布对这批"右派"摘帽，他自己遂在1964年"小四清"时被带上一顶"新生反革命分子"的帽子并下放劳动，几度沉浮，受尽煎熬。故而，像他这样具有独特个性、敢于坚持真理的人之所以能够走上领导岗位，除了他自身德才兼备外，也与"文革"后干部新老交替，注重培养年轻干部的历史潮流有关。在陈科理这老一辈的公安人身上，新中国成立后的 40 年变迁清晰可见。对党、对人民、对领袖的忠诚，对信仰的执着，对事业的激情，对荣誉的珍惜等 "毛泽东时代" 的特征已经成为他们的标签，为他们的人生写下了注脚。正是因为前后几代公安人的勠力同心、不懈奋斗，才奠定了人民公安工作今天的局面。因此，他们是值得铭记的。

陈科理局长于 1987 年 3 月转任南江县政协副主席，主抓文史工作。他久居南江，对南江风物典故、人文地理烂熟于心，又与南江县上的知名文人相知相熟，连出了好几本文史资料选辑，成绩也是突出的。这一时期，由于退出了一线工作，感世伤怀，鼓角灯前老泪多，陈局长的心中是有很多感慨的，曾留下 "天生白梅酷爱寒，污池常有藕出莲。欲为社会除弊事，何须风烛惜残年。""刚正清官谁拜印，贪佞庸臣竟封侯。请君莫话冤鬼事，狂涛怒吼远未休" 等意味深长的诗句。而这些伤感，或多或少对他的身体是有影响的。他退休后不久，即因突发脑溢血去世，享年 61 岁。他去世后，前来他灵前吊唁的各界群众络绎不绝，许多人在他生前与他并无交往，但因敬慕其高尚人格，也特意前来吊唁。因他生前爱听川剧且系铁杆 "票友"，早已解散多年的原县川剧团的几位名角不要一分钱报酬，涂上厚厚的油彩，在他的灵前连续唱了几天的川剧。这些老艺人们用这一特殊的方式向他告别。南江文艺界和川剧界联合给他送来了一副挽联："铁骨铮铮，宦海浮沉，自古文章憎命达；民心戚戚，梨园悲哀，从此川剧少知音。"算是表达了他们对这位卸任公安局长的敬意和评价吧。

陈科理局长终身勤奋，酷爱读书，爱好广泛。作为一个仅读了两年半私塾，农家子弟出身的干部，他通过自己的不懈努力，在书法、川剧、乐器、象棋、诗文等方面都颇有造诣。他写有大量古体诗词，意旨激昂、气韵不凡。书法也颇见功力，曾被选为南江县书法家协会的副主席。原南江县《公安局公安简报》报头 "公安简报" 这四个字，即系他亲笔题写的。行楷书体，银钩铁画，笔力遒劲，直到本世纪初仍在沿用。这都是值得敬佩的。

陈科理局长有一子，名陈熙，也是一名公安民警，现在南江县看守所工作。

# 反邪教教育基地南江王公祠

在南江县城上河街原水码头所在地矗立着一幢全木楼阁建筑,人称"王公祠"。这座建筑,是民国时期为了纪念在平定"红灯教"武装暴乱中牺牲的川军营长王臣珏而修建的。

历史上,南江的"红灯教"组织从源头来看,可能与清代民间秘密组织"白莲教"有着渊源。"白莲教"以"反清复明"相号召,曾在反对清朝腐朽统治中起过一定作用,具有较广泛的社会基础。有资料证实,南江县的"红灯教"是在清嘉庆年间从万源县组建的"白莲教"组织中的"红坛"演化而来,因信奉所谓的"燃灯古佛",所以名曰"红灯教"。

四川省南江县位于川陕两省交界处,在南江县与陕西省南郑县交界的老林地区,森林密布,群众居住分散,文化医疗水平落后,群众生活较为艰辛,封建迷信盛行,历来是"红灯教"活动较为猖獗的地区。

进入近代以来,随着形势的发展,"红灯教"加速向教义混乱的反动政治邪教演变。由于"红灯教"提出的政治口号往往应和了群众渴望改善现实处境(如长命百岁、荣华富贵之类)的心理,在文化教育水平落后的山区具有一定的社会基础,发展速度极快,一呼百应,人山人海,极具社会危害性。一些反动官僚、地主恶霸、流氓恶势力利用"红灯教"自身存在的落后性,蛊惑愚弄群众,使"红灯教"逐步成为其掌握的一个政治工具,不断在南江兴风作浪。南江县境内先后发生多次武装暴乱,虽然全部以失败而告终,但也使生灵涂炭、百姓遭殃。

1922年(癸亥)9月,南江县上两地区农民邓鼎候(人称"邓木匠")与同在境内的沙滩乡"红灯教"头目覃玉辉密谋以所谓"改朝换代"为政治口号,聚集被长期蒙蔽的教徒四百余众悍然发动武装暴乱。由邓自任团长,当地的教首覃小山为"大元帅",下有统领若干,将其部众编为八个营。

为了让蛊惑受骗群众为其卖命,他们以"化水"的方法对教徒进行控制。所谓"化水",即用两根香灰放在水碗中,即称之为"神水",在"化水"时出于欺骗需要,往往在"神水"中掺杂朱砂等物,由于朱砂中含汞等矿物质,喝后能使人神经系统紊乱,产生亢奋,造成多种错觉,认为可以"刀枪不入",长期服用会使人双眼凸出,对人的身心健康损害极大。他们大肆鼓噪,只要"神水"入口,即能避刀枪。为此,他们一边宣传鼓噪，一边化"神水"散发，人均三口水，喝罢此水，各执刀矛，蜂拥上阵，只许前进，不准后退。这伙暴乱分子在喝了由"水司（专门负责化水的教徒，多为头领）"所化的"神水"后，即气势汹汹地从上两朝南江县城扑来，意欲夺取县城。

此时控制包括南江在内川东北地区的是四川军阀田颂尧，在获悉"红灯教"暴乱的消息后，即派王臣珏部前去镇压。

王臣珏系田麾下秦奎元团下面的营长，该营当时就驻扎在南江县城内，负责南江防务。接令后，王营长即赶赴前线，刚与暴乱匪部一接触，由于对方参与人数众多，且均系亡命之徒，一路喊杀声震天、气势汹汹，极为嚣张，在激战中将该营中一姓刘的排长杀死，王营长又亲赶赴一线进行指挥，孰料也被杀害。

王营长遇害后，他手下的这一营官兵竟然被暴乱分子全歼。随即，他们即乘势攻入南江城内，城中官民谁也不敢抵敌，在城内的县长陈忠俊闻风率众弃城逃跑。

而邓鼎候等匪部进入南江城后，自认为占了县城就可以此为根据地，"荡平天下，登上王位"。他们大搞所谓"开仓放粮，敞牢释囚，宴食神兵"。他自任县长，又封教首覃小山为所谓"万岁爷"，在城内烧杀抢掠，无恶不作，煽动群众入教，并狂妄地提出要"夺取省府，直捣中央"，将南江县城搅得乌烟瘴气。

然而，这群乌合之众的黄粱美梦瞬间即逝。三天以后，田颂尧即调集重兵将南江县城团团围住，暴乱匪众顽者杀、降者捆，这伙"神兵"作鸟兽散，邓鼎候下落不明，覃小山畏罪潜逃，暴乱遂被平息。从覃、邓起事到被镇压，仅一周时间，其占领南江县城，仅三天时间。

南江县城秩序恢复后，为纪念在此次平暴中牺牲的王臣珏营长，南江军民筹资在南江东城门外水码头修建了这座木楼，取名为"怀公楼"，又名"王公祠"，留存至今，堪为名胜。

这座建筑距今已有九十余年的历史了。无论是在民国时期，还是在新中国成立以后，均将此作为重要文物加以修缮保护。1942 年（民国三十一年）、1982 年政府均对该楼进行了维修。1983 年，它被公布为县级文物保护单位。

从南江其后的"红灯教"活动来看，多次死灰复燃并爆发暴乱，给南江人民带来了深重灾难。新中国成立后，南江县人民政府公安局（南江县公安局前身）即将打击取缔"红灯教"等邪教组织作为工作重点，明令取缔"红灯教"及其演化组织形式"紫霞坛"等反动会道门，但其残余分子仍于1956年制造了震惊全川、波及陕西的武装暴乱事件。在公安机关采取果断措施迅速加以平息后，猖獗活动了上百年、跨越两个世纪的"红灯教"在南江县的活动方才宣告绝迹。

王臣珏营长虽为民国时期的一员川军军官，但其为保南江一方平安，在反邪教斗争中献出了自己的宝贵生命，事迹确是值得永远铭记的。当前，邪教组织活动仍时有出现，保护好"王公祠"，发挥好其反邪教教育基地的作用，是有着重要现实意义的。

第五辑： 执文艺念

# 散文诗四章

## 穿越城市

这是一个沉默的种群。

它的翅翼有些嫩稚，但方向与选择无关。无法言喻的召唤使它们一次次游动于玄冥之中，机遇的大门静静地敞开着，可天是黑的。

在喧嚣的漠域里，小小的菁草逐渐被挤出道德之外，记得它们的，只有这青褐色的眼睛。虽然艾夷屡次翻覆在这柔弱的茎蔓里，但这一排无言的绿色依旧在不屈地萌芽。放弃抵抗，心念的种子就会乘虚而入，将种种复合凸印在记忆里。尽管它在试图将亮色移出，可这悬浮于暗夜中的孤灯也无法传达这种情绪。路的两边踩满了叛逆的脚印，但路却始终在向前延伸，没有分歧，没有改变。

它的梦曾经很高很高，它有过击水三千非溪涧清水不饮的豪壮。只是在等待里，这林立的诱惑将激动渐渐淡忘，让翅膀也退化成一种象征。还有很长的路，这并不是个理想的歇脚地，但无力自拔的手脚却执拗地等待在了这里。

姿态往往流于形式，让祈求、渴望都成了做作的手语。

迷路的冠冕堂皇中，竟没有半分的黑暗，以至于无法正常地注视。在这样一种时刻穿越，心底却希望有一点黑暗，因为这才是真正的飞翔。

能在黑暗中穿越，也比在光明中酣睡伟大。

## 剑 客

十年磨一剑，
霜刃未曾试。
今日把示君，
谁有不平事。

——唐·贾岛

山水都很疲倦，生锈的锋芒被拉在刀光剑影之中，如化石。这时，一种液体涌动在你的周围，冰冰凉如同女人抚摸一样的感觉。

尘封的双手导演过所有悲怆，尽管你并不是个英雄。所有的语言都胶着在凛凛寒光中间，不动声色。

你从无数故事中走来，路是黑的，光是暗的，走向何处，并不是目的。闪光的只有剑，只要剑在手中，手中的汗便不会冷。

面对的是人，对手？

对立中折射出你的面目，平常人平常心。酒是好酒，清亮如水。一切生物都已回家了，月亮也不例外。你看见了一张搽满红粉的脸。你承认，自己真的的醉了。其实这只是一个普通的夜晚，那柄剑在夜色之外。

剑客从那一晚沉寂中走来，就这样飘摇了千万年。焦黄的书页散落在这条路中间，无人读取。血像酒精一样被你从女人那儿咽下，即使你不说话，她仍是一个可爱的女人。

剑似穿透碧空的眼睛，洞穿时代的虚伪。思绪被你张扬得很开，从你凭着一股少年的剑气走出巴陵的山峦那一天起，你就这样掩饰着悲伤。五花马千金裘都被当了酒喝，剑未出鞘，人已经老了。

黑夜是你工作的天穹，拓展着你的孤独，来来去去的人群在你的沉默中总显得盲目，但你其实是矮小的，虽然你是个剑客。

貉狗的声音如盛世的舞蹈。暮色沉沉中，剑客站在霓虹灯下，轻轻转身。

# 乞　讨

我跪下自己高贵的双膝，想让上天赐予我一块面包，得到的却是一块冰冷的石头；我竭尽全力向女神乞求真正的爱情，得到的却是心碎的沉默；我挖下自己的双目献给巫婆，想让她给我幸福，得到的却是种种不幸。

我在乞讨着一切，用我最最纯洁的心。即使在这漆黑的夜里，我那份虔诚与执着依旧如同雕刻一般凝固。那份让人战栗的感动和孤独一起陪伴着我度过了漫长的岁月。

如若这种恒心的乞讨换不来那种坚持的欲望，那么我的双腿是不是显得有些缺钙？我的乞讨是否依旧可以继续？在这种难辨的困惑中，心终将驶向何方？

我愿作为一名战士而活着，将自己的肉体放置于净空的高台，睁大眼睛让兀鹰把它一块块地叨走吞进肚里，然后死去 ---- 而这依旧是在向上苍乞讨着自己的永生。

# 宁愿等候

一只又冷又饿的孤狼行走在沙漠中，为了生存，它将自己的身子蜷在沙堡里静待猎物的出现；一棵长在荒原中的树，忍受着风吹雨打，在无人知道的落寞中自我枯荣；一件埋在地层深处的青铜器在体验了时间的繁华与短暂后，无奈地在考古假设中静静叹息。

行走在万里红尘，无数只充满热情的蝴蝶飘飞在自己的身边。愿望堆积成海。在付出无数憧憬与热情后，才发现这一切不过是一种幻想——你以为这些蝴蝶是自己，其实你是你，蝴蝶是蝴蝶。在庄周的那个梦中，我仅是个旁观者。

辗转于人际，我渐渐感受到身心的疲惫，甚至，记忆都成了一种奢侈。曾经徜徉在"红袖添香夜读书"的境界中，为"四围山色中，一鞭残照里"的凄凉而神往。经典的爱情经历了岁月的冲刷却依然显得光艳无比，那些至真至善至纯至美的交接深深感染了自己，让自己在悬空的楼阁上独自凭栏。

鲜红的桃花很灿烂地开在这大雪纷飞的夜晚，我高声吟唱的声音没有引动它们的顾盼，我甚至丢开这满屋子的书香，走到它们的跟前。我苍凉的眸子显映在它们香艳的腰肢上，没有半点回声。我点燃灯，想看清它们的面容，却发现这些红粉竟然在我的燃烧下早已成为了冰雕。但我毕竟为春天的到来而做出了努力：年少时那本不经意而随便放置的书中还夹着你寄给我的书签，上面写着誓言；而我，也依旧笑着，像个小孩子……心中那坚定的信念不忍让俗尘有一丝一毫的沾染，我只能让自己的身体停在原处，而不敢轻轻地迈步。

洗礼了这种种伤感，才发现青春不再。过滤掉浮躁的低吟，自己已一无所有。守着这窗口，漫天的星子将光芒倾洒在白壁上，唯有冷意是这么真实。但正是在这种寂寞中才发现自己成熟了，因为可以沉心静气地去面对。守着这灯光，就着一杯菊花茶，听着音乐，翻动着书页，度过一个漫长的夜晚。我宁愿在这样的守候中去体悟爱。我仍然相信，既然内心那些潜伏的渴望藏在高处不屈地绽放，那么自己还会唱歌给心爱的女人。

而等候，是那千万年的冰川因为温暖而开始变成一股泉流叮咚的细流；是一辆经历了多次晚点的列车不再为准点而加快，只是朝着终点在不断前进；是静静坐在内心那无数朵鲜花无数种芳香编织的花园里为唯一能够到达的人打开木门。

即使身处悬崖，等候依然。

# 叙事之 1933 年正月初七

> 1933 年农历正月初七是红军解放四川南江的日子；南江人民将每年的这一天定为"灯火节"，永志纪念。
>
> ——题记

## 民　谣

红军同志来远方，半夜三更出太阳。一打虎，二打狼，穷人掌印坐天堂。阿爸干活哼小调，阿妈走路像风旋。这场喜事是谁办，巴山来了徐向前。

## 石与火

民谣是一方百姓的叙事诗，也是一个时代的活化石。

这是一支铁流，在秦巴丛林的冰河里蜿蜒而至；这是一团在暗夜中升腾的天火，在 83 年前的那个夜晚，照亮了整个巴山；这是一块擎天的巨石，承载着关于苦难与命运的期颐。

多少回血与泪的辛酸，多少次梦里亲切的呼喊，多少代人繁衍着希望——在巴山的岁月里，庄稼人没有自己的墓志铭。

石头，记录着一切。

石在，火是不灭的；夜色深沉里，一根小小的火镰，就会燎原一片天。

1933 年，大巴山，火镰，被称作"红军"。

## 英　雄

鲁迅先生说："英雄的血，始终是无味国土上的人生的盐。"

山下山下，风展红旗如画。红旗上写满了尊严，人的尊严。

或许已经等得太久，那让人血脉偾张的呐喊与呼唤显得那么急促。酒精燃烧体温，释放着被压抑的思想。

解放的种子被吹醒，葳蕤成川北风云，一夜之间，天地变了。

我们没有理由选择苦难，但我们有理由选择崇高；我们没有理由选择死亡，但我们有理由选择牺牲。英雄，原本就是我们最为土著的称号；我们的血里流淌着的，原本就是人的血性。

你要到哪里去？

"走！"一个洞穿时空的声音从松林中传来，恰似一座只有脚印的路标。

南江朱公石马坟。坟中，埋葬着一匹红军的战马。

我看见一个孩子挥舞着红领巾从坟边跑过，在阳光下，那红色，如同一团跳跃的火焰闪入我的眼睛。

那孩子非常快乐。

# 灯

每年的这一天，那灯成为一把追忆历史的钥匙，成为了一道怀念亲人的闸门。

这门，叫"红四门"。而今，我常常在这门楼上的茶馆里喝茶，我喜欢坐在城门上眺望对面河街上的夜景。灯，是夜的魂魄。

正月初七的南江城夜色里，那如星光般闪烁的霓虹啊，如珍珠，将83年前那个夜晚的灯火串在了一起。

一切是那么安详。

# 记忆无痕

那个时候，好像永远都是夏天。天是那么热，心跳是那么快，以至于很多东西都来不及去细细咀嚼。在那个年纪的天空下，无忧无虑的风筝总是在我心中高高飘扬，一次次散发着青春的光泽。风起的时候，你那无数根细丝就柔若无骨地散开着，像一个仙子。

那个时候，感觉就像被蒙上一层薄薄的细纱，有着一种诱惑的朦胧和神秘。但这长长的石梯、远远的归途，我总会将手插在裤袋里，吹着响亮的口哨。你这个时候总是很乖，眼神里闪出一种光华。我知道，你在听着。

那个时候，我的日记里一再出现一个别人看不懂的符号。它的出现又一次次刺痛我的孤独。我并不是一尊神，你也不是那童话中舞蹈的天使，但你却一次次为别人而跳舞。那个时节，你的面容盛不下你无处躲藏的沧桑。

在那个最后在一起的岁末。天很冷，夜很深，可我们的篝火却红红地燃烧着。友人拉着小提琴，手法虽然笨拙，但在静夜的山谷中，这缠绵的回响却萦绕在我们的心中。我们都听懂了，他拉的原来是《梁山伯与祝英台》。于是，归途中，我们之间的距离是那么远……

在每一个清晨，我的梦就随初升的太阳一起运转，葳蕤着寥落的希望。轻纱摇曳，万籁俱寂，走出的仅是一具枯槁的残影。在这翻覆的余波里，无痕的光线一次次被撩起。

那扇昔日的窗口，恍惚间触到的只是一双冰凉的手。就这样无痕，就这样淡漠。这个时候，台灯的寒光洒在白色的书页上。我知道，这灯光与那个时候没有什么不同……

# 像年轻人那样地爱一次

> 于千万人之中遇见你所要遇见的人，于千万年之中，时间的无涯的荒野里，没有早一步，也没有晚一步，刚巧赶上了，那也没有别的话可说，唯有轻轻地问一声："噢，你也在这里吗？"
>
> ——张爱玲《爱》

不知什么时候起，你发现随着年龄一起衰老的，是你的激情。而这激情，现在常常活在你的记忆里。你开始为你曾经的孟浪深深地懊悔，你发现那些为你而流的泪水里有你的青春。

在那些青涩得能让你听到自己怦怦心跳的短暂时间里，在那些闪烁着星星般光芒的月光下，在那些无数个牵手相依的段落里，你在消费着青春，奢侈地透支着铭心刻骨。而当这一切渐行渐远，你才发现，青春不再。你与她，已是这个城市咫尺天涯的两个人。

小城里，流言传播的速度超过病毒，因而，邂逅也显得这么自然而然。你在拒绝着、逃避着对视，因为你害怕，害怕现实与从前的重叠。那份情，在那个瞬间，只有淡淡的微凉，且转瞬即逝；刻在心灵深处的那道痕早已结痂，这更映衬出你的虚伪与猥琐。

你走不出自己，你摆脱不开，少年时节的脆弱依旧是你今生的梦魇，而有些事，在最初之后，就注定再也做不到了。即便是曾经惊天动地地爱恋过，留下的，除了隐隐的痛楚，还能有什么？残存的，只是那些记忆中的碎片和点点滴滴的伤痛。

这些痛切，这些懊悔，都只能证明你现在的失落；你所能做的，也就只有忍住悲伤，忍住追忆，回归现实。

算了吧，就不要再欺骗自己了。你额上的皱纹已开始出现，时光无法逆流，当平淡成为一种生活常态的时候，儿女情长反而是唯一可以让人觉得光荣的荣誉。因为，你毕竟在灵魂的最深处有着你自己的领地，谨守着你最值得珍惜的回忆。在对年少轻狂的总结中，你开始臆想着，如果有来生，你或许会让自己的爱更加璀璨夺目。只是在今生的俗世里，人在这儿，心却已经不在了。你曾经的矜持与憧憬，都消融在人世辗转的庸常中了。

现在你守着自己的女人，从俗世红尘开始，开始回忆。

上述状态，是当下许多男人的一种心结。

为什么不能像年轻人那样地去爱一次呢？虽然你这座山巅上面甚至还覆盖有湖水和冰川，但你毕竟曾经是一座火山。此刻，你还不想入眠。你或许会珍惜每一次悸动，或许再也不会让爱你的人为你伤心、为你流泪，或许会去懂得珍惜。

那么，就像年轻人那样地去爱一次。那过去真美，它活在记忆里，活在岁月里，也只有这种感觉才历久弥新。

像年轻人那样地去爱一次吧，不需要节制，也不需要遮掩，最大限度地去接近一种真实。你一定要说"你真美"；你一定要让她原谅你所有的疏失；你一定会用自己的努力带给她快乐。

像韩剧那样地去恋爱一次吧，让那些用萤火虫、流星、麦田以及地铁站堆砌起来的场景来演绎我们的每一次心动，会心的、微笑的、无眠的和默契的、纯净的、纤尘不染的、通透的，让两颗真实的心紧紧地挨在一起，相约今生今世永不分离，相约再不要去伤害对方，再不要看到对方的泪水，相约给对方以幸福。在厮守中慢慢变老。而这一切都要在现在，而非那个虚妄的来世。许爱人以一个今生，胜过无数成佛成仙的来世。因为我所要的，正是多年前的那个你。虽然此时，我已不是多年前的那个自己。

# 你若是汪伦，我愿化身桃花潭

你若是汪伦，我愿化身桃花潭
在菩提树下
守候那朵白色莲花的出现
水，奇妙的建筑
时间，检验温度的沙漏
消磨在欲望诱惑的宫殿里
更多的时候，我已习惯于保持沉默
俯身低到尘埃里去
现在常识
需要我为之做出选择


这并不是交易
而我与你也并非叛徒与吊客的关系
故而这首歌
注定是浪子与浪子的对决
行礼过后
就要拔剑


此刻
桃花潭
面对这个叫作李白的四川人
作为仙界的信使
三杯酒下肚他就会飘到月亮上去
从此杳无踪迹
即使过客们坚信他会回返
地界上却没人愿意为他买单
我担子里挑的桃花
便被充作了他的酒钱

那么这是次非常可疑的链接

你若是汪伦，我愿化身桃花潭
像两个飞向不同方向的飞天
矜持着尊严，怀抱理想，并渴望温暖
在歌声与肉体的供奉前
还是"兄弟"的那一声呼唤
是唤醒河神的魔咒
让我把潭水化为度人的舢船
使汪伦死于一场幸福的谋杀里
无论魏晋，不知有汉

你若是汪伦，我愿化身桃花潭
天虽然没有黑尽
鱼蟹的好戏照常开演
鼓点一响就要上路狂奔
才不管这妖冶的桃花下面
是实地，还是万丈深渊
因为所谓的十里桃花、万里酒家
除了汪伦
谁也没看见

罢了
我就在这里了吧
守着诗歌并继续装作无动于衷
为在那桃花盛开、桃花水泛滥的季节里
再次遇见那个叫汪伦的多事鬼而心烦
当初的决定里
你若是汪伦，我愿化身桃花潭
其实并无契约一类的信物
那就微笑着祈祷岁月静好
在浮生里守候千年

因此，桃花潭
就是一个秒杀读书人的阴谋
醉在里面的
除了汪伦，李白
还有我这个常泪湿衣衫的俗人
和那一潭深不可测的水

# 愿化衮雪一滴水

将军
沙场春点兵
翻了秦岭
过了米苍山、大巴山
便是一马平川
成都平原
就在眼前

将军下马
行令
褒姒河谷发诗兴
许昌、建邺、成都
都是大王的麋鹿
山河一统
才是男人的抱负

题字
狂歌
原是文人的品格
可此刻
手中握着箭镞
面对这丛乱涛横肆的飞瀑
将军
你的小聪明倒像是一次诛心
让我相信
所谓对酒当歌的快乐
也仅仅只是一场孤独的痛饮
为何不能敞开你的心
做一个与泉嬉戏的小兵

我也愿化为衮雪的一滴水
当然乐意与你同欢于汉江之滨
甚至愿意为你升腾
摘下天上的星星

还是做一滴水好啊
缘起于天地
便永远不会离开
汇成小流
就要叮咚
汇成大河
便要澎湃
放弃了一切放弃
得到了一切得到
奔向大海
才是自己最后的归宿
馈我千金
我也不愿与兵车同行

日夜欢唱
便是我的生命
不要催我
天赐汉中
风光我还没有看够
沉醉山河美
踟蹰不肯走
如若我的漂流算得上一次行军
那么将军
我必会比你先到江夏
既然是向前啊
将军
为何停在这里抒写心情
其实你还是太贪心
江山美人

铜雀春深
慨当以慷的诗人
又为何不能打开心门
与我一样让心化水
只取一瓢之饮

而眼前
为我题字的将军
我之欢唱高歌
却找不到知音
和我一样化为一滴水吧
化身为水，化形为气
整个中华
都是我的家
随心所欲
且无兵戈
一派欢乐

# 过客 / 人·皇 / 广陵散

## （新编历史剧舞台演出剧本）

　　这是一部反映人欲与艺术之间冲突的实验性话剧。其实作者更多的是想表达出一种焦虑，这种基于人性本身的焦虑使得我们对历史充满了许多假设。梵高对他弟弟说过："没有什么是不朽的，包括艺术本身。唯一不朽的，是艺术所传递出来的对人和世界的理解。"俯瞰历史的时候，总是觉得历史是平的，但实际上，冥冥中无数不可知的东西——它或者只是一种情绪——让人在历史中为着自己而演出。因为，历史既是胜利者所书写，亦是后人所演绎。

　　欲望围绕之间，痛苦就不可避免。艺术本身也无法不朽，因此，所谓"静观"和"复写"一类的遁词又有什么意义呢！在历史面前，我们对"人和世界的理解"，又因为书写者的不同而时常发生改变。所以，又能说些什么好呢？那么，就这样拈花一笑，在一蓑烟雨中任料峭春风把醉酒的梦中人吹醒吧，把历史装在那一瞬间的微冷中。此时，无人，亦无我，唯有大千。

　　需要指出的是，由于借助了鲁迅先生《过客》这个道具和背景，因此，这出剧，只能说是作者在周先生的基础上的再创作。而主要人物，一样只有三个（过客、老翁、小孩）。只是，这三个人的角色，在这部只有三幕的剧中，被另三位角色（刘协、曹操、嵇康）一一饰演了一遍，这是一件很有趣的事情。其余角色，或者只是一个符号，对演员本身并无特殊要求。当然，由于本剧并不是所谓的历史，故而对"历史"的细节也就忽略了许多，有那么个意思就行了。荒诞，是题中应有之义，抑或说，将荒诞进行到底吧。

## 第一幕

### 人物表

　　刘协（181—234）汉献帝，东汉灵帝第三子，汉少帝弟，189年—220年在位。少帝被废后，被董卓迎立为帝，时年8岁。董卓被王允和吕布刺死后，董卓部将李傕等攻入长安，再次挟持了献帝。后来献帝逃出长安，落到曹操手中，被"挟天子以令诸侯"。献帝在位 31 年，最终被曹操之子曹丕所废，后病死，终年 54 岁。

曹操（155－220）魏武帝，字孟德，小名阿瞒。曹操在世时，担任东汉丞相，后为魏王，去世后谥号为武王。其子曹丕称帝后，追尊为武皇帝。

嵇康（223－263）字叔夜，文学家、思想家、音乐家。"竹林七贤"之一，官曹魏中散大夫，故世称"嵇中散"。后因得罪钟会，为其构陷，而被司马昭处死。

按：从历史看，嵇康出生时曹操已死，且汉献帝死时嵇仅 11 岁，故三人实际上不可能有交往。本剧仅以嵇康先生的文人化性格为符号，故并未强求所谓历史细节的真实性，这是需要说明的。

鲁迅剧本《过客》中的老翁、过客、小孩。

远景为汉代皇宫，实际上，用故宫的图景亦可。

而近景，借用《过客》所表述的景即可。以下为抄书："东，是几株杂树和瓦砾；西，是荒凉破败的丛葬；其间有一条似路非路的痕迹。一间小土屋向这痕迹开着一扇门；门侧有一段枯树根。"

饰演刘协的演员，需着汉皇帝服，戴冠冕；曹操，纶巾，执一纸扇，一派儒生打扮，可以让他戴着眼镜，唯脸为京剧白脸扮相，让观众一眼便知他演的是曹操，腰佩一剑；嵇康，着短裤汗衫，脚蹬拖鞋。

音乐起：

古来宫里烦恼多

世事无常任消磨

唯有月儿高高挂

兵戈剑戟奈若何？

（上述四句为童声）

你说你是圣贤

你说你是嫦娥

无非荒唐旧梦多

了却万古悠闲事

只要不肚饿，只要有水喝

我说你便是菩提，你便是阎罗

说什么天下家国

一盅酒，一盘馍

三饱一倒方才是真快活

131

三千年日子匆匆过

阅尽了帝王剧目多少折

你轮番演，他拼命和

谁道他们是角，是色

罢罢罢

原来都喝醉了（京剧韵白）

都比不过坟前这——这——这一堆乱土

识——货——

且看他们怎么演（京剧韵白）


刘协与曹操携手上。


刘协：丞相这几日有何新段子，说来给朕听听？

曹操（恭顺地）：皇上，今天进宫，是想给您汇报冀州大旱之事。不想，话儿将开了个头，就被您给挡了去。要说段子呀，可否等我把正事说完再给您——

刘协（打断曹操的话）：此等小事，丞相自个儿斟酌着办就是了。你知道的，这宫里边呀，着实冷清得很，每次见丞相，没听得你的搞笑段子，那不把人闷死！

曹操（不经意的冷笑）：那……好吧。今天我起了个大早，找了几个人把这次旱灾的情况写了个报告，对救灾工作提了几点建议，请皇上您给批一下。至于段子嘛，有的是，不过，我最近这几天有些个忙，好久也没有到田野间去采风了，干脆一会儿我派几个伶人到宫里来给你解解闷？

刘协（拉着曹操的肩膀）：那可不行，今儿个非要丞相给我讲几个。

曹操（叹了口气）：皇上还是先批报告吧！

刘协：那可不成，那可不成。

刘曹二人一边争执着，一边往舞台边上走（但并未离开）。不知他俩在说些什么，但声音却在陆续传来。这时，两个乞丐上场了。乞丐是男的。

乞丐甲：唉，讨了这大半天，怎么还是没讨着半口馍吃！这都叫什么日子。

乞丐乙：我在前面那家铺子讨饭时，听说曹丞相在市中心广场设了个粥棚，每天倒还能喝上一碗薄粥，不妨到那里去看看？

乞丐甲：是吗？那哥儿们还在这磨蹭什么，赶紧走啊！这皇上也真是的，不知道他晓不晓得，从冀州到京城这一路上，那可真是"白骨露于野，千里无鸡鸣"啊！老百姓饭都吃不上了，这皇上还能叫皇上？！我看哪——干脆让曹丞相做算了。

乞丐乙：唉，如今这叫什么世道。皇上不像皇上，丞相不像丞相的。人家那曹丞相做得就比他强。只是，咱们小民百姓的，乱世里求个温饱都顾不上喽，哪管那皇帝由谁做！依我看，谁让俺把肚子填饱，谁就是皇上。这天下，还指不定是谁的呢！

正在旁边嘀咕的曹、刘二人显然听见了这两位乞丐的交谈，刘协的脸上闪过一丝不易觉察的悸动，但瞬间神色又恢复如常，依旧亲热地拽着曹操的衣袖："丞相再讲一个，再讲一个吧！"

曹操一边敷衍着，嘴上说"好，好，好"，却迈动了步子，走到了乞丐面前。

曹操（彬彬有礼地）：你说"天下还指不定是谁的"，那在下就要讨教了，大汉刘家江山四百年，皇上在宫里还好好的，那你说这天下是谁的？

乞丐甲：这位先生是个教书的吧？我们小老百姓哪管那三百年、四百年的？就说这曹丞相吧，现在听说他执天子诏，号令四方，汉室朝政上的事情，都是他说了算。那个江山不是他的，还是那刘家的？！那曹丞相当皇帝，也是迟早的事喽！

乞丐乙（拉了拉乞丐甲）：这哪是我们管的事，快走，不然，连粥都喝不上热的喽！我看，还是刘皇帝好。也不是，多喝了人家几碗粥，就连皇上是谁都不晓得了！

乞丐与曹操的对话，刘协显然都听见了。他并不尴尬，而是习惯性地抬了抬手，从衣袖里拿出两个馍，扔到了两乞丐面前。

刘协（冷峻地）：刚才喂狗就剩下这么点了，拿去吃吧！只是怠慢得很，请人吃饭，总还是得有点肉才行的。

曹操并不理会，也不说话。见有馍吃，两乞丐捡起即往嘴里塞，曹操在一旁看，一边在手上拍打着扇子。待二人吃完了，曹操方才开腔了。

曹操：嗬！刀斧手！

四个披戴整齐的刀斧手上。

曹操：拿下！

两乞丐慌了神，忙扑地求饶。

曹操：尔等好大的胆子，公然诬蔑朝廷，妄议朝政，污言秽语，理当处斩！来呀，拖下去斩了！

乞丐：敢问官爷名讳？

刀斧手：大胆刁民，这是曹丞相。

二乞丐：曹丞相饶命，曹丞相饶命！

乞丐乙（见机地）：刚才您老不也听见了吗？如今这京城，百姓谁人不夸赞丞相您的救民之功，您真是活神仙，是万民之福啊！

曹操（面露喜色）：照你这么一说，那又置当今圣上于何地？

乞丐甲：小民该死，丞相饶命！实在我们不该妄议朝政，万请恕小民之罪！可是，俺可是对圣上未曾有半点怠慢之意，圣上顺天理得民意，万民敬仰！

刘协从兜里掏出一个类似"九连环"的小玩意儿，正玩得起劲，对眼前的这一切不闻不问。

曹操不语，对着刀斧手做了一个"砍"的动作。刀斧手会意，拖着两乞丐便走。

曹操：慢着。

刀斧手停了下来。

曹操对刘协（仍是恭谨地）：皇上，这两个草民妄议朝政，毁谤君臣，您看如何是好？

刘协（玩着九连环，不耐烦地）：丞相，你看我这不是忙着吗？这等小事，还来烦我，你办了就是！

曹操：这两个草民可是对着咱俩有过一番评价的哟。不知您是否听见？

刘协：刚才正在回味丞相前几日讲给我听的段子，哪里得闻这些个草野之声？

曹操：他俩说咱们皇帝不像皇帝，丞相不像丞相；皇帝不如丞相，丞相倒像个皇帝。

刘协：丞相得万民敬仰，人所共知，哪里容得他们妄议？这个天下，丞相哪天有兴趣，朕送给你便是。你看我，天天这么好吃好玩地活着，神仙也莫过于此，这才是天理。你千万别羞涩。

曹操惶恐，跪地磕头不已，大呼：不敢！不敢！

刘协：丞相真是的。咱俩谁跟谁呀？你快快请起。（伸手去拉曹操）唉，今天这么好的兴致，让两个乞丐给败坏了，真是晦气！

曹操：胆敢败坏圣上兴致，速速拖下去砍了。

刘协：对，对！砍了，砍了！

众下，舞台只剩下刘协和曹操。

刘协：你们只道当皇帝舒服，那你们来当这个皇帝试试。怕是一天也不想当的吧？唉，皇帝也是人哪！我本是一懵懂的小童，想想十多年前，当我降生之时就在宫里，见那红墙黄瓦，便心生烦腻。有一天，我忽发奇想，想去看看外面的世界，就一个劲儿地想往外跑。谁知，跑呀，跑呀，跑了一整天，也没跑出宫门。唉，这皇宫实在是太大了。

后来，当我离开这皇宫时，心里那高兴劲儿啊！心想能再也不回这门禁森严、高墙深院的房子，当个草民该多好啊！可未承想，你曹孟德硬要把我拉回来，还硬要让我当皇帝，这从何说起。我的志向，其实是想搞点艺术的。

这时音乐响起，是古曲《高山流水》，只是这声音是渐强的，间或夹杂 Beyond《光辉岁月》高潮部分音乐。

曹操：我家世受皇恩，就我个人而言，年轻时期，雄心万丈，也只是想封妻荫子，做个大汉的忠臣良将而已；眼下，也只是想尽力辅佐天子，重振朝纲，把大汉建设成为一礼仪富饶之邦；不承想，遇着这么个皇上，遇着这么个孬货。我不是一个没有忠君思想的人，也不是个奸邪之人。唉，我本将心向明月，奈何明月照沟渠啊！（幕后有怪异笑声传出）

二人均不说话。将身子转了过去，背对观众，背着手，仰头望月。

这时，嵇康上。他一身现代打扮，特别的是，他身上背了一把古琴。哦，这时我们知道，原来刚才的音乐是由他弹奏的。

曹操：来者何人？

嵇康（稽首）：在下谯郡铚县嵇康。

刘协：敢问这位嵇先生在哪里高就啊？

嵇康：我本是一个在竹林里打铁的年轻人，平日里倒也喜欢弹弹曲、写写诗什么的……

曹操（讥讽地）：哦，原来是个文艺青年。其实，对于你，我倒是知道的。听说，你们几个年轻人聚在竹林里，天天搞些Party、聚会什么的。行为出格，举止怪诞，我办公室里下面送上来的关于你们在一起乱搞的报告可有一尺多高了！今天得见，果然那些报告写得不谬啊！不过，你知道的，我在公务之余，也是爱写写诗什么的，对于那个所谓的"文学"倒也略知一二；也年轻过，行为举止倒也不那么尽合习俗，小时候也在长辈面前玩过装疯卖傻的把戏，当小青年时也搞过偷新娘子的恶作剧，说新潮也新潮过，说叛逆也叛逆过，论玩儿，你们倒不一定玩得过我。所以，只要你们不过分逾矩，我也叫下面见怪不怪了！

刘协：呵呵！

嵇康（不理会刘、曹二人的表情）：哦，看来，官府早就盯上我了。我何其荣幸啊！然而，我今儿个好端端地在这儿弹曲儿，却被您二位搅了兴致。想我一首好曲，生生被打断掉，你说我这个心情！不过，两位何事这么忧伤啊？

刘协：我不想当皇帝。

曹操：我不想当丞相。

嵇康：皇帝？丞相？这都是些个什么玩意儿？神经稍微正常一点的哥们儿，都知道干上这些个是要折寿的！刘协，你自幼生活在深宫之中，从小便渴望着自由；孟德，你素有大志，一心想为国建功立业，什么"志在千里、壮心不已"之类。看来，刘协的烦恼是想做一个常人。而曹先生您呢？是想做一个伟人，至于您到底想不想做皇帝，今天我们暂不讨论。那么，你们为何又不能各得其所呢？——是因为，你们有欲望；你们的内心被无数个不属于自己的欲望所扰。（边说边用手挠后背痒痒）那还不赶快放下！两位哥老倌，学学我吧！三五月明之夜，约上几个朋友在月下漫谈，有酒成欢，无酒粗茶亦可。手里扇着扇子，搓着身上的泥垢，捉捉衣服里的小虱子，谈谈韵律，谈谈诗，有时候，也谈些个狐仙兔精什么的。兴致来了，弹上两曲；兴致没了，也不用打招呼，离开就是了。兴尽了，人醉了，人散了，方才是人生的一大快事！再看看你们，什么责任，什么使命，什么志向，什么抱负，全他娘的扯淡；没有了快乐，没有了情爱，没有了尊严，活着何益？我笑两位，可叹红尘多作弄，生得皮囊空走肉。

刘协：先生之言，说说容易，做起来却难。

曹操：同感，同感，同感哪！

嵇康：快乐不难，放下，你们要放下。

曹操、刘协（面面相觑）：放下……

嵇康：不如，你们俩陪我看出戏吧……

这时，便接着上演鲁迅先生的《过客》。

嵇康：那么，咱们来分析一下，咱们三个呀，都是这出戏里的三个什么角色！

这时舞台侧又现一背景《过客》；剧本同鲁迅原作。表演者即为上述三人。曹操扮过客，刘协扮老者，嵇康扮女孩。这一段应事前排好，放视频即可。下二幕安排皆与此同。

时：或一日的黄昏

地：或一处

人：　老翁——约七十岁，白头发，黑长袍。

女孩——约十岁，紫发，乌眼珠，白地黑方格长衫。

过客——约三四十岁，状态困顿倔强，眼光阴沉，黑须，乱发，黑色短衣裤皆破碎，赤足著破鞋，胁下挂一个口袋，支着等身的竹杖。

东，是几株杂树和瓦砾；西，是荒凉破败的丛葬；其间有一条似路非路的痕迹。一间小土屋向这痕迹开着一扇门；门侧有一段枯树根。

〔女孩正要将坐在树根上的老翁搀起。〕

翁——孩子。喂，孩子！怎么不动了呢？

孩——〔向东望着〕有谁走来了，看一看罢。

翁——不用看他。扶我进去罢。太阳要下去了。

孩——我，——看一看。

翁——唉，你这孩子！天天看见天，看见土，看见风，还不够好看么？什么也不比这些好看。你偏要看是谁。太阳下去时候出现的东西，不会给你什么好处的。……还是进去罢。

孩——可是，已经近来了。阿阿，是一个乞丐。

翁——乞丐？不见得罢。

〔过客从东面的杂树间跄踉走出，暂时踟蹰之后，慢慢地走近老翁去。〕

客——老丈，你晚上好？

翁——阿，好！托福。你好？

客——老丈，我实在冒昧，我想在你那里讨一杯水喝。我走得渴极了。这地方又没有一个池塘，一个水洼。

翁——唔，可以可以。你请坐罢。〔向女孩〕孩子，你拿水来，杯子要洗干净。

〔女孩默默地走进土屋去。〕

翁——客官，你请坐。你是怎么称呼的。

客——称呼？——我不知道。从我还能记得的时候起，我就只一个人，我不知道我本来叫什么。我一路走，有时人们也随便称呼我，各式各样，我也记不清楚了，况且相同的称呼也没有听到过第二回。

翁——阿阿。那么，你是从哪里来的呢？

客——〔略略迟疑〕我不知道。从我还能记得的时候起，我就在这么走。

翁——对了。那么，我可以问你到哪里去么？

客——自然可以。——但是，我不知道。从我还能记得的时候起，我就在这么走，要走到一个地方去，这地方就在前面。我单记得走了许多路，现在来到这里了。我接着就要走向那边去，〔西指〕前面！
……

刘协（拍手鼓掌）：好，好，好！不过，敢问丞相这是要往哪里去呀？

曹操（疑惑地）：奇了怪了，这过客怎么是我？（喃喃道）难道是我？我这是要去哪里呀？

嵇康：刘老哥儿，你这老者演得怎样？

刘协（干咳了两声）：唉，"太阳下去时候出现的东西，不会给你什么好处的。……"这话说得真好，好像在说我自己……

曹操（干笑了两声，好像终于从戏中走了出来）：你个古灵精怪的童子，懂得些什么？你不知道，在我的心头，全是些国家大事，当然，这也说得对，我是要去远方的……

嵇康：国家？国家算哪门子的玩意？自打黄巾起事以来，就何尝有过国家？真不知，您所谓的"国家"在哪儿！我看哪，现在这个"国家"，无非是某些人个人办事的橡皮图章，需要的时候，拿起来用一下，盖盖章；不需要的时候，扔得远远的，连看上一眼，都觉得有些多余呢！

曹操（动怒，正色地）：你好大胆子！国家大事岂是你等小辈所妄议的！这国，可是天道。皇上好好的呢！只要有皇上在，国家便自然是个国家！虽然，当今天下大乱，乱臣贼子竞相作乱，社会上谣言四起、人心浮动，一些个奇奇怪怪、匪夷所思的思潮大行其道，特别是那些个堕落文人、酸腐秀才，才读了几本书，就以为自己成圣人了，指指点点，臧否东西，狂悖不堪，好多人连什么是规矩义礼都搞不懂了，这成何体统！方此危难之时，稍有天良者，都应戮力同心，匡扶汉室，以尽臣节！

曹操边说边向刘协鞠了一躬。

嵇康（哈哈大笑）：看来，您真是想做个忠臣喽？那，刘大哥您想做个好皇帝吗？

刘协（有些回避地）：不管你是谁，不管你从哪里来，这妄议朝政，都不合规矩……依我看，丞相说的才是正道！对你这种不尽礼法的狂人，不必烦劳丞相，我办了就是！

刘协挥了挥衣袖，学着刚才曹操的做派，大喝一声："刀斧手！将这个妄议朝政的疯徒拿下！"

不过，刘协这回好像不似刚才曹操喊的有效，连喊了三声，也没有人理他。

刘协（有些尴尬，但随即又恢复了常态，淡定地，自我解嘲）：想我堂堂大汉天子，岂沉溺于如此屑小之事上。这事儿——还是交给丞相来处理吧！

曹操：这等小事还烦劳皇上您亲自操心，真是我们臣子的罪过。好了，既然是皇上您亲自交办下来的事，我自然要用心去办——这也是咱们当臣子的本分嘛！哎，刀斧手！

话音未落，"在！"刚才那四个刀斧手应声而出，仿佛随伺在曹操身边似的。

曹操（指着嵇康）：尔等快将这无君无父的狂徒拿下！

"喏！"四人应声道，随即准备上前捉拿嵇康。

曹操（对着四人）：慢！你们可知道站在我身边的，是谁？

四人面面相觑，有些疑惑，遂齐答道：皇上呀！

曹操（怒）：你们也知道是皇上！你们也知道是皇上！那刚才皇上吩咐时，尔等怎不应声？

四人慌了神，齐刷刷地跪下来，磕头不已。

一人道：皇上！丞相！容禀。我等几个刚才因连续随伺当值几日，肚饿难当，就跑出去吃了几杯老酒。不想这会儿是皇上在吩咐，真真是罪该万死！

曹操（对刘协，恭谦地）：皇上，您看……

刘协（看了看这四个人，叹了口气）：尔等四人，无理倒是无理，但也都是我汉家的子民啊！眼下又正是用人之际，该怎么办，丞相拿主意吧！

曹操（正中下怀）：既然皇上已下旨，那尔等无礼之罪先记着，待把眼前这个狂徒拿下后，回宫每人各杖四十军棍！也让你们长点记性，让你们认得清楚，谁是主子，谁是奴才！

刘协：丞相治军严整，此乃我大汉之幸事！只是这四十军棍的罚责未免太重了些吧，依我看，这回就算了吧。你们几个，起来吧！

见刘协这么说，四人面露喜色，正待起来之时，但见曹操仍然阴沉脸，遂又不敢起来。

曹操（沉声）：既然皇上说免了，就免了吧！

四人方才起来，即准备捉拿嵇康。

嵇康：你们几个不去演戏，真是太可惜了。只是，演得最好的，还是

139

要算我刘协大哥了！怪不得要让你演那个老翁，看来您真的是心老哇！可惜，作为一个过客，孟德的气量又好像小了些。天地之间，谁最苦？人也！人何苦，情也。如果逢着个乱世，真还不如一头牛、一条狗来得快活。牛放在原上，静静吃着陇上那一片青青的绿草，没有人打扰，没有人来过问，当然，也没有人来争食。或者，做一条无家可归、四处乱窜的野狗，逮着吃的，当然快活；没有吃的，饿个几天，也没啥。依着我的性子，就是喜欢一个人来往。顺生而已，睡个懒觉，就当是吃饱了。苦，也就不苦了。至少，没有眼前这二位活得苦！如果活着，只为装装样子，这样的人生不活也罢！

说罢，如说偈子一般，说了四句话：苦亦不苦，不苦亦苦。苦与不苦，暮霭晨露。

刘协（仿佛自言自语）：这段时间，我倒是想了许久。那幕戏中的老翁，确是有些像我了。其实，我自己的心里是清楚的，能像这戏中的老翁般有那么"一间小土屋"，我也就知足了。你们都道皇家好，其实哪知做皇帝的苦衷。都怪这个姓不好，早知如此，我真不该姓这个刘！我为什么要姓这个刘？难道我与其他人不一样吗？为何我生来就是个万民敬仰、高高在上的人？是多生了一只脚，还是多长了一个脑袋？想那几年，我与皇兄在乱军追逼之下四处逃散，心里其实真是只想要一间能遮风挡雨的小土屋而已，至少能够自由自在！离乱中，最先变的，便是心，心变老了，活着，活着！为了活着，我才当这个皇上！太阳下山了，这副挂了几百年的"大汉"招牌也"下山"了，徒留我守着这个小土屋又有什么意思呢？可是，这一时半会儿，人家还要这个幌子，只苦了我，唉，还得这么兜着，还得这么演下去。（指着曹操）这个过客，（指着嵇康）这个孩童，他们的心里在想些什么，难道我不知道吗？我何尝不想做个孩童，无忧无虑地生长！我何尝想像个老翁，不死不活地死守着这份早已残破的祖业？祖业，以为我想要吗？其实，岂止我知道，大家也都明白，那汉高祖刘邦也不过是个无赖，正像眼前这个人（指着曹操）。可惜，高祖给我的这份祖业，现在放着是谁，也不想要了，更不敢要了。只是，要与不要，却也由不得我了！我说我不要，由不得我；我说我要，更由不得我！这就是个悲剧。将才那个孩童说什么"暮霭晨露"，怕是说我汲汲于物欲。自然，那些都是虚幻的，但是他这是在看戏，又岂能懂我们这些个戏中人的悲哀！你以为，让他来演这个皇帝，他就不能够演得像我们这般入戏么？——项上人头，这是命啊！你以为，我就真不想匡扶汉室吗？我跟眼前这个真真假假姓曹的家伙翻脸了，他还指不定又会祸害上咱们刘家哪个人呢！既然由不得我，又何妨把这出戏继续演下去。

曹操（仰天大笑，有些苦涩）：天下，谁的天下？天下最难的事情，莫过于家国天下。家，又是谁的家？其实，我们都是没有家的人，我们的家是刘家人的，因为，天下是刘家人的。其实，我也想整天坐在家里作诗歌行、喝酒吟咏什么的，然而不行的，我是个办事的人，国破若此，岂能安睡？而你这位嵇先生，貌似清醒，其实糊涂。写诗我不一定写得比你好，但如果让你辈这样的懵懂书呆子、愤怒文青来治国，那不把国家给搞得更乱、更没有章法才怪！你总以你的"文艺腔"来揣度政事，仿佛这天下是这也不行、那也不行的，你们自己最高明！如果这家国大事真能在纸面上就办得好，那倒简单了！你们别的本领不行，但把一个人弄得如禽兽般不堪的本事可强得多了，然后几百年、几千年过去，在你们的操弄下，我曹某人就是个坏得不能再坏的恶人了——而这些，我自己又何尝不晓得。我说过，我是个办事的人！既然要办事，就有办事的章法，哪怕千夫所指，哪怕被你辈这样的人指指点点，都要雷厉风行地去干！我知道你们对我办的这些个事情不无腹诽，有意见，有怨气，但如果顾忌这、顾忌那的，顾忌所谓的"青史留名"，恐怕办不成任何事情。高明若你辈，在这乱世之下，你们的担当在哪里？作为又在哪里？所以——

曹操说完，"哗"的抽出了剑向嵇康砍去。

曹操：有许多人想读懂我，或者说，有许多人想试着读懂我，不过，他们都死了。看来，你今天仿佛又动了想读我的雅兴。你们自以为读懂了我、看懂了我，其实只是雾里看花而已。这儿，我倒羡慕你演的那个小童，多么天真，多么无邪。只是，你虽然知道，我其实是一个过客，然而，你并不明白，这皇帝可不只是个老翁哦。刀斧手！

嵇康：曹大哥，你多虑了。你整日里今天思谋这个，明天思谋那个，想来想去，整个天下都是你的敌人。你这么活，活得累不累？如果，我告诉你，其实你这个天下就像我身上一坨泥垢，用手搓搓，它就会掉在地上；或者，它就是我刚才念过的暮霭晨露，就那么一瞬间，也就不在了。你确实在路上，你的心更像那个过客，所以，这间小土屋留不下你，因为，你想去寻找天边的宫殿。而刘协先生，虽然心里面向往着成为一个过客，但这间小土屋束缚了你，你的命运更像那个老翁。

曹操（狂躁地）：住口！住口！你住口！刀斧手！刀斧手！

曹操这么狂喊了一阵，却一直未见得人来。不免有些胆怯，但仍强装硬气地立在那里。

稽康：没了这些个刀斧手，丞相也只是一个常人而已。现在，该是我们好好谈谈的时候了。

这时，台上只剩下曹、刘、稽三人。刘、稽二人一步步向曹逼近，像是要复仇。而曹则一步步后退。

然而，刘协却径直停了下来，他取下自己头上戴着的皇冠，对曹操：丞相若是喜欢，就拿去戴吧！

曹操（见刀斧手无应答，态度明显和缓了许多。他用手深情地摸了摸皇冠，然后又戴在了自己的头上，仿佛很享受的样子，可是，又摇了摇头，叹了口气）：我这几日里忙于政务，倒忘了过问一下这皇冠制作的事情了，看来内务府这些人也太不像样子了，明显怠慢了皇上这冠冕。你看它，虽然也有十二旒，但这上面的珍珠，却好像掉了几颗，这看起来也显得颇为小气。黄金，也明显成色不足。唉，前几日里，他们倒是差人给我送来了几颗西域大珍珠，等过两天，就叫他们重新给皇上的冠冕装上吧。

说罢，曹操毕恭毕敬地双手将皇冠捧着递给了刘协。刘协愣住了，大约五秒，方才回过神来，伸手接过了皇冠，然后戴上。

刘协（苦笑）：看来，我只能当这个皇帝，你也只能当这个丞相喽。虽然，我这个皇冠的做工，比起你的这个丞相冠是差了些，不过，我前几日不是也下过诏吗？让丞相也和我一样戴十二旒冕，设天子旌旗，出行也和我一样嘛，备天子乘舆。今儿个怎么没见你戴上？这会儿，你身边的那些人一时半会儿回不了，我就跟你说几句真心话吧。我知道现今，其实以后可能历史也会觉得，我只是你手上的一个政治玩具而已，其实，你我二人心里都明白，我们之间的关系是不错的。大家都明白，大家又都装糊涂。你好我好，大家好，也就这么过了去了。而且，如果讲天道，或者说如果有天道的话，这个天下本来就该是你曹孟德的。谁都明白，方今天下，刘家的气数已尽。什么皇帝，本就是个虚名而已。你的问题在于，你想做皇帝却不能做；而我的问题则是，我不想当皇帝，现在你曹孟德却又不答应！因此，你尊我是必然的，这也是我们两人无法逃避的宿命！若问我心底里想的是什么，我老实告诉你，我就想找个安静的地方，守着几间小土屋，平平淡淡地过日子，死了，就在茅屋边上随便找个地方把我埋了即可。皇帝，也从没有人说是可以不死的。

曹操：天下本就该是姓刘的！那些个乱臣贼子，胆敢拥兵自重，我们做臣子的，当然要兴兵讨伐，使他们知道规矩！皇上不必自责，倒是说得我眼泪汪汪，好像有负皇恩似的。

　　嵇康（看着二人作戏，似有所悟）：与其活得这么虚伪，不如解脱。可解脱两字，说得这么轻巧，又有谁能真正做到呢？

　　这时，幕布上映出嵇康光着上半身，挥汗如雨地打铁的镜头。须臾，又变成了曹操以及嵇康两个人光着上半身打铁，嵇康持铁，曹操抡大铁锤，刘协拉风箱的视频。当然，这是事先排好的。

　　转入打铁场景。

　　三人齐唱：

　　嘿哟，嘿哟！

　　嘿哟，嘿哟！

　　打铁趁热。

　　兄弟莫歇。


　　嘿哟，嘿哟！

　　嘿哟，嘿哟！

　　刀剑伤人，

　　铁耕稼穑。


　　嘿哟，嘿哟！

　　嘿哟，嘿哟！

　　情义似铁，

　　利欲何涉。


　　齐力！

　　往下打！

　　千锤百炼！


　　嘿哟，嘿哟！

　　嘿哟，嘿哟！


　　曹、刘、嵇三人边看边笑。其间，曹还会心地伸出手去，与嵇康握手，边握还边摇了摇嵇的肩膀。只有那刘协，笑得好像有些不自然。

　　刘协：有朝一日，只怕是我想过着农野打铁、拉拉风箱的日子而不可得啊！

曹操：看来，知我者莫若嵇康先生了！其实早些年，为着匡扶汉室，我在陈留起兵那会儿，为着多造些兵器，我也天天抢着大锤打铁造马刀呢！那时，我的精力是多么旺盛；劲儿，好像使不完似的。没想，一晃这么多年过去了。想起那会儿的时光，我那打铁的活儿干起来，可真给劲儿啊！我们仨做个约定吧，待到四海一统、海晏河清之时，我们仨定下个竹林之约，再过几天打铁的瘾。到时候，谁也不许穿衣服啊——把衣服脱了打，比较有趣，再说，那份热，谁穿上衣服也受不了！

嵇康：哪需什么约定，二位要是有雅兴，现在就可以到我的茅屋边上的铁铺过上一回瘾！只怕，你们是有口无心，说说罢了。

曹操：嘿嘿，只要皇上许我解甲归田，我明天就来打铁！想在陈留那会儿，我打铁的时候，有人笑我一堂堂的统兵之人怎么干起这打铁的脏活累活儿，其实这庸碌之人哪知打铁的乐趣哟！我要是来打铁，说不定连那些个老把式都没我干得好呢！

刘协（冷不防的，几乎是脱口而出地）：那朕许了！

曹操（有些尴尬，顾左右而言他）：哦，这，是吗？可是，然而……

刘协（立即发现自己说错了，马上修补自己的话）：就是朕许了，可国家哪能离得开丞相啊！我倒是真心想跟着这位嵇康先生去打铁，可你们知道的，丞相们这些个做臣子的又哪里舍得让朕离开！

曹操（立即会意，进入角色的）：唉，国不可一日无君啊！

刘协：更不可一日无您这位视君如父的曹丞相啊！

嵇康：这真是人生如戏，戏不如人生精彩。人入江湖，人入体制，这个江湖，这个体制，就一下子成了戏台。让这本心去打铁的人，变成了利欲的奴仆、戏台的戏子！也是，打铁先得自身硬。真要让这二位陪我去打铁，估计又得先十里戒严、扫街净地，亭长里长县令州丞忙前忙后，莫说是打铁，就是打个照面，就够咱附近百姓受的了！还是我一个人去玩比较清爽，至少不会烦！

曹操（喃喃）：我只是一过客，过客……在路上……那，皇帝？——他又算什么？

暗外有人答道，像是刘协的声音：我是你的影子！我就是你心中的，那个天天闯入你噩梦的影子。

但实际上，此时刘协又开始掏出他放在兜里的九连环玩具，径直玩了起来，因为这时那几个刀斧手悄无声息地又上来了。共八人，以曹操为中心，

144

两边各四个，盔甲满身，威风凛凛，杀气腾腾。

灯光一时大亮，场上除了这八位刀斧手，便只剩下刘、曹、嵇三人。背景为一模糊的汉代皇宫。

有了刀斧手，曹操一下子挺直了腰。目光也显得冷峻。

曹操：我常常在梦中杀人，要是真杀了人，不能怪我，只能怪这个梦。今天，我感到自己好像就像是在梦中一样！左右？我这会儿是不是在梦中啊？！

刀斧手（齐答）：是，丞相！

曹操（阴沉地）：看来，我真是在梦中。这位嵇先生，此刻，我倒想是不是应该杀个人了？

嵇康（点点头）：曹先生的确是在做梦，但问题是，我并没有做梦啊！你一个梦中的人，怎么可能杀一个没在梦中的人呢？如果你是那个梦蝶的庄周，可我这只蝴蝶并没有飞进你的梦里去。而此刻，我就像那幕戏中的小孩子，看天看地，看风看雨，看着这位过客的上场……你难道，不想知道，我到底想看什么吗？

刘协：丞相说笑话吧？我是知道的，你并没做梦。因为，刚才还给我戴上了皇冠，而我，并没有做梦！

曹操（慢吞吞地对着嵇康）：愿闻其详。

嵇康（越说声音越低）：丞相本是一个文艺青年，年轻的时候，或许更是一个愤世嫉俗的人。只是，你有你的选择，你也有你的悲哀。毕竟，与你的那些"家国天下"比起来，这些个文艺，便只能是纸上的奴婢。可我所哀者，更在于你恰恰是个懂文艺的人。一个懂文艺的强权者管起文艺来，其实比那些草包般的武夫，对于从事艺术的人来讲，更是一场灾难。我也不是没有纠结，我知道，你是个什么样的人。可我还知道，当今天下，能听懂我的音乐的人，也只有你……说来，这也是我的宿命——文艺的戏剧化到底只能是文艺，而生活，却是没有半点戏剧化的。我们却总习惯于将这二者混在一起。或者说，总是用文艺来将人生戏剧化。那么，痛苦便是一定的。那幕戏中的"过客"，哪里只是个"行者"那么简单！说起来，我是在等我的知音，这个人，便是阁下你了……

曹操（会意）：我倒也不是个随便杀人的人！只是今天，你这狂徒，净说些让人听不懂的话，看来，仁厚如皇上，也不能任你胡来了！

刘协：杀，倒也不必；管管，也还是应该的。

曹操（指着嵇康）：刀斧手，来呀！将这狂徒绑了！

刀斧手：喏！

齐上前将嵇康五花大绑。

这时音乐起，像是古曲《广陵散》，好像又夹杂着《梁山伯与祝英台》，声音比较混杂。

第一幕完。

# 第二幕

**人物表**

刘协

曹操

嵇康

鲁迅先生《女吊》中所述之女鬼："大红衫子，黑色长背心，长发蓬松，石灰一样白的圆脸，漆黑的浓眉，乌黑的眼眶，猩红的嘴唇。"出场时立于嵇康身后。

荒郊，竹林，静夜，古墓，残碑。墓前有一石墩，上卧古琴，旁有酒壶及酒盅。有一弹古琴之青年，所奏之曲正是《广陵散》。此景不远处，即为前幕《过客》之景，但此时陷于暗处，只显一轮廓，正与《过客》中描述的"前面，是坟"之景吻合。

弹琴青年正是嵇康。

嵇康（泪流满面，抬抬手）：罢了，罢了，不弹了，不弹了！当今天下，又有谁能懂你聂政之苦心！人都道你是一鲁莽之武夫，然而，我知道，你是天下第一柔心人。你从未负过任何人，可惜，你却注定活在与生俱来的莫名幽暗的痛苦里。这痛苦，除了你自己，又有谁能明了？反倒是我，在几百年过后为你而哭，为你而感喟。或许，你之离开正意味着解脱。唯有此，你方能求得内心的安宁；唯有此，你方能让所有的仇恨都消解于无痕。可是，这仇恨仍在萦怀于你的内心，它时时在宇宙间徘徊，此刻你的怨怒便化在这琴声间——而这一切，却又为我所知悉，更让我痛苦。不过，我之所痛苦者，便是我虽然读懂了你的密码，可我所能做的，只能是立于原处，长歌当哭，丝毫不能损这浊世之毫末，甚至，除了泪流满面，我又能做些什么呢？

女鬼静立，亦泪流满面。

嵇康：朋友，这几日你一直静立于我身后，听我弹琴。我几次欲与你

146

交谈，都见你立于半明半暗之间。这倒让我犹豫了起来。因为我不知道，你是在听我弹琴，还是在见证着我的孤单。不过，在你屏息之间，我听见了你的哭声。你能知晓我之所奏，必能与我通心曲。放心，你不必有什么不安。你能知我，难道，我不能知你吗？其实，阴阳相隔，人鬼殊途。我既知你是鬼，便是相信，纵然你满含复仇的焰火，可于我，不过是多了一个可以倾诉的人而已。来，且上前一叙。

女鬼（转过身，可见是一美女，虽可怖，但美艳，沉声）：你知道我是谁？

嵇康：你或许也算是我的朋友吧。

女鬼：你不怕我害了你？

嵇康（埋头喝酒，淡淡地）：既然我当你是朋友，你若害了我，也算是我当朋友的，对你的一点贡献吧。从你第一次跟在我身后听我弹琴时，我就知道你在身后。无他，是你的愤怒接住我的琴声，让这回旋于静夜之间的情绪找到了归宿。从那一刻起，我便有引你为知己的感觉；再后来几次，我甚至能听到你静静的哭声和你喘息的声音。或许，你身上有太多的仇怨，有太多的哀伤。前世种种，无法排遣；来生在哪里，现在又无从说起。既然这样，你就莫负今夜好时光吧——你可能也知道，在如今的尘世里，我也很少能遇得到像你这样的知音了。那么，朋友，来吧，一起喝两盅吧。

女鬼：……

嵇康：哈哈，哈哈。从来只有人怕鬼，没想到今天还有鬼怕人的。一醉解千愁，且来喝两杯吧，我正闷得慌。

嵇康边说边站了起来，转身，朝女鬼作了个揖。

女鬼：敢问先生，刚才您弹的可是《聂政刺韩王曲》（即《广陵散》）？

嵇康：正是。

女鬼（喃喃）：复仇，复……仇。做人好难。前生之仇，今世又向谁报去？先生本来是豁达之人，为何琴声之间又积郁了这么多的不平与哀伤？

嵇康：先生是通琴之人。请坐下，咱们边喝边聊吧。

嵇边说边亲热地拉女鬼的手。

女鬼：先生既然不羁，我自然可以与您谈谈。只是，阴阳相隔，先生不怕沾染晦气吗？

嵇康：哈哈，我早就有一肚皮的不合时宜。说什么"阴阳相隔"，既是谈琴，遇一知音，便足矣。哪有这么多的顾虑？想你前世是个圈于礼法的人，没想到死后到了另一个世界里，仍没跳出俗世的那个圈子！

女鬼：那么……好！

女鬼坐下了，伸出了手，示意嵇康倒酒。

嵇康：果然是知音。那么，先饮三杯。

女鬼：先生忘了，鬼是喝不醉的。倒是先生，可能已有三分的醉意了。

嵇康：我是醉了，那你，这么清醒，其实是一种病症。我倒是可以用醉来打发时光和遗忘自己的绝望，而你，就这么无醉，就这么清醒地去面对着一切背叛、一切谎言、一切阴谋。所以，其实，你比我更痛苦，也更无奈。

女鬼（惨然，淡淡一笑）：先生说笑了吧，不是说谈琴的，怎么又说到了人世了。

嵇康：乐理即人生。唉，在这样的一个夜晚，我碰到的知音人，居然是先生你。看来，这人世，倒真没有行走的必要了。只是，先生已走得远远的了，而我，却还得这么不死不活地混下去。

女鬼：先前我也是先生这么想的，先生哪里知道，既生为人，这份苦痛原不分今生来世的。所以，我的悲伤既在那可憎的前生，又在这无期的来世里。就在今晚，我是必须要找一个现世的人回去的，否则，到天明我的魂灵便会消亡。而此时，距天明已经不远了……

嵇康：你也是一个包含怨怒的人。先前说了，如果能以今世我的死换来先生来世的生，于我而言，未尝不是一件快事——以我之肉体，这具本无一用的臭皮囊给惺惺相惜的朋友做件事情，哪怕我们相逢于萍水，可鉴于你多日夜晚与我的琴声相随、琴心相通、心琴合拍。你虽无言，我心自知。我的生命，你若需要，就拿去吧。只是，现在离天明尚有一些时辰，我们不妨喝酒吧？

女鬼（叹了口气）：先生真是旷达。那好吧，我们就喝几杯吧。

女鬼一抬手，端起酒杯，做了个"请"的姿式，然后将自己杯中的酒喝完。

嵇康：好！

嵇康一抬手将杯中的酒一饮而尽。

嵇康：没想到先生也是豪爽之人。今晚，真是个好日子。只是，我已有好久没有像今天这么畅快地喝酒了。既无知酒之友，何以遣有涯之生。（说罢高歌一曲）

似有非有

似无非无

天地苍茫

物性何方

个中谁念

空杯余欢


喜悲爱恨

蝼蚁微尘

浮生归处

戏梦边缘

人鬼相通

一念之间

女鬼：好个"人鬼相通，一念之间"啊！

嵇康：近见先生，双眉相连，言语间总有一股不平之气，你既已是鬼，何妨把浮尘间的那些哀怨都忘却吧！

女鬼：忘却？如若上苍再度给我以人生，这份悲凉却是已然伴我之灵魂，或者说，仇恨正是我的魂魄。蒙先生看得起，让我与先生共饮，我不胜荣幸。既然是以乐会友，那么，就容我给您弹上一曲吧。

嵇康做了个手势，让女鬼抚琴。这女鬼定了定神，从容起乐，弹的却是《双燕离》（见蔡邕《琴操》）。

弹毕，月印万川，四下寂寥。嵇康无言，女鬼却是泪流满面。静默半晌。

嵇康：你，其实可以选择不死的。

女鬼：不死？你可知我之至痛？

嵇康：死了，就不痛了？

女鬼：痛，比生更痛。前生的痛仍如火一样在我体内燃烧，它在吞噬着我，它就像一个贪婪的小虫在咬嚼着我的神经和骨骼，让我清醒地痛着，让我无法摆脱。

嵇康：为什么无法摆脱？其实你所无法摆脱的，是自己的命运。而这一切，难道不是你的命吗？欢爱红颜，鱼水交欢。一切烦恼，皆因欲起，又皆以欲终。可惜的是，你自以为一死以百了，但在这凡尘中因为你的战争却还在继续，血，还在继续流……

女鬼：你……何以知道？

嵇康：你既然视我为知音，当然应该明白，我是能从你的曲子中悟到你所想、所思的。所以，我能听懂你的忧伤，自然能明白你的忧怨。虽然我的曲子能打动你的灵魂，但我知道，你的复仇与我所弹奏的复仇并不是一回事——尽管，这其中都有不平与怨怒。我之所怨，在人心；你之所怨，在人欲！你怨，怨在情遇轻薄；你怨，怨在视情万钧；你怨，怨在含泪无助；你怨，怨在仇欲相煎。

女鬼：先生真是好命的人。说起我的苦楚自然可以面无表情。先生可谓古今第一的俊俏男子，又精琴棋书画，身边当然不会缺少女人。于爱，难道真这么麻木吗？

嵇康：不然，我其实常常在爱欲之间挣扎。我的妻子，我并不希望她能有今夜如你般同我在心灵上的共振，相反，我常常很痛苦，很痛苦，以至绝望。然而，我之所愿者，也无非饮食男女、一日三餐，能够在风和日丽之时携妻挈子，再牵上房前拴着的那只黄狗一起去草原上走走，一望无际、空旷无人，与家人行走在绿草红花之间，脚下沾着晨起的微露，吼吼我最爱的长啸，和孩子们在一起嬉戏，与妻相望而视，尽在不言，就是我的最爱和幸福了。如果说爱，按我的理解，这也就是了。我也不是没有欲望，但夫子既言"吾日三省吾身"，对声色，也就没有多少兴趣了。譬如，于你，也就"发忽情而止于礼"了。在尘世间，你的确算得上是一个绝色的女子了，可是，正是这容颜，让你陷入了无以复加的恐惧、绝望与扭曲，让你无法在欲念与际遇间求得哪怕是一星半点的安宁。其实，这个时候，学学我，痛饮几杯，麻木麻木，倒头便睡，第二天太阳照常升起，就很好了。

女鬼此时的脸色如川剧变脸般在发生着不断变化，有厉鬼，有妖精，有淑女，有荡妇。她已将衣解开，露出雪白的肩膀，因是背对观众，但目光肯定是迷离的，她在希图色诱嵇康。

女鬼：你……难道……麻木了？

嵇康目不斜视，若无其事地继续饮着酒。

此时，背景忽变亮，似有人声杂沓而来。女鬼忙掩拢衣服，无语。来者正是刘协与曹操。两人挽手，交谈甚欢。

见是嵇康，刘协主动打招呼。

刘协：先生好雅兴，先生好风月啊！

曹操：我道这个嵇康先生仙风道骨，原来也是凡夫俗子啊！

嵇康起身，女鬼背对三人，独坐无语。

嵇康：偶遇知音，抚琴拨弦而已，岂关风月？本来好端端地喝酒操琴，却被您二位给搅了局。

曹操：这么说，倒是我们耽误阁下的好事了？不过，见先生这样讲，我倒真有点想请您的这位知音指教指教。

刘协：这倒也是。

此时女鬼亦起立，默默地转过身来。

曹操与刘协的脸色大变。

曹操：这……这……

刘协：是……你！你，你，你到底是人是鬼？

女鬼无语。

嵇康（疑惑的）：原来你们认识？

女鬼对曹操：听说你现在喜欢在梦中杀人了，那就请先生告诉我，现在您是在梦中呢，还是在现实中呢？

刘协：你，你在说些什么呢？

女鬼：你其实比谁都清楚！

女鬼边说，脸上的表情也如刚才般不断变幻着，看得出来，她的内心正在剧烈地酝酿着情绪。

曹操无语。

女鬼：嵇康先生，我佩服您。可是，我又觉得，在情面前，一个人如果活得像先生这样心如止水，其实于人间，是一种灾难。你说，悲苦的源头在于欲望，我之复仇，的确因这欲望而起，那么，人间的欢爱离开了欲念，又有何值得留恋？说到底，你是一个胆怯的人。《聂政刺韩王》，好曲，难得你在几百年后还有心记挂。但你既然在痛哭失败的英雄，却又可曾想过，在他颓然倒地的瞬间里，除了无愧于那个馈赠施舍以托付死命的权贵，对他之所爱、所念之人，他难道不会有半星的愧疚吗？没有了，什么都没有了。这是个男人的世界。你们在不断做着戏，不断为着欲望而厮杀。即使是这位貌似超脱的嵇先生，你又何尝能超脱得了呢？身在凡间，却拔着自己的头发想上天，嘴里不断地喊着"我痛，我苦，我要超脱"，除了做戏，还是做戏。要想解脱，很简单，学我吧——你也投缳自尽看看！所以，即使你在我的美色面前无动于衷，却无法真正说服我。因为，你的内心充满了矛盾，你们的内心都充满了矛盾！

嵇康刚要辩白，却见一侧上一幕戏《过客》中布景骤然亮起。只是嵇康变成了过客，曹操变成了老翁，刘协变成了孩子。


〔女孩小心地捧出一个木杯来，递去。〕

客——〔接杯〕多谢，姑娘。〔将水两口喝尽，还杯，〕多谢，姑娘。这真是少有的好意。我真不知道应该怎样感谢！

翁——不要这么感激。这于你是没有好处的。

客——是的，这于我没有好处。可是我现在很恢复了些力气了。我就要前去。老丈，你大约是久住在这里的，你可知道前面是怎么一个所在么？

翁——前面？前面，是坟。

客——〔诧异地〕坟？

孩——不，不，不。那里有许多许多野百合，野蔷薇，我常常去玩，去看他们的。

客——〔四顾，仿佛微笑，〕不错。那些地方有许多许多野百合，野蔷薇，我也常常去玩过，去看过的。但是，那是坟。〔向老翁〕老丈，走过了那坟地之后呢？

翁——走完之后？那我可不知道。我没有走过。

客——不知道？！

孩——我也不知道。

翁——我单知道南边；北边；东边，你的来路。那是我最熟悉的地方，也许倒是于你们最好的地方。你莫怪我多嘴，据我看来，你已经这么劳顿了，还不如回转去，因为你前去也料不定可能走完。

客——料不定可能走完？……〔沉思，忽然惊起，〕那不行！我只得走。回到那里去，就没一处没有名目，没一处没有地主，没一处没有驱逐和牢笼，没一处没有皮面的笑容，没一处没有眶外的眼泪。我憎恶他们，我不回转去。

翁——那也不然。你也会遇见心底的眼泪，为你的悲哀。

客——不。我不愿看见他们心底的眼泪，不要他们为我的悲哀。

翁——那么，你，〔摇头〕你只得走了。

客——是的，我只得走了。况且还有声音常在前面催促我、召唤我，使我息不下。可恨的是我的脚早已经走破了，有许多伤，流了许多血。〔举起一足给老人看，〕因此，我的血不够了；我要喝些血。但血在哪里呢？可是我也不愿意喝无论谁的血。我只得喝些水，来补充我的血。一路上总有水，我倒也并不感到什么不足。只是我的力气太稀薄了，血里面太多了水的缘故罢。今天连一个小水洼也遇不到，也就是少走了路的缘故罢。

翁——那也未必。太阳下去了，我想，还不如休息一会的好罢，象我似的。

客——但是，那前面的声音叫我走。

翁——我知道。

客——你知道？你知道那声音么？

翁——是的。他似乎曾经也叫过我。

客——那也就是现在叫我的声音么？

翁——那我可不知道。他也就是叫过几声，我不理他，他也就不叫了，我也就记不清楚了。

客——唉唉，不理他……〔沉思，忽然吃惊，倾听着，〕不行！我还是走的好。我息不下。可恨我的脚早经走破了。〔准备走路。〕

孩——给你！〔递给一片布，〕裹上你的伤去。

客——多谢。〔接取〕姑娘。这真是……这真是极少有的好意。这能使我可以走更多的路。〔就断砖坐下，要将布缠在踝上〕但是，不行！〔竭力站起，〕姑娘，还了你罢，还是裹不下。况且这太多的好意，我没法感激。

翁——你不要这么感激，这于你没有好处。

客——是的，这于我没有什么好处。但在我，这布施是最上的东西了。你看，我全身上下可有这样的。

翁——你不要当真就是。

客——是的。但是我不能。我怕我会这样，倘使我得到了谁的布施，我就要像兀鹰看见死尸一样，在四近徘徊，祝愿他的灭亡，给我亲自看见；或者咒诅她以外的一切全都灭亡，连我自己，因为我就应该得到诅咒。但是我还没有这样的力量；即使有这力量，我也不愿意她有这样的境遇，因为他们大概总不愿意有这样的境遇。我想，这最稳当。〔向女孩〕姑娘，你这布片太好，可是太小一点了，还了你罢。

……


众观戏毕，一时无语。

女鬼（对曹操）：如果我没记错的话，在上一幕戏中，你好像演的是过客。对，过客，你就是个过客。

曹操（沉声道）：还是这幕戏好，要走的，终归要走；而要留下来的，终归要留下来。

女鬼：你当他真是个小孩子吗？而你，倒真是个老头子。或者说，你的心从来都没有年轻过。

刘协：这，丞相，难道你与她曾经认识？

153

曹操（摇摇头，边说边将随身带着的剑握紧了）：不认识。

嵇康（叹了口气，背诵道）："没一处没有名目，没一处没有地主，没一处没有驱逐和牢笼，没一处没有皮面的笑容，没一处没有眶外的眼泪"，今天，我所见着的，便是你眶外的眼泪吗？

女鬼：先生不用怜悯我。就如同你所说的，"倘使我得到了谁的布施，我就要象兀鹰看见死尸一样，在四近徘徊，祝愿她的灭亡，给我亲自看见；或者咒诅她以外的一切全都灭亡，连我自己，因为我就应该得到咒诅。"今天的确是个好日子，只是没想到，让先生做了个我找替代的见证。如果我害了站在我面前的这两个男人，倒显得我是个无情之人了；可如果，不这样做，那我所有的仇恨又该到哪里安歇呢？而且，你们所不知道的是，除了是鬼，我一无所有，什么都不是。在那个鬼域的世界里，天好黑，路好远，我想陪先生走，就这么一路上弹弹琴，唱唱歌，说说笑笑，一直这么走下去，然而，这又怎么可能呢？

嵇康（惭愧道）：在你面前，倒让我无话可说了。只是两位先生，仿佛与你似曾相识？

刘协：岂止认识，她本就是我宫中一名能歌善舞、精通音律的歌伎，只是没想到却在这里碰见了她。

女鬼：皇上，好像漏掉了太多的内容吧。

刘协：我们都知道，女鬼是不会伤人的。

女鬼：是吗？

此时，忽然从天幕垂下若干似"飞天"般的女鬼，装束与此女鬼同，个个美艳，但个个亦可怖。由于沉默着不说话，显得更为吓人。旋又离开。

刘协：这，这，我是天子，身系天命，我不相信凭你们几个女鬼就可以害我。可如果，你真能害我，那就说明我德不配天，朕也就认命了吧！丞相，丞相，救我！

曹操：皇上说笑了吧？其实我们都记得她是已经死去的人了。这个世上哪里有什么鬼！皇上知道我是个办事做事的人，本来就对这些怪力乱神的东西是不相信的。皇上尽可放心——而且，我知道，她不会伤害你。

刘协：丞相何出此言？

曹操（有意岔开话题）：还是跟嵇康先生谈谈琴吧！国家正需建设，包括对于曲子之类的，尤需大力褒扬。打了这么些年的仗，大汉朝的威仪早已荡然无存了。改天朝会的时候，要专门议议此事，还是需要些写曲子的人把这几年国家的中兴盛况给唱出来、舞出来的。嵇先生，您说是不是？

嵇康：国家？谁的国家？您的，还是刘协先生的？刚才喝稳了几天稀粥，就是"中兴"，就是"盛况"了？要让我写出来这些专门为朝堂宴乐之用的曲子来，恐怕以后我荒野弹琴的时候，不但没有所谓的知音相伴，怕是连鬼都觉得厌烦了吧。而且，你知道的，我才是个真正的过客，我要寻的，恰恰就是这个压在心头上的坟。我是永远在路上的人，如果您偏要让我写，那就让我早已变得稀薄的血流干吧！

曹操：先生不是个旷达之人吗？

嵇康：从来没有旷达之人于深夜在荒郊野外弹琴的。您也是知道的，我最擅长的，其实是打铁。而铁，是比较硬的……

女鬼（对刘协、曹操）：就凭你们两位，也配跟嵇先生谈曲？在人间的时候，我就听说过嵇康先生，只是那个时候，除了少不更事的俗念外，更多的是对物欲的奢求。所以，那个时候所奏之曲，便是为着显达们玩乐的工具，听着热闹，玩着高兴，喧嚣过后便无人理睬了——说起来，我自己又何尝不是如此呢！

刘协：你到底想干什么？

女鬼（喃喃）：干什么？干什么？我也不知道。你以为，仅仅为着复仇，我会来找你吗？你错了。

曹操：离天明不一会儿，你可以回去了。如再纠缠，阳光照射进来，不仅你的魂魄不复存在，化为游魂孤鬼，永世不得超生，就连以后再想出来听听琴曲也不可能了！而且，这位据称是你"知音"的嵇先生也愿意把命给你，做你的替代，让你得以超生。这当然也是件好事，你终于可以得到永生了！

女鬼：看起来，你真是一个心老如巨铁之人。我既然来了，如若真化为游魂，又何尝不何？而且，放心，我是不会用嵇先生的生命来超脱自我的，因为，若这尘世真有所谓"知音"的话，那么，嵇先生便是。你要知道，凡尘即苦，若这阴间也如是这般，那倒真是没有天道了！我是鬼不假，但鬼比起人来，是多了几许良知的！我怎么可能将一个与自己心曲相契的人的生命夺走，以换取自我的重生？阿瞒，你一生阅人无数，但你真正于人，是不懂的。因为在你的心里，每一个人都如棋子一般，用用可以，但却无半点情感。而且，你喜欢掌握人的生杀予夺，这个时候，你是最高兴的。除此之外，你对女人，更是空白。这种空白，与其说是空白，不如说是恐惧。你是个好色的人，你曾经千百回在我的肉体上来回抚摩，你曾经无数次不吝用最美的语言来形容我的容颜，可是，当面对你的心的时候，这一切都化为无形。你在时时提醒着自己不要为女人而陷入迷乱，这不过是为着你眼下守着的这间小土屋而已。你自己心里也明白，这间屋草薄漏雨，房塌墙倒是迟早的事，可现在，你还走不出来，你在心中规划的是更宏伟的宫殿；这宫殿里更不缺少你喜欢的女人，虽然这些女人，只是你泄欲的工具而已。只是为着这些，你永远把自己的心锁在这亘古无涯、深不见底的黑夜里，让你永远只能为着明天的宫殿守着今天这衰朽的小土屋——你，敢说不是怕我的吗？

曹操（恼怒道）：你，你，你住口！

刘协：就让她说下去吧，权当她在胡说；而且，这比刚才你给我讲的故事要好听得多。毕竟，这些话儿，咱们在宫里听不了。

女鬼：我没有想到，上苍只给了我十八岁的生命。我的确是在诅咒，的确是在控诉，然而，我又知道，生命于我，本该精彩。这是造化的本意。我还知道，我本想只做一个女人，只做一个像嵇康先生那样渴望着自由、追求天性的人。在我这女儿身面前，什么王权富贵，什么宏基伟业，什么天运地命，都算不得什么。其实，很简单，我想要的只是——爱情。而这爱情，仿佛很玄，仿佛不可知，那么，我就说明白点，我真的，真的是需要一个男人。而爱，也仿佛在那么个极其短暂的时节里，我在这个姓曹的男人身上似乎感受到过。

刘协：丞相，丞相，这，这，这女人说什么呢？

曹操（心机很深地）：皇上不是想听吗？那就听下去吧。

嵇康（对女鬼）：等一下，你好像只说对了一半吧。你知道的，我似乎并没有你说的那么些个绚丽的情爱故事。其实，我是一个非常简单的人。与人交，以信；与友交，以诚；与妻交，以爱；与子交，以善。你所诉的，愚鲁如我，便已知道，你不过是为着被男人所利用、所欺侮、所抛弃的不平而已。可是，我又知道，这千百年来，你们女人的命运也大抵如此。你幻想当一头恋爱的犀牛，结果却被自己的爱所吞噬。既然了无新意，又有什么说的必要呢？的确，你的愿望并不高，天下所有的女人，如果说愿望的话，这是最为原始也最为基本的愿望。连这点愿望都满足不了，不说什么"中兴盛况"，可能这个世道也没有继续下去的理由。那么我们，除了每天打打铁，于静夜里弹弹琴，又能做些什么呢？我不是埋怨这个现实，而是在埋怨自己的无可奈何。我不是革命家，见着刀兵，见着流血，我的心是会狂跳、手是会发抖的。既然无可奈何，倾诉过后又能若何？我的心早已平静，仇恨的火焰，也早已熄灭。适应这种庸常的生活常态，便是我时下的生活。先生您还是高看我了，虽然我知道您心中在想些什么。人生之至痛，莫过于亲眼看见自己所不愿见着的现实且无动于衷；这无动于衷，不在于自己可以做什么。而是根本无法做什么；那么，除了徒增烦恼，又有什么意义呢？我并不是个矫情的人，也无需隐瞒什么。我只是很抱歉，关于爱情，我真不能给你提供什么建设性的意见和建议。说到眼前的这两位先生，那位拿刀的曹先生本是我的知音，而且其实就聪明的天性而言，倒是与我有几分投缘，怪不得，你能听懂的音乐，原来是曾经在曹操先生面前有过耳濡目染的，不过，今晚他好像心机很重，心事重重的，也不知道他在想些什么。倒是这位刘协先生，我觉得他天真烂漫，真像个小孩子。

曹操：怕不是这么简单吧。嵇康先生果然生性良善，对什么也不提防，这样的人，在这样的社会，这样的时代里，怕是要吃亏的吧！时下，我亟需用人，嵇先生才华横溢、文采飞扬，如能为我所用，倒不失为一件快事。不过，刚才听嵇先生所说的这么一大通，其实全是书生之见，既然是革命，肯定是要流血。不是说了吗？"绝望之于虚妄，正与希望相同"嘛，你倒成了"沉默的大多数"了，那还要我们这些人做什么？与天斗、与地斗、与人斗，都是很畅快的事情。要办成大事，唉，风月一类的诗情画意也就免了吧。其实，我对汉室刘家，真是绝对忠诚的。我所侍候的这位主子，说句公道话，他既然姓刘，这可是一个不简单的姓氏。汉高祖刘邦起兵之前也不过是个乡野无赖之徒，这个"刘"就是流氓的意思。流氓所传承下来的基因，是一点也没少的。我为什么需要天天这么紧紧地跟在他的后面，你以为我真想当个"挟天子以令诸侯"的尴尬角色？可以告诉大家的是，如果没有了我跟在身后以提醒，这位主子杀的人可能并不比我少，干的坏事也会比他的长辈桓灵二帝更缺德。只要他力之能及之地，便是其身之恶施展之域。而这些，完全是他自己的恣意妄为。施恶于能施恶者，便是这位主子灵魂的全部。他才真正需要拯救。就是眼前这位满脑怨怒的女鬼，我之所欠其实只是情，而他之所欠的，恐怕只有他自己清楚……

刘协：儿皇帝有儿皇帝的悲哀。其实，作为一个小孩子，我也还是能够给远足的嵇康先生一些个包扎的布片的。我曾经说过，我并不愿做这个什么"皇帝"，然而，这并不取决于我。当，不取决于我；不当，亦是如此。这华夏千千万万的众生，都是我的子民，我又何尝不想像嵇康所演的那个过客一样"我不愿看见他们心底的眼泪，不要他们为我的悲哀"。可是，不能够的。我不是一个权谋家，谁又没有七情六欲呢？我也不是什么皇帝，我只是个人，确切地说，我只是一个男人。我也清楚地知道，当今天清晨的太阳升起的时候，我或许并不能过完这一整天。那么，我所能选择的又能是什么呢？为着这个家国，我所能做的，难道又有哪里错了？

女鬼：看来，说来说去，最终倒还真是我的错了。这些归结起来，怕仍是不脱"红颜祸水"这个窠臼吧！这，我这个刚满十八岁的女子便成了承载这些个男人复杂欲望的牺牲品了。那今天我倒要大家看看，我和这两位先生之间到底发生了些什么！

嵇康：刘先生，你所忧者是不能主宰自己的命运；而，曹先生，你能告诉我，当你握有这掌握无数草民命运，所谓"生杀予夺"之权时，你快乐吗？

曹操：我不是告诉过你，当你试图走入我的内心时，其实你走入的是一个死胡同，或许你再也回不去了……

嵇康：阁下是天下一等一聪明的人，现时节你把这份聪明如只用半分于文学，都是时下顶尖的文坛高手；如果，你把这份聪明用于写曲儿，那或许你会是天下最伟大的作曲家；可惜，你却偏将这份聪明用在了权谋，用在了算计，文学家的捣鬼，的确更有用而且有效。我很多时候就想，难道这些文学的才情其实也只是你权谋中的一个道具，还是这些才情本身就是你权谋中的一部分？只是这样你必然会失去所有的快乐。而更可怕的是，你是如此害怕别人知晓你的秘密，便整日里陷入了杀人不可自拔的恶性循环。这样的聪明，于我而言，还是不要了罢！

刘协（对着曹操和女鬼，明知故问地）：你们……其实本来就认识？

女鬼：皇上，现在我仍叫你声"皇上"，只因为我知道，你也是一个可怜的人——场面上你贵有四海，是亿万人的主子，可实际上，你就连自己睡着的那张床那么大点的地方都做不了主。如果从你内心的仇恨这一点来看，你与我都是一样的。只是，我的仇恨在我离开人世的那一刹那就结束了，而你的痛苦却与你无法选择的肉身同在。你所能做的，便是折磨你能够折磨的人。而折磨这些你能够折磨的人，你好像以为就是在折磨你最为痛恨，而又最无可奈何的人——曹操！

曹操：在我大汉的圣土上，冒犯圣驾可是死罪！

女鬼：哼，哼哼，丞相，你好像忘了，我本来就是一个死过一回的人了！我真佩服您啊，一个举杯邀月、斯文倜傥的贵胄瞬间就可变脸为杀人不变色的魔王。你枉自活在这个世界上，其实你是一具只有欲望，没有情感的权力机器。你比谁都清楚，你眼前这个天天与你勾肩搭背的"皇上"，无非是你的一个欲望棋子而已；你更是清楚地知道，眼前这个人，他就是凶手，他就是一个天底下最虚伪又最怯懦的杀人犯！

曹操（猛喝，狂暴地）：你——住嘴！住嘴！

女鬼：我见着你将手紧紧地握住了剑柄，仿佛这剑立刻要出鞘了。如果今天你真能将自己的剑刺向这个阴狠无胆的伪君子，那么，我敬你，也不枉我曾经爱过你一场。你要知道，正是这个所谓的"皇上"，杀死了我和你的孩子！虽然，我也正是你阴谋的一部分，但是我是如此无可救药地爱上了你，爱上了你这个浑身阴谋、野心勃勃的男人。本来，作为身份下贱的婢女，我与这位刘先生其实也是一样的，都没有选择自己命运的权力，可是，这无可救药的爱诱惑地让我必须为你而赌上一把，使我甘心做了你的棋子、你的娼妓。我像疯了般寄希望于这个男人许给我的那些美丽的诺言——也许，这就是我的命。因为，当我发现肚子里已经有了和这个男人的孩子时，母性超越了一切，让我满怀着憧憬投入到了那个明知看不到出路的深渊。

曹操（放下了按在剑上的手，对刘协）：皇上，这女人疯了，满嘴胡言乱语，我看干脆杀了算了！

刘协（饶有兴味地，也略有些遗憾地）：这女人说得这么慷慨激昂，这会儿倒勾起了朕想听下去的雅兴。只是，丞相既然听了不高兴，那就杀了吧。

曹操（静对刘协，沉声）：杀了她，好！其实，对这个女人的话，我也是和您一样饶有兴味的。不过，这宫里整日介黑漆漆的，舞伎上吊、宦官自杀一类的事情多着呢！没见着谁是高兴地去那边的，总是有着那么些个不如意。天天听着这些，我倒颇有些烦了。今天见着皇上兴趣高昂，才打起精神听了下去，也不过是些"私人化"的破事，扫了我想听曲儿的雅兴。

女鬼（对曹操的表现有些失望，愣在那里几秒钟，突然对着刘协指曹操）：他犯了欺君之罪！他强暴了我，当他知道我有了身孕后，竟然突发奇想，把我送给了你，日后便可将自己的儿女诡称"龙种"了！

女鬼（又对着曹操）：这姓刘的心机之深其实并不逊于你。也是，能在你这样的人眼皮子底下过活这么多年，还活得这么好，本来就需要本事。可是，他是杀害你孩子的凶手啊！他其实从一开始就洞悉我们的阴谋，然而却装得若无其事。也真是只有在那黑漆漆的夜晚，在那深不见底的深宫里，他才能卸下自己身上的伪装，把那最为残忍暴虐的真面目暴露在我的面前。他先是千方百计把我肚子里的孩子做掉，他知道，我既作为你送给他的"礼物"，他无法找名目杀掉我，于是便变着法子侮辱我、折磨我。

那个时候，你在哪里？我的苦，我的怨，又有谁人能够知晓？他是阴郁的，他的目的，就是让我自己去死——把一个人折磨得只想自己去死，这也真算得上是"皇家"的本事和水准了！的确，我也只能以自己的死来结束这场阴谋的游戏，在我将头投进那个丝巾做成的缳里时，我所能感到的便是撕心裂肺的疲惫，然后，便是解脱。可是，这是解脱吗？我多少次问过自己，这不是，不是的，这其实只是复仇的开端！

　　现场一片静默，场上所有的人均已无言，时间长达一分钟。此时，天已微明，远处传来有节奏的脚步声，疑似宫廷卫队巡逻经过。

　　刘协（对曹操）：原来是这样！

　　曹操（对刘协）：原来是这样！

　　四目相对，剑拔弩张，场上情绪骤然紧张。

　　曹操手中的剑也越握越紧，好像立即就要抽出似的；刘协，也握紧了拳头。注意，在女鬼、曹操、刘协三人进行上述对话时，嵇康先生坐下了，安静地喝着酒，速度很慢，但一杯接着一杯地在喝着，似在听，又没听。

　　刘协（和颜悦色，然又话里有话地）：丞相，你其实想必是知道的，在你给我安排的那个宏阔似海的"宫殿"里，像这个女人所述的故事是天天都在发生着的。

　　曹操（会意地）：皇上如此识大体，当是万民之福。本来嘛，也不知哪里钻出这么个疯婆子，装疯卖傻、疯疯颠颠地讲了这么一大通莫名其妙的话儿来。算了，算了（挥挥手）咱们还是回去吧，那么多的家国大事还在等着咱们呢！

　　刘协（试探地）：丞相，今儿个咱们好像没来这儿，也没见过这两个疯人吧？

　　曹操（豪爽地）：嗯，那是当然的。

　　说毕，便亲热地拉着刘协的手准备一同返回。

　　此时，舞台灯光对准了女鬼和嵇康。刘协与曹操在暗处。

　　光束随后又只对准了女鬼。

　　女鬼心如刀绞，悲愤万分，在舞台上踉踉跄跄。

　　此时，音乐起（低回婉转，带哭腔）：

啊……啊……啊……

竹林寥寂荒唐夜

优伶怆恨世不平

因果转瞬成梦呓

伤情情伤罪女人

投缳跋涉阴阳路

阎王笑迎薄命魂

曲声冷对春宵月

空留余恨伴天明

啊……啊……

嵇康（抬手将杯中酒饮尽，然后转身站了起来，面对着女鬼、刘协、曹操，沉痛地）：你们知道我是一个超脱尘世的人，人间的遭际、人世的辗转，原不过只戏梦剧魇而已。所以，除了无言，除了冷对，除了默然，我又能说些什么呢？！说到底，我真的只是这茫茫大千中的一个过客。然而，既然人生走一回，上苍自有上苍的道理。"身贵名贱，荣辱利欲"这些全然不是我所在意的，你们也看到了的，我连那个小孩子递给我包脚的布片都不会要的。我所在意的是，"佳人不存，能不永叹"，这佳人，便是生命啊！对于生命，对于美，除了敬畏之、尊敬之，安敢糟贱！在我的心中，这一切都是神圣的、可贵的。虽然已见惯了许许多多的不忍视、不愿闻的悲言秽事，我却仍然相信，天地造化，父精母血，每一个生命都是值得珍惜的，每一个人都是和睦包容、良善友爱的。因为，没有了人间的真情和爱，再长的生命也将毫无意义。可是，今晚，我只有痛苦地承认，站在我眼前的二位不是男人，不配做人！你们根本不配享受这山川河流，这戈壁原野，这月夜风华；你们根本不配有人间任何的真情与友爱。你们也知道，虽然我只是打铁的醉汉，但其实我也是个"尚奇任侠"的剑客。打铁，当然也是可以造剑的。因此，此刻，我所愿者，便是将这龌龊的生命送到它该去的地方。自然，天下本来就是姓刘的，我怎么能杀皇上呢？况且，他之作恶亦有可悯之处，虽然毒辣，可他不这么做，又能怎样！只是，你——

嵇康说毕，突然冲向曹操，拔出了曹操挎在腰间的剑向曹刺去，剑锋凌厉，曹操慌忙躲闪，情急中，但见这女鬼却冲上去，替曹挡住了这一剑，瞬时，也就倒在曹的怀里。

嵇康（愣住了，收剑立在那里，怆然道）：你原是不必这么做的……

女鬼（对曹操）：你的怀里，还是那么温暖。而我，现在，我真不知道该怎么办。因为，天马上就要亮了。好在，我终于为你做成了一件事。大约，这就是我为我自己的爱最终画上的一个记号吧。你，其实没有错，现在，我终于感觉到了一丝温暖。真的，此刻，请你抱紧我，抱紧我。

此刻，天已大亮。一缕阳光射进了舞台。舞台上空出现了许多无常，在翻着筋斗，好像在迎接着女鬼的归来。而女鬼也慢慢地从曹的怀里抽身，直直地升上了舞台的上方，并渐渐地化为了无形——错过了这个夜晚，她已魂魄不在，真正成为了游魂，在阴间徘徊。

与上述布景同步，为一中年女性朗诵张爱玲小说《色·戒》中的片断：

得一知己，死而无憾。他觉得她的影子会永远依傍他，安慰他。虽然她恨他，她最后对他的感情强烈到是什么感情都不相干了，只是有感情。他们是原始的猎人与猎物的关系，虎与伥的关系，最终极的占有。她这才生是他的人，死是他的鬼。

嵇康（满含悲愤地）：嗟我愤叹，曾莫能俦。事与愿违，遘兹淹留。穷达有命，亦又何求！（见嵇康《幽愤诗》）

曹操面无表情地从已怔住的嵇康手中取过剑，插进了剑鞘里。

嵇康遂转身，坐下，开始操琴。弹奏的，仍是《广陵散》。

这时，宫廷卫队赶到了，气喘吁吁地向刘协和曹操行礼作揖。

曹操（迁怒地）：你们怎么才来！皇上万钧之躯岂能立于危瓦之下，有了闪失，你们能担待得起？

说毕，曹操即用脚猛踢领头的侍卫，将其踢倒在地，后又抽出剑，向此人砍去。侍卫急忙拦住，曹悻悻地又朝此人踢了几脚。

刘协（仍是和善地）：多谢丞相关心。你看，咱们不过是出来多走了几步，散了散心，还与这位嵇康先生一同谈了谈操琴之道而已，丞相犯不着跟着这些个侍卫计较。咱们，这就回去吧。嵇先生，您演的那个过客，可真传神哪！与你的性情，基本是一模一样。我真是见着了"大家"了。不过，丞相的演技更是不一般，值得我好好学习揣摩呢！

曹操（不理刘协）：给皇上做起居注的史官呢？

从侍卫人群中闪出两个儒生模样的人，手持笔墨和书册，正是史官。两人向丞相行礼。

曹操：皇上一言九鼎，刚才不是吩咐了嘛。今晚，皇上的行止就按他说的写。（又对着嵇康）嵇康先生，你觉得呢？

嵇康沉默，不语，仍弹琴，琴声越来越高亢激越、悲凉婉转，仿佛在回答曹操。

史官甲（小心翼翼地）：可是，我们赶到这儿时，好像看到了天空中有些许异相，隐约好像看到了有一个美女，飘上了天，好像还有无常……

曹操（有些恼怒地）：嗯，是吗？

刘协：你是不是中了魔障？臆病犯了吧？若再乱言，我能饶你，丞相

162

岂能饶你！

史官乙（忙附和）：那是，我看他是老眼昏花、胡思乱想吧！放心，我们一定按皇上和丞相指示，把皇上从昨天夜晚到这会儿的历史写好，一切让皇上和丞相您俩满意才好！（对史官甲）你说是不是啊？

史官甲（忙不迭地）：是的，是的，按皇上和丞相的指示办。

曹操：这就对了嘛。皇上，那——咱们回去了？

刘协：回去了，回去了。

两人又勾肩搭背，亲如一人地准备返回了。

刘协（指了指嵇康，犯了难）：可是，这位嵇先生……（边说边用手做了个杀头的动作）

曹操（大气地）：算了吧，他……只是个过客。而且……（对着刘协的耳朵，悄声）刚才，他也没准备杀你啊！

第二幕完

# 第三幕

**人物表**

刘协

曹操

嵇康

袁孝尼（白衣男）

曹操手下的文臣武将若干

开场即为鲁迅先生《过客》最后一部分。所不同的是，由刘协扮演过客，曹操扮演小孩，嵇康扮演老翁。

孩——〔惊惧，退后，〕我不要了！你带走！

客——〔似笑，〕哦哦，……因为我拿过了？

孩——〔点头，指口袋，〕你装在那里，去玩玩。

客——〔颓唐地退后，〕但这背在身上，怎么走呢？……

翁——你息不下，也就背不动。——休息一会，就没有什么了。

客——对咧，休息……。〔但忽然惊醒，倾听。〕不，我不能！我还是走好。

翁——你总不愿意休息么？

客——我愿意休息。

翁——那么，你就休息一会罢。

客——但是，我不能……。

翁——你总还是觉得走好么？

客——是的。还是走好。

翁——那么，你还是走好罢。

客——〔将腰一伸，〕好，我告别了。我很感激你们。〔向着女孩，〕姑娘，这还你，请你收回去。

〔女孩惊惧，敛手，要躲进土屋里去。〕

翁——你带去罢。要是太重了，可以随时抛在坟地里面的。

孩——〔走向前，〕阿阿，那不行！

客——阿阿，那不行的。

翁——那么，你挂在野百合野蔷薇上就是了。

孩——〔拍手，〕哈哈！好！

翁——哦哦……

〔极短暂沉默。〕

翁——那么，再见了。祝你平安。〔站起，向女孩，〕孩子，扶我进去罢。你看，太阳早已下去了。〔转身向门。〕

客——多谢你们。祝你们平安。〔徘徊，沉思，忽然吃惊，〕然而我不能！我只得走。我还是走好罢……。〔即刻昂了头，奋然向西走去。〕

〔女孩扶老人走进土屋，随即关了门。过客向野地里跄跄踉踉地闯进去，夜色跟在他后面。〕

夜色渐渐散去，此幕剧的场景为皇宫，正殿。

曹操和刘协手拉着手上，两人都喝了不少酒，看上去都似醉非醉。

曹操：哈哈，我觉得这才是我嘛！只要是皇上沾过的东西，我就不会要的。

刘协（一语双关地）：丞相好生没有道理，你难道忘记了，那块布——原本是你的，你虽然给了我，但终归还是你的，怎么能够客气呢！

曹操：我这是好心啊。你毕竟还在路上哦，给你块布包包脚，也许脚就没有那么痛了，当然可以走得更远些。

刘协：既然已经走了这么远，我哪里能停下来呢？除非，除非你能给你的那位爷爷说说，把那小土屋腾出来，让我住下来，说不定，我真就不想走了。

曹操：这个，这个，你知道的，这间屋子原本不是我的，还是要从长计议的……

刘协（叹了口气，一语双关地）：我就知道，你是要永远把我安排在路上，每天其实都想安排我上路……

曹操：皇上说笑话了吧，这戏里不是安排你歇息了的，可你就是闲不住，非要走，连那位老爷爷都留你不住。

刘协：你倒是热情备至，不过，我也不笨呀！鬼才知道你那位爷爷的那间黑咕隆咚的小土屋里有没有暗器机关，有没有密道陷阱，所以，你们越是热情，我越是不敢进去。在路上，虽然累点，但总比进了你那无法掌控的暗室里稳当。

曹操：皇上说笑了吧，你是知道的，在这幕戏里，我只是一个对你充满怜悯之心的好小孩哦，至于你说的那些个土屋里的玄虚，可能你只有去问问那位饰演老翁的嵇康先生了。

刘协：这也是，既然是演戏嘛，就是看谁会装……

曹操：那咱们彼此彼此。

刘协：没想到丞相这么入戏……

这时，突然响起了群臣请安的声音。"吾皇万岁！""丞相千岁！"但两人不为所动。

刘协：来来来，丞相咱们到这儿来，再聊会儿。

说完，便拉曹操往设于高处的龙椅上走。

曹操（面露难色）：这……怕不合适吧！

刘协：有什么不合适的，在刚才那戏里，你不是给了我块包脚的布片吗？既受你馈赠，总还是得感恩。这世道，哪里有凭白无故收人好处的，总还是要记得还个情吧。你就权且上来，陪我坐坐吧。

曹操：皇上，那是在演戏！

刘协：什么戏不戏的，来吧。

说完，又拉曹操的手。

曹操：那……好。

刘协：来！

曹操于是上得正殿圣驾前，与刘协一起坐在了龙椅上。

刘协：丞相，你看这板凳冰凉的，还没有你丞相府里的那个铺着软棉垫子的圈椅安逸呢！要不这么着，这把椅子你来坐好了。反正，这把椅子也是你给我布置的。

曹操：皇上真是入戏太深哪！这种玩笑可开不得，谁要敢这么做，那是要灭族的！

刘协：唉，这有什么。难得今天，你不仅陪我喝了几杯酒，那几个陪酒的舞伎模样也颇俊俏，我也就多喝了几杯，只是囿于礼法，在丞相面前也没敢造次，我知道，丞相是喜欢美女的，我也喜欢啦！赶明儿，把今天这几位姑娘都送到宫里面来吧。而且，你还陪我演了一场戏。以前，还不知道，这当个优伶里面有这么多的乐趣，现在倒是明白了。原来，这戏跟咱们生活里是一模一样啊，只是苦了演戏的人了，害得我是半天也出不了戏，净想着那"过客"要到哪里去呢。

曹操：这丞相府里上上下下，只要皇上看上的、喜欢的，都尽可以拿去。这龙椅，你知道，我是最讲究礼法的，我实在是不敢坐，也不想坐的。现在，我是不是可以下去了？

刘协：一想到美人儿，便想起那晚那位女鬼了，也真是造孽啊，可怜，可怜，真可怜。

曹操：臣还是下去吧。

刘协（朝下面的群臣挥了挥手）：你们见着了，这龙椅我坐得，你们自然也坐得。今儿个，就让大家都来坐坐，过上一回瘾如何？

群臣面面相觑，皆不敢动。

刘协（对曹操）：怎么，大家都不敢上来呢？丞相，这个事儿，我看就让大家都上来玩玩吧。

曹操（连忙跪下）：皇上，皇权至高无上，您就不要为难大家吧，这可万万使不得啊。今儿个，我也是陪着您，让您高兴高兴，可没有丝毫的僭越之心哪！

群臣：请皇上三思。

堂上一时静了下来，鸦雀无声。

刘协（幽幽地笑了两声）：你看今天不是刚演了戏嘛，我这不也是想演出戏给大家看，没想到，倒让大家看笑话了。不过，你们不是说皇权至高无上，意思是说皇帝是想干什么就干什么的，那将才我叫大家来龙椅上坐坐，大家怎么就敢忤逆我的旨意呢？可见，这个话也是骗人的。哦，那刚才丞相不也坐过了嘛，你们又为何不能坐呢？

曹操与群臣皆无语。

刘协：我明白了，看来，你们的心里都跟明镜似的——这龙椅，就只丞相敢坐！罢了罢了，如果没有其他的事情，今儿个就退朝吧。我演了这么半天的戏，有些累了，想歇着了。军国大事就喊丞相拿个主意就成了。丞相，你看……

曹操：皇上的话，让做臣子的我的心里酸酸的，不是个滋味。您是知道的，就在刚才那戏里，我也只是演了个不谙世事的孩童，除了对皇上您的一片赤胆忠心，心里可真没别的呀！就是您走累了，我便给您了一块布片，包包脚什么的，还提出让您到我那家里，虽然条件简陋得很，只是一间土屋，可那也证明我对您忠心耿耿哪！我们大家都是懂的，君可以不君，臣不可以不臣啊！

刘协（干笑了两声）：丞相言重了，我这不是给大家开个玩笑嘛！都起来吧。不过，今天这朝，我是真不想上了，你还是让我走吧……

此时，从帷幕外传来了童声：

天上有什么

地下藏什么

雪里埋什么

酒里装什么

朝里站什么

宫里坐什么


天上有乌鸦

地下藏泥巴

雪里埋脚印

酒里装黍渣

朝里站木头

宫里坐傻瓜


与童声同步的是后幕呈现出一幅这样的图景：

两位身着汉皇子服的儿童（实为少帝刘辩及献帝刘协的少年时期，刘辩比刘协大5岁，图景中应为刘辩十一二岁、刘协六七岁的样子）在春天的小河边放着风筝，河边绿草茵茵，柳树低垂，两人边放边跑边嬉戏着，欢笑声越来越大；而此时，在柳树下边，有两人（实为董卓和曹操）在坐

167

着对弈，董卓着汉将军服，杀气腾腾；曹操着汉官服，模样儒雅，但腰间佩剑。两人对弈着，但随着笑声却站了起来，虎视眈眈地注视着这两个孩童，皆无语。两孩童仍是奔跑着，但笑声却越来越弱，直至声音停了下来。当然，在演出时，这肯定是事先排好的，播放视频即可。

接着是歌声，是吉他说唱：

嘻嘻嘻

哈哈哈

茫茫人世真复杂

急匆匆来如火去如烟为个啥

你扮鬼脸他扮夜叉

就他妈的——不说人话


走走走

罢罢罢

你还是去欲海中苦痛挣扎

他还是去管权臣叫爸

美妞儿尽管去卖笑装傻

文人儿编个酸曲儿捞他几把


我我我

咱咱咱

只图风流通脱哪去管它

且去柳下沏壶好茶

摇着扇儿把身上的虱子掐

这才叫作——真潇洒


原来是嵇康先生来了，嵇康仍是一副不修边幅的打扮——板寸，穿着牛仔裤，上着一文化衫，写有一行字"魏晋风度唯我"，趿着拖鞋，虽清秀，但看得出来已有多天没有刮脸了。

见着刘、曹，嵇康主动打招呼。

嵇康：刚才怎么戏刚演完，你们就走了？

刘协：你看不是丞相催我上朝的嘛！

曹操：这又让我想刚才我是不是又跑到梦里面去了！

嵇康（哈哈大笑）：你们难道忘记了，在那部戏里，最终，我可是你们的长辈啊！要是我没记错的话，刘协先生可是演的那位过客，演得真好，真是一直在路上，不知疲倦地跋涉，倒真是个"行者"了。只难为曹操先生了，这把年纪还要去装嫩，得叫我声"爷爷"，可是你把我扶入那间见不到一丝光的土屋里，就不管我了，害得我满天地找孙儿。

曹操（阴沉着脸）：有必要提醒一下嵇先生注意了，这儿可是朝堂之上！

嵇康：人道丞相嗜杀成性、反复无常，我见你在这戏里演得也还是童真烂漫，对我也孝顺、恭敬有加。这证明善恶皆转念间事，只要心头放下，一切都有可能——你也可以做一个仁厚的人的！倒是我，这个当爷爷的，演得有些勉强，什么"野百合野蔷薇"的，最后还得要曹先生演的这个孩童把我扶进土屋里，嗨，看起来，我的心也真该老得了！

刘协：嵇康先生不必自谦。以后有这种好戏，千万别落下我——你知道的，不知是谁说过"戏剧即人生"的，说得真好。

曹操（沉声提醒）：陛下，你失言了。

刘协（朝嵇康做了一个鬼脸，旋又恢复了正色）：正好嵇先生来了，那干脆就让他跟我一块儿到宫里去，咱们再去研究研究今后怎么把这戏儿演好。反正，国家大事有丞相顶着，我也放心，你就跟着大伙一块议议吧。我先走了（对嵇康），如何？

嵇康：好啊！我很久就听说你那儿美酒不少，正好可以一块儿痛饮几杯。这倒不是"借酒消愁"，而是可以跟着这位"过客"切磋切磋，我其实真想知道，他到底想去哪里！

曹操（试探地问）：陛下，真不上朝了？

群臣皆无语，有的闭着眼睛，似睡非睡；有的只是低着头，眼睛往下看，不知在看些什么；也有的，铁青着脸，像是刘协的忠臣，对这一切颇有些看不惯。当然，上殿不允许带兵器，除了曹操；但统兵的将军们倒是一个个气宇轩昂、杀气腾腾的，这些将军眼中皆视刘协为无物。

刘协（大气地摆了摆手，多少有些不耐烦）：不了。不了。你知道，我是个喜欢演戏的人，当然想把演技提高些。（对嵇康）嵇先生，咱们走吧。

曹操（恭顺地）：那臣等恭送皇上！

众皆垂手，刘协拉着嵇康的手从銮座上下。不过，未等刘协下到朝堂，曹操即直起身来，见曹如此，众皆起身。

曹操：那今儿个，咱们就来议议对那个叫袁孝尼的太学生无视礼法、扰乱大典秩序案件的处理吧。

众：喏。

嵇康正待与刘协一齐退下，忽听曹说"袁孝尼"这个名字，便停下了脚步。见嵇停下，刘协亦停下了。

曹操（对嵇康）：怎么？嵇先生对这个案子也有兴趣？

嵇康：这个袁孝尼是我的学生，在我看来，是个规矩的读书人，该不会闹出什么乱子来吧？

曹操（和颜悦色地）：嵇先生，你是个读书人，写写诗、弹弹曲儿的，是你的特长。至于官家办案，这你就外行了，还是不要去管这些，去陪皇上谈怎么演戏吧。

刘协：就是就是，要是我天天管这些个破事，那还不得忙死！嵇先生，那咱们走吧。

嵇康：丞相，毕竟这袁孝尼与我师徒一场，不妨也让我听听，这小子到底犯了什么弥天大罪，需要弄到朝堂之上来议。

曹操：嵇先生想听，不知皇上有没有雅兴呢？

嵇康朝刘协点了点头。

刘协（叹了口气）：既然嵇先生想听，那就陪陪吧。不过，嵇先生，我对律法是不熟悉的，平日里这些事情也是交由丞相去办的。一般是丞相他们怎么定，我就怎么定。陪你听听可以，咱们就不要指手画脚、干预办案吧。况且，今天这个案子既然要拿到朝廷上来议，想必不是什么鸡毛蒜皮的小案子。

嵇康：我只是有些奇怪，我的这个循规蹈矩的学生怎么看也不像个暴徒啊！

曹操：还是听听大司马怎么说的吧！

列中一大臣站了出来。

大司马：诺。这袁孝尼本是太学院的一名学生，一贯以佯狂乱语、放荡不羁行事。前几日，在我朝筹办的皇上迁都许昌十周年纪念音乐会上，竟公然违抗皇上钦定的《江山永固》《万民颂帝德》《十唱咱们的好丞相》《祝丞相永远健康》组曲演奏任务，喝得个酩酊大醉，不仅不按规定穿着礼服，且上身赤裸，居然演奏起《凤求凰》这种低级下流的音乐，你是知道的，那是司马相如勾引荡妇卓文君时弹奏的曲子呢，造成恶劣社会影响，激起在场全体太学生的一致公愤。如此狂徒，如不从重议处，岂不视我大汉法治为无物吗？

曹操：谁说我大汉朝没有法治，听听，崇礼尚法本是我大汉朝的国策，皇上定都于许，本是我大汉朝万民之福，倘稍有天良者，谁人不为皇上的宏基伟业而自豪雀跃，山呼"万岁"呢！袁孝尼这一狂悖之徒，其父亲也是我帐下的一员骁将，本应上报皇恩，下报朝廷，不料居然竟胆敢于国家盛典之上，做出如此无君无父、公然羞辱圣上的举动来，实乃大逆不道！

刘协重归于殿上宝座。

嵇康则立于堂下。

嵇康（冷冷地）：丞相，还是听听袁孝尼他自己怎么说吧！

刘协：这个案子是谁办的呀？

大司马：如此重案，当然需由三公九卿亲自会审。遵照曹丞相的指示，此案由副丞相曹丕亲自审办。

刘协（有些吃惊，似有所悟）：哦，原来是由曹丞相的儿子办的。既然是他亲自出马来办，肯定是铁案如山了。也是，这些个读书人仗着自己读了几本破书，会写几句歪诗，尾巴就翘到了天上，连个高下礼法都不知道，是该好好管管了。（笑着对嵇康，善意地）嵇先生，我看这个案子也没什么好听、好问的，毕竟，这是曹丕他们几个办的，朕信得过，你就不要管了！

嵇康（仍冷冷地）：还是要听听这袁孝尼他自己怎么说。

曹操：陛下是知道的，我对读书人是尊重的。况且眼下帝国正是用人之际，只要是读书人，我是没管什么门第高低贵贱，一律唯才是举的。而且，就是对那些个王公贵族们所津津乐道"品行"问题，其实在我也是不讲究的。前几日，我也不也才发布了《举贤勿拘品行令》，要求在用人问题上"勿拘品行"，只要懂"治国用兵之术"，我才懒得管偷鸡摸狗、打情骂俏的那些个生活小节呢！要什么名分？保我大汉江山万年长，才是最大的名分、最大的政治！您看我这是够坦率的了吧？不过，纲常仁爱、君臣父子一类的人伦大义，还是要讲的！对于读书人而言，更是要大讲特讲的。舍此，国将不国，家将不家！这些个道理，若非禽兽，都是明白的。蒙皇上抬爱，当今天下，读书人对此无不感激涕零、感恩铭记。太学院乃国家最高学府，能进到里边去读书的，无一不是国家精英、社会栋梁。我听曹丕讲，他也为一个太学生堕落到如此境地而感喟不已，颇为痛心的。然而，国法无情，唯严惩不贷方能彰显法之威严。不过，嵇先生爱才，我也爱才。既然嵇先生想亲耳听听这个狂徒怎么说，那就给你个面子吧——毕竟在刚才那出戏里，你不演着我爷爷嘛，你是知道的，对于君父尊长，我历来是礼敬有加。皇上不是指示说"要以孝治天下"的嘛，对于那些个无君无父的狂悖之徒，我向来是反感的很呢！您说呢？皇上。

刘协：那——好吧。

曹操（遂转身，对群臣）：那就把那狂徒带上来吧。

说毕，就在殿前放着的一个凳子上坐下了。（朝堂之上，除了銮座上的龙椅外，仅这一把椅子，在銮驾下方左侧）

嵇康：那——倒是要谢谢曹先生这份"孝心"的。


袁孝尼上，这是位二十来岁的小伙子。长相与嵇康一样俊美，着白装，怀抱一古琴；拖脚镣，显憔悴。见着嵇康，他显得非常激动，正待朝嵇康行礼。

曹操：你就是那狂徒？

袁孝尼（不理睬，径直朝刘协跪下）：学生袁孝尼。

刘协鼻子里"哼"了一声，算是应答。

这时，群臣中有人道：大胆狂徒，怎么不拜见丞相？

袁孝尼（对站着的嵇康，稽首）：学生拜见老师。

嵇康（回礼）：孩子，这几日你想是受了不少苦。

见嵇问他，袁的眼角立时渗出了眼泪。

袁孝尼（强颜欢笑）：我前几日与吕安、吕巽兄弟一块儿吃酒时听吕巽说，云台山里的樵夫说在山里遇着了神仙，便知道是先生到那里采药去了，没料到，竟然在这里碰到您。

嵇康（点头，亦笑）：吕安、吕巽两兄弟是我的好朋友不假，但这个事情却是没影的。那吕巽老弟又在胡吹乱编了。听说，最近他好像成了朝里的"红人"了吧。咱们在一块玩儿时是经常见着他在说着趣话的——这真是一个有趣的人，不过，我可没他想的那么"高逸"。我本来到山里是想去采些药的，偶遇一隐居在山里的高士，不仅烧得一手好狗肉，还弹得一手好琴，真对我这个"吃货"的胃口。所以，在山里每天喝着他自酿的土酒，大嚼狗肉，边吃喝边弹琴聊天，过得真是畅快，真就有些不想下山了。你说的樵夫，大约是我与高士在月下弹琴时被他撞着，他信口胡编倒也罢了，这吕巽居然也以讹传讹，真个有些无聊了。下次，见着他一定罚他喝几大杯！

袁孝尼：老师还是这么放达。

见袁没有理睬自己，曹有些恼怒。

曹操：放肆！

嵇康：敢问曹丞相，你说这袁孝尼到底违了哪款天条？

172

不待曹操回答，刚才那个大司马倒抢先替他回答了。

大司马：一是着装不整，有损威仪；二是自行其是，擅改奏曲；三是弹奏下流，羞辱圣上。

嵇康：犯了这些天条，那又该当何罚呢？

大司马：无君无父，依照儿子羞辱父亲条款，按律当斩。

嵇康：那《凤求凰》怎么又下流了？

大司马（有些不耐烦，对刘协）：皇上，这是哪里来的无礼之人，方才与皇上您和丞相交谈时就语出不逊、戏谑放肆，现在说出的话与这个姓袁的又是一个调调。咱们这是在朝堂上啊，恳请皇上将他拖走，莫耽误我们问案子。

刘协（打圆场）：大司马，你知道的，我对文人历来是爱护的。这些个文人读的都是圣贤之书，看多了有时就有些不拘小节，这倒也没什么的。而且，你们也看到了的，我们方才不是合演了一出戏，配合得也不错。此人，也算是我的一个朋友了，就不要固守那些没有实际意义的虚礼了。（对嵇康）当然，嵇先生，这里毕竟是朝堂，还是要有些规矩的！

曹操（终于找到说话的由头了）：对皇上，谁都要放规矩些！袁孝尼，你读了那么多圣人的书，难道连君臣之礼都不顾了吗？你不是随时以文人自命嘛，可你是知道的，对于你的那些个诗文辞赋，我也是懂个一二的。不过，在我的眼里，你的老师可是比你强多了的。说起斯文来，我倒是也可以算是你的老师了。你的这些个酸腐作派，还是收敛些！

群臣中有人言：谁不知当今天下，丞相是诗赋大家、歌行圣手！

群臣频点头：就是！……还敢在丞相面前摆文人的臭架子，真是不知天高地厚。

袁孝尼：嘿嘿，以孝治天下，这个孝字，既是人伦之理，更是君臣之道。视君若父，是起码的伦常，做不到这一点，便是禽兽不如，莫说上朝堂，连猪圈也不配进的。想想，还是那些猪儿们自由啊，想吃吃，想喝喝，想睡睡，日日不愁的。这么一想，我倒也想去做这特立独行的猪了。的确，做这禽兽，也不错。嘿嘿，《凤求凰》是下流的曲子，好吧，那就下流吧，在这以孝治天下的空前盛世里，做个流氓，倒也不失为一桩快事呢！

嵇康：孝尼所言甚是。说起来，我倒真是头不折不扣的猪了。你是知道的，我每天最喜欢做的就是睡懒觉；看哪个地方有好吃的、好玩的，就奔哪里去；身上也不干净，就跟猪似的，浑身到处长满了虱子，一痒就想去挠；这痒，可是受不了的，手够不着的地方，就只能像猪一般在门框上擦擦——这不跟猪一样了嘛！别说，这会儿，我身上的虱子好像又在跳了，这可真痒得受不了了。对不起，皇上，对不起，丞相，我可要真挠了。

说毕，即用手往后背去挠痒痒了。

袁孝尼：你身上的这些个虱子也真是的，居然也喜欢凑热闹，见着皇上、丞相就开始狂躁了，看来，它们倒真是守礼法的好臣民。对于这些虱子，可是要给什么封赏的。

嵇康：不用了，不用了。这般家伙整日里伏在我的身上，靠吸我血维生，想来是讨厌得很，要是再给它们加封个什么"仁义礼教"之类的封赏，岂不在我的身上跳得更欢！这号货色，我是见一个掐一个，而且还要让它们个个见血。我只恨，恨我手里不能长出一把刀来，否则的话，是要让它们个个成为我的刀下鬼的。

曹操（听出嵇康话中的味道来，阴沉着脸）：这么说来，在嵇康先生的眼里，对这礼法名教是颇不以为然的喽？

嵇康：曹先生，我告诉你，我是非汤、武而薄周、孔的。还不止这些，对于礼教而言，我鄙视的还不止这些个，说我是个像猪一样的礼教叛徒，倒有几分贴切。

曹操：你好像有点鄙视我。

嵇康：先生是文人不假。不过，我也知道，文人整起文人来，那才叫人大开眼界呢！你不是喜欢写写诗吗，那些个话儿读起来倒叫人觉得你的肚里胸襟宽广，可一到了你办公的地方，你那官范十足的味道与你的诗相比，就有些滑稽了。

刘协（转移话题）：袁孝尼，朕看你怀中抱着古琴，想也是个操琴高手。朕前几日里，跟着丞相，倒是见过一个与你一样穿着白衣的女子，也是这方面的高手，细想起来，倒觉得你们两个长得差不多……

曹操（猛咳嗽了两声，提醒刘协）：皇上，今天这是在审案！

刘协：袁孝尼，你可认罪？

袁孝尼：罪？我何罪之有？哦，我知道，我罪在没有像那些假模假样的太学生一样穿着礼服去参加那个莫名其妙的"迁都十年庆典"，没有奏那除了虚假粉饰外毫无章法的滥乐酸曲。如果这算是不讲礼法，那奸污臣子的老婆、霸占儿子的美妾算什么？我的那曲《凤求凰》，原本不算什么下流曲儿，按丞相的文学造诣，这倒该是"自然主义"的佳品了。反正，天性如此，该干什么干什么，在那个场合下弹来，更是为着给咱们这天朝盛典助助兴，这不是"越名教而任自然"嘛！这是在歌颂丞相的功德啊，普天之下，率土之滨，哪个又不知，谁人又不晓呢？更莫说，丞相乾纲独断、篡位自立这些路人皆知的"礼法行状"了！哦，这些事，丞相做得，我们做不得？你做得，是因为你手上有兵、有刀的。反正，你说什么是礼法，什么就是礼法。真要是那样，那么，我这么多年的圣人之书就算是白读了。这些个道理，你当那些太学生们不懂？他们心里懂得很！然而，最终的叛徒又只能是我这个"禽兽不如"的猪仔。我倒是做得，可又苦了没有你的那些个文臣武将来"护法"，当然，除了成为"名教罪人""艺术叛徒"这些个下场还会有别的选吗？好在，今天能与老师见上一面，却也了无遗憾了！只是，这琴还在，也不知从今往后还有没有机会再与老师和鸣共振、同奏乐音了！

曹操：简直是反了，反了，反了天了！刀斧手何在？

两刀斧手上，答：在！

曹操：此人公然于朝堂蔑视圣上、蔑视本相，且顽固不化，毫无悔意，我看也无须跟他多言，直接拖下去砍了就是了。

嵇康：先生不是常以"文化人"自许，不妨也给文化人留个斯文的脸面。我这学生，师从我读书学琴多年，可谓嗜琴如命，今天抱琴上朝，丞相既然留他不得，可否让他与我再合奏一曲。丞相不是常以谨守礼法自许吗？刚才的那幕戏中，我演的可是你的祖父！虽是演戏，难道就没有一点人情了吗？这会儿，你的面前站着的，可是曾演过你祖父的人啊！

刘协（点头）：听听也不妨啊。

曹操：嘿嘿！刚才，嵇先生倒是说对了一句话："文人整起文人来，那才叫人大开眼界呢！"不过，这回嵇先生可没把人找准。这哪是我在整你呢？哼哼，你张口闭口"文化人"，自以为很清高的样子，那我就让先生见识一下"文化人"的风采吧！（讥讽地）先生可曾知道，你的这位乖学生的案子最初是谁一个劲儿地要求朝廷惩办的呢？我告诉你，正是你们师徒俩整日里一起"玩玩儿"的吕巽，吕长史大人！要知道，你可是连他干的那些个偷鸡摸狗、男男女女的坏事都讲究个"恕道"，要整什么"费厄泼赖"的。

嵇康：什么？吕巽，是他？

曹操（得意洋洋）：哈哈，开了眼吧？人家可不像你们这般堕落，他还想奔个好前程呢！

嵇康沉默，悲愤莫名，遂仰天长叹道：怅然失图，复何言哉！怅然失图，复何言哉！（见嵇康《与吕长悌绝交书》）

曹操：你们这些个"文化人"，真让人对你们肃然起敬不起来啊！好吧，今天我就给你这个"文化人"一个面子，让你跟你这学生一起弹上一曲吧。可嵇先生，你的琴呢？

嵇康（不理曹，和颜悦色地）：孝尼，你平日里不是总缠着我，叫我教你《广陵散》这首曲子吗？我一直没有答应。不答应，是因为我见你年轻，怕没有像我这样的历练，把曲子处理不好。但今天，我听了你的上述言语，你原早就可以成为这首曲儿的传人——或者，你才是这首曲儿的真正主人。不巧，今天我的那把琴放在了家里，那么，我作长啸，你跟着我的曲调来操琴，只是你要把那谱子记在心里。去往阴间，走在路上的时候，不管天再黑，弹着这首曲子，心里也是不怕的——这也算是给咱们师徒一场做个见证吧。

孝尼（含泪点头）：嗯！

古之长啸，类似今之口哨。嵇康所说的曲子，其实正是那晚在荒郊所弹奏的《聂政刺韩王曲》（即《广陵散》），嵇康向袁孝尼传授的方式是他吹一段，袁孝尼再弹一段。这曲子本身就属于慷慨激昂、悲壮异常的，现在这曲子在朝堂之上回旋，当曲子弹至聂政刺韩相被韩相身边的卫士刺死时，弦突然断了，场面更显得气氛凝重。

嵇康向袁孝尼传授《广陵散》的过程中，后幕现鲁迅先生《野草·墓碣文》诗意（文字即为该文），即鲁迅先生在一座孤坟前与墓碣对立，读着上面的文字。那墓碣似是沙石所制，剥落很多，又有苔藓丛生。同时，墓侧现碑中字："……于浩歌狂热之际中寒；于天上看见深渊。于一切眼中看见无所有；于无所希望中得救。……有一游魂，化为长蛇，口有毒牙。不以啮人，自啮其身，终以殒颠……离开！……"鲁迅绕到碣后，才见孤坟，上无草木，且已颓坏。即从大阙口中，窥见死尸（死尸即为嵇康）。但见嵇康胸腹俱破，中无心肝，而脸上却绝不显哀乐之状，但蒙蒙如烟然。鲁迅在疑惧中不及回身，然而已看见墓碣阴面的残存文句。同时，墓侧现碑中字："……痛定之后，徐徐食之。然其心已陈旧，本味又何由知？……答我。否则，离开！……"鲁迅就要离开。而嵇康已在坟中坐起，口唇不动，口中说道："待我成尘时，你将见我的微笑！"（这句话亦在幕侧现）鲁迅疾走，不敢返顾，生怕看见他的追随。

后，有音乐起。是《墓碣文》中文字撷取的片断。是为女高声的合唱：

于浩歌狂热之际中寒；

于天上看见深渊。

于一切眼中看见无所有；

于无所希望中得救。


待我成尘时，你将见我的微笑！

待我成尘时，你将见我的微笑！

待我成尘时，你将见我的微笑！

微——笑！

微——笑！

微！笑！


袁孝尼满脸泪水，琴声已严重跑调了。

嵇康不理，继续长啸。

这时，袁孝尼突然抱琴上前，用力向曹操的头部打去，口中喊道："乱臣贼子，人人得而诛之；匡扶汉室，责在我辈。"满堂皆惊，还是距曹操最近的两名贴身侍卫反应快，用力将曹操推开，这侍卫却被击中，重重地倒在了地上，虽不致死，倒也伤得不轻。刀斧手将袁拿下，把其按在地上跪着，并紧紧捂住了他的嘴。

诸人将侧倒的曹操扶了起来，曹操倒还镇定。

曹操：我有时候觉得，这些个文人倒也还蛮可爱的。不知这是否是因为我的身上到底还有几分"文艺"的底色。这个袁孝尼，刚才看他还通脱旷达的，这会儿怎么变得这么"暴力"了呢？皇上，如此歹徒，你该不会还和他讲什么宽恕之道了吧？

刘协：这总归是我汉家的子民。

曹操（厉声）：什么子民？这是暴徒！断不可手软！

刘协：这——

曹操：来呀，把这姓嵇的给我抓起来！

刘协（错愕地）：丞相，这不对吧，是不是抓错了人？

曹操（阴险地）：皇上，你是知道的，我总是怜惜这些个读书人的。帝国的文脉，还要靠他们去传承呢。杀了，多可惜啊。不过，今天这个场面，你们都是被这个姓嵇的给蒙蔽了的。那个叫吕巽的，向朝廷举报的并不只是这个袁孝尼，其实倒重在严正要求朝廷惩处这个姓嵇的。吕巽举报，这个嵇康，平日里呼朋引伴、成群结伙、妄议朝政、举止怪诞、不讲礼法、惶论忠孝，是一伙无君无父的人渣啊！更为恶劣的是，他们居然以圣徒自居，传播歪理邪说，诱骗无知，毒害青年。本来，这袁孝尼好好的，根本没有加害微臣之心，但你可知道，这位嵇先生所教的是什么曲儿吧？对，对，对，是《广陵散》，是煽动人去杀人的曲子。所以，这姓嵇的罪责更大！袁孝尼，还年轻。我其实本来就没打算杀他……

刘协：教人一首曲子，怕没有这么大的罪过吧？

嵇康：从我第一眼见到这位曹先生起，其实，我就从他眼睛里看到了杀机。这杀机，仿佛是他与身俱来的特质。不过，曹先生想杀的人太多了，多得连他自己都数不过来了。什么"梦中杀人"，无非是给他的杀戮找个借口罢了。只是，当杀伐成为一种习惯时，这种满足感也就没有多少意思了。不过，我多少有些不相信，我还是耐着性子与他谈了那么久的音乐、文学以及他所奇缺的——人性，这一方面固然与我的性格有关。我是个性格温和的人，平日里几无"喜愠之色"，亦从无"疾声朱颜"，总是与人为善、与人为乐的。这另一方面，也是试图唤起他内心深处的些许善意，现在看来，我还是太天真了。不过，他杀我，也无非是想让我的这位年轻的学生痛苦而已，让他活着，但又终身背负致老师而死的道义包袱。这种做法，圣人其实早就说过了"人之异于禽兽者几希"。现在，我是不屑与眼前这个东西再多说什么的。

嵇康（又对孝尼，和颜悦色地）：孝尼，孩子，你不要再哭了，你何尝有负我于半星。相反，老师为有你这样的学生而骄傲。只是，你若活着，现时身上的那些脾气也还是要改改的，毕竟，你能活着，本属不易。要珍重，要仁爱，要宽恕。想我的时候，就把我今天教的曲儿弹弹，你记着，只要你在弹，我都是要听，也是在听着的哟！

袁孝尼因嘴被刀斧手捂着，只能哭着不断含泪点头。

嵇康（又对刘协）：可惜，我不能再与您切磋演技了。不过，我见着你现实的状态，倒也觉得，你的演技真还不错。既图"将以有为也"，其实也不妨就这么混着，活下去，也很好。可能，你以后再像这么坐在高堂之上的时间也不会太多了。我的一对孩子都还很小，希望他们长大以后不要学我，搞什么"文学"啊，搞这些个做什么！做个普通人就可以了。你能关照一下就关照一下吧，关照不了，也就算了。

曹操（狂躁地，歇斯底里地）：把他的嘴堵上！把他的嘴堵上！快快拖下去！

又几名刀斧手立时冲了上去，将嵇康的嘴捂上，死命地拖走了。

朝堂一时静了下来。

曹操：我骨子里真是个惜才的人，但这个嵇康，是非杀不可的了。

刘协（冷峻地）：刀在丞相手里，丞相想杀谁就杀谁吧！

曹操：史官呢？

朝臣中一人出列，应了声。

曹操（对史官）：你记着，今儿个咱们可是奉圣上旨意，诛杀这个无君无父的堕落文人嵇康啊，别忘了要注明咱们这是应"文人"吕巽的告发检举而办的！

史官（会意）：明白，丞相放心。

刘协：那袁孝尼呢？

曹操：我刚才不是奏禀皇上了嘛！我对文艺人才历来是关心爱护的。杀他做什么？留他条命。只是太学院，他是不能再去了。他不是喜欢弹琴吗，就把他的双手剁掉；他不是喜欢与猪为友吗，先把他那剁掉的双手给猪吃了，然后就把他关在猪圈里继续他的"文学梦"，做只特立独行的猪吧。皇上的意见呢？

刘协（为难地，然后见曹操那威逼的眼光，有些害怕）：那，那——好吧。

曹操立时跪下，与在场群臣一道山呼：皇上决断英明，吾皇万岁万岁万万岁！

刘协（长叹了一声，伤感地）：原来……我才是真正的过客。


音乐起，为左小祖咒《我不能悲伤地坐在你身旁》，须奏完，在音乐声中落幕。


剧终。

第六辑：收暖文

# 想起一些旧日时光

陈 冀

那年夏天，我去南江拍一个长年服务麻风村的警察，政钢开车送去——山道蜿蜒，路程遥远艰辛。

说实话，这个题材对我来说绝对是个刺激——那一路上我都在不断追问关于那神秘村落的细节，政钢似乎也配合——我真没觉得有什么不妥。

拐过最后一个弯道，看见一排陈旧的红砖房，政钢把车停下来，他没有看我，他看着窗外："有句话我不讲不快。"

我有些诧异。

"我觉得你少了些悲悯，多了些猎奇。"政钢说。他说这话的时候脸憋得通红，要知道那是我们第一次接触。

这家伙可真够不客气的。我想。

后来政钢全程参与了那个专题的策划和操作——我得承认，正是他的悲悯之心给这个题材更深的思考。

再后来，这个憨直的家伙就成了我的朋友。

政钢的豪爽也让我动容。最后一天要拍夜景，工作结束的时候开始下雨，雨越来越大，坡道显得异常陡峭，我说：政钢你小心点，我可全交给你了。政钢突然就笑了：不放心我，你有驾照没？

我被戳穿了也笑。于是换我开车，他倒是坦然得很。

政钢这些年一直在写，一路是调研文章，一路是关于南江风物的散文。文风有细腻的有骠悍的，都耿直热烈——就是有话要说，不吐不快。这路文字快意恩仇读来如浮一白，倒合政钢心性，所谓文如其人也。

不过这路文字也难，难在"回旋"二字，看近日政钢寄来的文字，仿佛已经看见了这个山头。

政钢的《乡场散记》里写一个女人："与信用社老主任在一起吃席的时候总是碰着一个老女人。她畏畏缩缩地站在门外，目光是呆滞的。但看到老主任时，眸子里却放出一种奇异的光芒，似乎想对老主任说些什么，但又欲言欲止……"

这种笔法特别让人感动——无他，你知道命运就在那人背后。

政钢的《乡场散记》让我想起一些旧日时光，写政钢，也让我想起一些旧日时光，此今日之文也。

　　我记得政钢的家在南江县城的边上，陡陡的一个坡上去，小小的庭院，葱葱茏茏的植物。不知道他现在还是不是住在那儿——那可真是写东西的好地方。

# 读《政钢有思》感

伏 秦 萱

挥衣甩袖，划地为戈，是人生难得的一种勇气，是人生难得的一种极致。看完《政纲有思》这本书，便觉得这句话对这本书的作者再适合不过了。

记得在 2011 年的某一天，在政钢的办公室，因为工作上的繁琐的事情弄得我很苦恼，于是便去找政钢诉说，其实诉说不是真正的目的，真正的目的在于想让政钢给我想想法子，让我摆脱和远离这样的烦躁和压力。他听完我的诉说，并未说话而先是洒脱地哈哈大笑一番，我不解，然后他给我讲了一个关于他的故事，完毕后，他说，如果生活的压力压得你透不过气、快要窒息时，你不妨在闲暇的周末一个人拎上一瓶水，沐浴着阳光、听着鸟语、闻着花香去县城的后山上散散心，在山顶上把所有的不痛快向大山吐出来，把所有的压力全部释放，直到自己心里畅快为止，然后再静下心来，跟过去的不痛快做一个坚决的告别，挥衣甩袖，划地为戈，拿出勇气走好明天的路。

当时的我对于此方法将信将疑，我也不曾试过，但是当我读完《政钢有思》这本书，我感动了，原来政钢的内心也有诸多的矛盾和苦涩，但是他还是坚持着他的真本位，就如在此书的"读史笔记"和"突然想到"两缉中说得很清楚：坚持，你需要坚持，不坚持你又能怎么样呢……

2013 年的春节刚过，就流行起一句话来——"你摊上事了，你摊上大事了"。对于如今的社会，怕事儿成了大众的普遍心理，正因为有了这种心理存在，所以现在敢说真话的人也越发地少了。而在政钢的《我爱西门庆》《李陵，你还是降了吧！》《论文强的倒掉》以及《尽责者王勇平》中，都能看到作者敢说真话的真性情。政钢在《我爱西门庆》中说，他爱西门庆的质朴刚健之野蛮、坏彻骨髓之执着，欣赏他骨子里透着邪性的拼劲。

而在现实的社会中，又有多少人敢说自己喜欢一个被社会主流批判的一个反面形象呢？有时世俗的眼光真的未必是正确的，人云亦云，舆论往往喜欢随大流，一个喜欢附和的人和一个不随波逐流喜欢讲真话的人，哪个是真正受大众所青睐的？一个瘾君子往往喜欢为自己的附和找借口或是过多的解释，或许是为了博得同情，或许是为了掩饰错误……在这种人群的大肆渲染下，或许有时白的就成为黑的了，黑的就被抹成白的了。但是我庆幸在自己的周围，还有这么一个可以坚持真理、敢于讲真话、不怕摊上事儿的人。

记得一日看到网络上有一则这样的故事——

儿两岁。某日，头撞桌角，长一包，大哭。一分钟余，其父走向桌子，大声问："桌子呀，是谁把你撞疼了？哭得这么伤心？"

儿止哭，泪眼看着其父。其父抚桌，冲儿问："谁呀？谁撞疼了桌子？"

"我，爸爸，我撞的！"

"哦，是你撞的，那还不快向桌子鞠个躬，说对不起！"

儿含泪，鞠躬，说："对不起。"

自此，儿学会了责任和担当！

刚巧，《政钢有思》中也有一篇关于时下国人子女教育的一篇文章，题目叫作《现在我们怎样做父亲和当子女》，他说："在当了二十八年的儿子后，九年前，终于成了女儿的父亲。"刚当上父亲的政钢是激动的且惶恐的，激动的是他盼望已久的小精灵终于来到了他的世界，惶恐的是自己不知道怎样去做好这个小精灵的引路者，所以政钢在这个学做引路者中不断思索和寻找经验，我和政钢的女儿有过几面之缘，不娇不闹、大方有礼、活泼开朗，和政钢以朋友相称，无话不说。我知道，政钢的理论及经验教育是成功的。说实话每当看到他们父女手牵手以朋友身份畅所欲言的场面，我心里是很嫉妒的，因为这种朋友式教育曾是我当小孩时所渴望的。我想每个孩子都渴望有一个文明家长，而不是只懂得一味的苛责和暴力的家庭。不正确的教育或者一些自以为是的家长们现在还认为"黄金棍下出好人"的话，我想说，你真的该 out 了，要想让自己的子女在社会上学会责任和担当，我建议持武力派的家长们真应该去读读政钢的这篇文章了。

正因如此，我喜欢追政钢的书，因为他能告诉你这个世界还是有真东西存在的，告诉你只要你有挥衣甩袖、划地为戈这种承受的勇气，一切会还你一份美好的。

# 感念黄哥

赵 秋 桂

时光荏苒，因家庭变故，我离开熟悉的南江已两年有余！

黄哥是我一直记得的人。

他是个好人，为人正派、性情耿直，虽是我的领导，却更像是我的兄长。还记得初来乍到之时，工作经验欠缺，自感吃力无比，几欲放弃。一路艰难地走来，是他的批评意见和谆谆教导，让我慢慢步入正轨，渐渐成长，这份感激至今铭记于心。

印象中，他爱藏书，办公室的书柜里堆满了诸如《毛泽东选集》《公安文学》等各类书籍；他爱读书，常见其手捧书卷，边走边读，那专注的劲儿，真不忍打扰；他更爱写作，早已习惯于与浓茶、蒲扇、香烟为伴，借休假之机，躲入山水间，找个世外桃源般的清幽雅静之所小住，享受属于他的宁静与清新，醉心于创作。

他博学洽闻，以文笔好著称。

正因如此，闲暇之余我喜欢看他的书。他的作品集《政钢有思》《城市行者笔记》《忏警录》等等，我都曾细细品读。第一次读到《政钢有思》，是在 2012 年，那是他的随笔自选集，有"读史笔记""突然想起"等五辑，是新闻时评、心情散文的合集。书中言志、抒情、感时之作应有尽有、殊耐吟咏。其中，令我印象最深刻的当数《现在我们怎样做父亲和当子女》，"面对着孩子，首先要做的是什么？""我们现在怎么做父亲？"是对当下父母与子女之间关系的深刻剖析；《当文人遇上文人》反映身处窘境之下当代文人坚守的漫长文化苦旅，拷问着人生的深层意义。

黄哥是四川省作家协会会员、四川省公安厅特约研究员，早在巴中警界颇负盛名，有着渊博的文学功底，以及丰厚的文化感悟力和艺术表现力。他多年来潜心于文学创作，《忏警录》收录的《博弈，勿宁互动？》《论公安视角下的刑事和解》等论文极具思辨性、新颖性，在《求是文稿》《公安内参》《公安研究》等学术刊物都有刊载。他的论文思域宽广、提法准确，简练而醒目，是从警十余年来的岁月积淀，非一朝一夕之功所能达到的。

他的文字里，也有对心灵的震颤、思考和审视。长篇小说《政工干部》

里，就讲述了基层公安机关政治处主任达明建在面临新危机、新挑战的情况下，如何坚守自我、坚持原则的事迹。让我明白，做好一名基层政工干部，该做什么，不该做什么。

黄哥的文字里面的喜怒哀乐，拥有了如歌的生命和灵性；他的文字如心，尽情释放着其内心的思想和情感。他虽平凡，却真实；虽忙碌，却充实；虽清贫，却朴实。他敢说真话，直抒己见，这是值得学习的。

在钢筋混凝土浇筑的世界里，满是城市的喧嚣和浮躁，有多少人能够不为名所累、不为利所扰？又有多少人能够执着自我坚守，追求独立的人格和独立价值？

感念黄哥，期待他佳作不断……

# 英雄成长与谍战智慧

——黄政钢小说《我的快乐地下生活》解读

龚奎林　柯思贤

　　近些年，《风声》《潜伏》等谍战题材小说聚焦特定时代的人生价值追求取向，纷纷被改编为影视剧，收视率颇高，这不仅激起了收视和阅读的热潮，作为一种榜样的动力，更激发起谍战小说写作热潮，出现了一大批谍战小说，令数十年来埋藏在地下的另一条战争线索重新恢复其独有的光芒，如石钟山的《特务 037》《地下地上》，易丹、钱滨的《誓言无声》《誓言今生》《誓言永恒》《数风流人物》，陈雨涵的《战谍》《谍变》，李李的《隐形追击》《隐蔽出击》，陈建波的《暗杀》《乱花》等等，尤其是麦家的《暗算》获得了茅盾文学奖，意味着被国家话语和主流意识形态所认同，谍战小说更是成为作家趋之若鹜的对象。如果说最初的探索是对国家话语的试探，那么现在的创作则是有意的迎合。许多风格极具代表性的谍战题材作品一一亮相，如龙一的《代号》《暗火》《借枪》《深谋》，麦家的《解密》《风语 1》《风语 2》《刀尖：刀之阳面》《刀尖：刀之阴面》，李鹏飞的《信仰》《刺杀》，张成功的《密使》，马营的《潜伏 1936》，杨健的《东风雨》，黄政钢的《我的快乐地下生活》等作品。这些作品大都选择 20 世纪以来中国的革命历史作为背景，作家不仅注重对惊险曲折的谍报斗争的描写，呈现出细腻而复杂的人性描写，也反映出特定时代的人生追求。

　　《我的快乐地下生活》是四川巴中公安作家黄政钢创作的谍战小说。谍战主人公游走在国共两党斗争的刀尖上，情欲的泛滥、金钱的欲望、权力的博弈和政治的厮杀拷问着人格、良心与灵魂，经过艰难跋涉和人生沉淀之后，梦想终于实现，理想之花在人性碰撞与正邪交锋中终于灿烂开放，呈现出信仰的力量和人性的丰富性。"狡诈、激情、暴虐、杀戮……权力喜欢这样疯狂的游戏，并对此嗜血上瘾。它如同黑洞，诱惑着每一个欲望的暴徒，一旦进入休想逃脱。"谍战小说中的主人公往往穿梭在各种看不见的战场当中，稍有不慎，便命赴黄泉。主人公如何在各场合进退自如、游刃有余，其中的政治智慧耐人寻味。下面进行分析。

## 一、谍战小说中的英雄成长

谍战小说最早源于西方，二战时传入中国，尽管以间谍活动作为主要内容，但中西方又略有差异。黄禄善在《美国通俗小说史》中谈到了西方间谍小说的特征："间谍小说（espionage fiction）的名称如同侦探小说和警察程序小说，也是来自主人公的职业特征。在间谍小说中，作者采用侦探小说和警察程序小说的许多写法，描写作为间谍男女主人公的谜一般的冒险活动经历。这里所说的冒险活动，是指那种受异国情报机构指使，以极其隐蔽的方式打入地方要害部门，发现、窃取、传送机密情报的颠覆性破坏活动。从事这种活动的男女间谍可以是专业性质的政府特工，也可以是业余性质的其他职业人员。但无论哪种情况，作者必须以他们的间谍活动为故事情节的主线。" 也就是说，间谍小说就是以间谍活动为故事情节的主线，以男女主人公的冒险经历为突出对象的小说。他们的敌对方要么是危害国家安全的恐怖分子，要么是为一己私利而不择手段的暴徒，故事情节多是主人公在与敌人的斗争中历经重重危险，最后依靠个人的智慧和勇气赢得了胜利。这就是好莱坞的英雄叙事和英雄崇拜，强调的是对个人力量和个性的崇拜，如美国著名的间谍小说家唐纳德·汉密尔顿的"马特·赫尔姆"系列作品以及后来的英国的"007"系列就是间谍小说。而中国的谍战小说虽然也是以间谍活动作为小说的题材及主要情节，但是主人公的最终胜利不仅仅依靠个人力量获得，更多的是依靠主人公背后的集体智慧。而且，中国谍战小说注重突出英雄背后的柔"情"，包括人情、亲情、爱情以及对国家民族的感情，这些"情"不仅融入主人公的日常生活中，也穿插于主人公的间谍活动中，所以，小说对主人公的描写不仅是停留在表现其智慧、勇敢、坚强等品质上，而且还注重对主人公内心的剖析，从而提升了谍战小说的文学价值。

提到间谍，人们首先想到的往往是一种神秘、惊险，还有无法言说的禁忌。他们如同黑暗里的一道寒光，在无声的战场上与敌人殊死搏斗。他们用自己的智慧来赢得胜利，他们既是站在荣耀之巅的人，同时也是站在危险最前端的人，这种复杂的身份就决定了间谍这一职业具有多重隐秘的特征。而一个间谍首先要做的就是保护自己身份不被暴露，这不仅是其保证生命安全的首要条件，也是保障其日后间谍活动顺利的前提。在《周易》

中，古人一针见血地指出了保密工作的重要性："君不密则失臣，臣不密则失身，几事不密则害成。"那么，什么样的人才能成为间谍？在中国谍战小说中，间谍形象不仅种类多样，而且个性丰富，既有单面间谍，也有类似无间道兼顾多个阵营的多面间谍。单面间谍是指被间谍情报机构秘密派遣到敌方从事窃密工作的特工人员。《我的快乐地下生活》中主人公就是一名单面间谍，在日常生活中扮演着"演员"的"角色"，不断地因情境、对象的不同需要，来调整自己的行为、语言乃至思维模式，周旋于"本我"与"他者"之间，一句话，生存本能和党的使命把他锤炼为老练的"双面人"，这使得他的生活状态由一元化"变成"多元化。间谍的意义就在于打入另一阵营内部，这就意味着他们必须要实现一种空间的转换，不仅仅是现实生活中空间位置的转换，更重要的是要学会打入敌人内部后心理空间的转换、角色身份的转换，这恰恰是最难的，因为他们既要坚守自身的最高信仰，但表面又要展现出敌方阵营的思想及行为特点。主人公齐文藩，是一个行走在国共两党斗争刀尖上的知性青年，作为一名布尔什维克，为了党，为了组织，他打入国民党内部，为此牺牲了包括爱情在内的很多东西，一次又一次接近崩溃的临界点却又幡然醒悟，这便是信仰的力量。于他而言，这也正是国民党失败的原因。"共产党人的信仰，是他们战胜一切艰难险阻、阴谋诡计和利欲诱惑的精神动力"。

在早期的谍战小说中，文艺创作与政治政策的"合谋"是人物性格刻画的前提，例如1950年代的谍战小说，英雄往往被塑造成"高大全"的扁平化的单线条形象。到了新时期，作家从政治的束缚中走出来，开始刻画更加普通化、复杂化的"圆形"间谍形象。这部小说中的主人公齐文藩不是文革前那种刀枪不入、没有七情六欲、永远不会死亡的英雄人物，而是日常生活中有着七情六欲和烦恼的普通人，和《旗袍》中的关露萍、《内线》中的楚香雪、《人间正道是沧桑》中的林娥、《潜伏》中的翠平一样，他们都是平民英雄，没有显赫的背景和地位，只是社会中很普通的一员。在生活中，他们也需要解决柴米油盐等基本问题，也要处理鸡毛蒜皮的小事，也有性格上的弱点，也会犯错误。在工作中，不得不转换身份和角色，承担着一般人难以承受的压力，默默忍受各种误会与伤害，原来看不惯的要学会司空见惯，原来鄙弃的行为现在要身体力行，原来的生活方式和话语方式要适当抑制。

## 三、谍战小说中的政治智慧

    这些谍战英雄在平凡的生命中赋予了神奇的力量，这种力量又源于他（她）们心底的信仰，对爱情、对国家、对共产主义的信仰坚守和守望，因此谍战人物形象塑造更加细腻真实，人物情感更加真实可信，故事也愈发地具有感染力和煽动性。但他（她）们的"政治智慧"是易被忽视却又必不可少的。关露萍不投上司所好，如何能窃取情报；林娥不刻意去强迫自己接受自己不喜欢的事，如何能传递有用的信息；翠平不学习新的生活方式，如何能完成自己的革命事业；齐文藩不运用政治智慧与上司、同事周旋，如何能保住自身以及党的组织？

    作家黄政钢在小说《我的快乐地下生活》中充分运用各种描写手法来呈现主人公齐文藩的心灵挣扎、英雄成长和政治智慧的运用。作家写道："我就这么直挺挺地站在他的办公桌前，连大气也不敢出。这个荀达愚是一个气场十足的人，无论在什么地方，只要他一露面，总是充满了一种令人肃然起敬的威严感，让人不敢造次。荀达愚仍阴沉着脸，不说话，直盯我有十几秒钟，才轻轻说道：'你，坐吧。'……'没出息，怕什么，又不是让你给他上政治课。游说之术，仅在察言观色嘛。'荀达愚有些不悦了。"这是荀达愚要"我"去游说"共党分子"李干诚的一段，荀时任上海市特别党部的主委，而"我"只是他的小小的秘书，暂不说"我"的共产党身份，当上司正在气头上，作为下属，此时最合理的表现应该就是沉默了。古人云："病从口入，祸从口出。"当上级在气头上时，下属出错的概率往往会被无形地增加，因为上司此时往往偏离了平时的思维轨道，且正无处发泄，下级的"热情"容易遇上劈头盖脸的批评，却还不知所以。所以此时最好是保持沉默静静等待，而非慷慨激昂地指点一番，往往越是细节，越能体现一个人的政治智慧的高低。等浪潮过后，领导便能迅速进入角色当中，与下属心平气和地开始谈话，特别是有任务要交待时，总是会先动之以情，围绕中心点说一些委婉的话语，作为下级，自然也心领神会，于是两人就如同耍太极般，真正的重点被一笔带过，水到渠成。当然，有些死板点的任务必须按规章一步步落实。但有些时候，上下级的言语之中更能体现出一种语言的魅力，显现的是一种政治智慧。

    作为下属，"我"自然熟悉其中的技巧。"我专门选了一个礼拜六的晚上，提着几样礼物来到了荀达愚家……'荀伯伯。我，我不敢坐。因为今天，今天我是来负荆请罪的。'我嘴里嗫嚅着，却'啪'的一下跪在了他的面前……我哪里敢起来啊。按照我与首长事先商量好的，我便把我与李干诚同期在剑桥大学读书期间曾参加过中共旅欧支部的外围活动，并与李干诚一道在暑假远赴莫斯科宣誓加入中共的事情说了一遍……"作为同事的李干诚手握"我"的把柄，这事始终让"我"不得安生，即使是在普通的单位里，如果哪天同事在上级面前参自己一本，这对于自己肯定是不利的。更何况"我"是一名共产党员，如果一个共产党的叛徒在国民党高官面前揭露"我"的底细，后果不堪设想。可别人告发和自己坦白是完全有可能导致相反结局的，权衡利弊之后，"我"主动向领导坦白，手中所握的主动权会更多。其一，自己主动"负荆请罪"给领导的印象比从别人嘴里听到要好，至少证明自己敢于去承认"错误"；其二，事情由自己陈述出来，可以借助语言文字的艺术把事情在合理的范围内合理地扩大或缩小。例如"我"在讲述中，把叙述重点放在了"我"的"误入歧途"上，这样便巧妙避开了"我"的共产党身份这一重点。官场如战场，假如自己失去了主动权，便如同划船没有了桨。

身在政坛，与领导共事的确是需要一些政治智慧的，虽不至于阳奉阴违，但也要掌握一些政治技巧，察言观色可以说是核心技巧了，"夫达也者，质直而好义，察言而观色，虑以下人"。通过肢体语言，尝试透视对方心理活动，从而在心里组织语言及筹划对策。例如：上司友好和坦率地看着下属，或有时对下属眨眨眼，下属很有能力，讨他喜欢，甚至错误也可以得到他的原谅。而上司的目光锐利，表情不变，似利剑要把下属看穿。这是一种权力、冷漠无情和优越感的显示，同时也在向下属示意：你别想欺骗我，我能看透你的心思。政治，是一种文字游戏，也是一种心理游戏。它有着自己的规则，很多人物能在其中叱咤风云，但真正具有政治智慧的人才不会迷失自我。

如果说面对上级需要政治智慧，那么与同事共事时政治智慧也是必不可少的，毕竟大部分时间都是与同事一起，"能用众力，则无敌于天下矣；能用众智，则无畏于圣人矣"，处理好与同事之间的关系，其力量是不可估量的。

"见我来了，因为可能先前苟达愚吩咐过，田武并不吃惊，老远打着招呼：'是什么风把兄弟给吹来了？'……见着田武，我仍想推脱。'不成，不成。这事司令交代过了，还是得委屈一下兄弟您了。就死马也当活马医吧，实在不成，说两句试试。如果还是执迷不悟，就把他直接拖出去枪毙算了！'"作为同事，田武跟"我"也习惯打打官腔，他明知"我"来所为何事，却还是习惯以这种客套话来开始谈话，而"我"也没有直截了当切入主题，也是与他一样，明知来这里的目的却还是蜻蜓点水般稍提一下，他一心想要"我"去完成棘手的任务，而"我"是一万分地不情愿，但不能全表现出来，这时就需要一些智慧来合理推脱了。虽说最后还是推不掉，但这种委婉拒绝的智慧比直接拒绝要更能让人接受。最好的结果是既婉拒了自己不想做的事，又能维护同事之间的感情；最差也不会危及同事关系。对于看不见的战场来说，在同事间稍有不慎，就随时有暴露自己的危险。一旦暴露，将对组织会造成不可估量的损失。

"李伟明被枪决的消息与我即将要面对的李干诚都让我感到了危机四伏。那么，这个荀达愚为什么单单要我去劝降他呢……我之所以这么跟李干诚打招呼，其实是在向他暗示，他的身份已被当局识破……其实我的话，明里是给荫培宗讲的，其实都是在向李干诚暗示，我现在的身份和此次来的目的……"打入国民党内部的"我"遇上当初入党的见证人，心理的复杂程度可想而知。一方面，在国民党内部氛围的压抑下遇到一个自己的同事，必然想与他畅谈一番，发泄发泄心中的抑郁。但另一方面，由于情况暂不明朗，又怯于"相认"，所以也只能敷衍了事。党内同志近在眼前，"我"想救却又感觉力不从心，但其实这时"我"心里更多的是紧张，最担心的是他不能坚守而导致心理防线崩溃，最后将"我"的身份抖露出来。这是"我"最不愿也最不敢想的事。面对荀达愚的窃听、田武的监视，"我"只能步步为营。在谍战中，当情形不明朗的时候，最聪明的做法就是做自己该做的事。谍战小说中的主人公往往深谙这道理，能在风云莫测的环境里处变不惊，以不变应万变，其体现出来的政治智慧不得不让人佩服。

# 四、谍战小说中的信仰给我们的启示

自 1990 年代以降，"谍战热"席卷了大半个文学市场和荧屏市场，出现了"谍谍"不休的现象。新世纪各种谍战小说"粉墨登场"，带给人们数不尽的谍战话题，成为众人茶余饭后谈论的焦点。其体现出旗帜鲜明的主旋律色彩，同时还融合了时下流行的"爱情、悬疑、浪漫、家庭"等类型小说的商业元素。它不仅让读者了解认识历史，也让读者情不自禁产生对其中英雄人物的崇敬，同时唤起人们的爱国意识。不过，新世纪的谍战小说创作也出现了鱼龙混杂、情节雷同、粗制滥造的毛病，需要辩证去看待。如今我们生活在安逸、富裕、发达的时代，已经越来越远离信仰。

人们反倒希望生活中能有一些刺激和惊喜，谍战小说恰恰抓住了读者们这种需要刺激和充实的心理。生活在和平年代的读者倾向于追求新奇，偏好紧张、悬疑、惊险的谍战小说。谍战小说故事曲折多变、事态无常，情节在一次又一次的"突转"中不断制造着环环相扣的悬念。悬念可以说是小说最吸引人的地方，读者不断猜想间谍人员能不能完成任务，时而兴奋，时而担忧，时而出乎意料，并在同主人公一起体验斗智斗勇的过程中获得心理满足。

但更重要的是，谍战小说带给我们信仰的力量。正如刘猛的谍战小说《冰是睡着的水》的封面上所说的那样："你愿意让你的一生从此隐没在黑暗当中，你的青春、你的智慧甚至是你的热血和生命，都要全部奉献给一句誓言、一个信念和一种信仰吗？"信仰是贯穿于人的世界观、人生观、价值观之中的。黄政钢等众多作家创造了无数精神饱满且具有高度信仰的人物，传达出了信仰的力量，借此引起读者的共鸣。

小说中的谍战工作者具有最为特殊的职业背景，他们的工作没有荣誉也没有掌声，相反地，这份工作带给他们的是无尽的危险、亲人的猜疑还有他人的误会。但又是什么让他们义无反顾地踏上这条坎坷的革命道路？那就是信仰。成功的谍战小说总是在试图讲述一种为了国家利益而牺牲的精神以及为了信仰而甘愿潜伏的故事，《我的快乐地下生活》主人公与其他谍战小说主人公一样，都是一些有信仰、有理想的英雄，他们在国共两党对立的艰苦条件下，靠着信仰的力量在险恶、敌我难辨的环境下坚持、等待，甚至牺牲，他们无法抛弃自己的使命与信仰。间谍往往生活在灰暗处，作者通过小说的描写将他们的生活表现出来，不仅展示了他们的神秘性与崇高性，而且让更多的人了解到他们单纯的心灵和高尚的品质。他们用行动来实践自己的信仰。

很多读者能在谍战小说塑造的形象中找到自己的影子，因为大众读者在这个消费文化横行的时代，会面临许多困难、遭遇各种诱惑，现实中很多人容易迷失在这万花筒般的社会里而找不到自我，而谍战小说恰恰能给读者带来精神上的震撼，促使他们去寻找现实中缺失的精神信仰。它们告诉读者，无论这个世界怎样变幻，仍然有获救的希望，只要坚定自己的信仰。

谍战小说中的政治智慧既承接着古代祖先的精神遗产，同时也能为现代社会中迷茫的人们提供指导。中国谍战小说的流行向我们证明了它的魅力，也为我们开启了一个文学新天地。新世纪谍战小说所呈现出来的新特色有助于文学反思，它与时代主流和意识形态相符合，是社会意识形态和大众心理状态的一种折射。但是同时我们也不能否认，在大众消费文化时代与市场这只"看不见的手"的作用下，为了迎合市场的口味，谍战小说也暴露出了其局限：有些作家刻意编造传奇的人物经历、离奇的故事情节、纠缠不清的感情噱头来吸引读者，而忽略了文学精神和艺术性要求。这也造成谍战小说越来越类型化，素材越来越陈旧化、同质化。

总之，公安作家黄政钢融政治智慧与人性拷问的谍战小说《我的快乐地下生活》，不仅呈现出惊险曲折的谍报斗争，更呈现出细腻而复杂的人性描写和信仰的力量，其政治智慧耐人寻味。

龚奎林，文学博士，井冈山大学人文学院中文系副主任、副教授。系江西省文艺学会理事、江西省民俗与文化遗产学会理事、江西省当代文学学会理事。目前主要从事中国现当代文学教学和研究。

柯思贤，井冈山大学人文学院中文系学生。

# 我最熟悉的人

我最熟悉的人是爸爸。

爸爸长得胖胖的，很活泼；他很矮；他的脸圆圆的，笑起来像红苹果一样。

爸爸的爱好是看书、写作、登山；缺点是不爱清洁，把东西到处乱放，不会洗衣服。

书是爸爸最忠诚的朋友，他的书有天上的星星那么多，怎么数也数不清。一天有 24 小时，爸爸看书的时间可以占三分之一以上。他走路看书，睡觉看书，下班看书，吃饭看书，连上厕所也不放过，他真是个书迷。只要手中有一本书，他就沉迷在书中，谁要在爸爸看书的时候喊他，他可要冒火。爸爸看书的时候，总是在笑，不知在笑什么，是在笑书中的人物，还是在笑其他什么……他的神情里有疑惑，有高兴，有震惊，更有思考。他在想书中人物的遭遇，作者为什么要这样写，是不是有什么道理？他的知识很渊博，那都是他通过看书得到的收获。如果出去旅游，他的旅行包里全放的是书，只有少量衣服。因为他觉得看书是一种快乐。

周末，爸爸经常带着我去公园玩。一天，爸爸把我带进公园里，让我选最好玩的游戏。我第一个选的是飞船，我叫爸爸一起坐，他说好。我们坐进飞船，我踩着飞船的按钮，飞船越飞越高。一会儿，飞船停下了，我们下了飞船，爸爸对我说："飞船可好玩了。"我们就回家了。我对妈妈说："我玩得太开心了！"

爸爸每天都给我辅导作业。我放学回家，把作业做完，这时爸爸也回来了，我就叫他给我检查作业，爸爸说："好。"爸爸在给我检查作业的时候，有点不认真，他一边看电视，一边给我检查作业。只要是他给我检查的作业，几乎每次都有错，这是让我难忘的事。

爸爸还爱给我买东西，我要什么，他就给我买什么。他很大方，每次我不要的时候，还主动给我买东西。有时我在看电视的时候，爸爸还问我：

"吃不吃零食？"我说："不吃。"这也是让我难忘的事。

爸爸对我很好，我最喜欢我的爸爸了。

注：这是女儿黄皓彧于 2012 年写的作文习作，时年 9 岁。